BEST SELLER

Valerio Massimo Manfredi es profesor de arqueología clásica en la Universidad Luigi Bocconi de Milán. Ha realizado numerosas expediciones y excavaciones, y ha impartido clases en Italia y en diversas universidades internacionales. Ha publicado numerosos artículos y ensayos académicos, principalmente sobre rutas militares y comerciales e investigaciones sobre el mundo antiguo. Es autor de nueve libros de ficción, incluyendo la trilogía de *Aléxandros*, traducida a veinticuatro idiomas en treinta y ocho países. Los derechos cinematográficos han sido adquiridos por Universal Pictures para llevar a cabo una superproducción internacional. Ha escrito y dirigido documentales sobre el mundo antiguo para las cadenas más importantes de televisión, así como obras de ficción para el cine y la televisión. Actualmente vive con su familia en el campo, cerca de Bolonia en Italia.

Biblioteca

VALERIO MASSIMO MANFREDI

Imperio

Traducción de

José Ramón Monreal

DEBOLSILLO

Título original: *I cento cavalieri/L'isola dei morti*
Diseño de la portada: Departamento de diseño de Random House Mondadori
Directora de arte: Marta Borrell
Diseñadora: María Bergós
Fotografía de la portada: © Stone/Getty Images

Segunda edición: enero, 2005

Printed in Spain – Impreso en España

ISBN: 84-9793-407-5 (vol. 496/9)
Depósito legal: B. 1.274 - 2005

Fotocomposición: Fotocomp/4

Impreso en Liberdúplex
Constitució, 19. Barcelona

P 834075

A Giorgio, un amigo para siempre

LOS CIEN CABALLEROS

Recorría cada día a paso lento el breve perímetro de su doloroso albergue docenas de veces, como si siguiera un arduo sendero interior, mudo, con los ojos fijos delante de sí. Su mirada iba más allá de las paredes encaladas para perseguir jardines perdidos, citas de amor y de canto, a lo largo de las orillas del lodoso y regio Po.

A veces, en cambio, hablaba en voz baja, dejaba oír bisbiseos, como de confidencias murmuradas *in secretis*, o de rezos. Cuando se detenía era para tumbarse en la yacija que le servía también de banco o de asiento y se quedaba durante horas con los miembros relajados y como desarticulados, con los ojos brillantes y febriles.

Fuera, por las calles de la ciudad recorridas por diáfanas lenguas de nieve, pasaban comparsas de carnaval, y sus cantos, gritos y chanzas hacían un extraño contraste con la grisura álgida del cielo, con la estancada humedad de la atmósfera. El poeta se detuvo delante del tragaluz que dejaba filtrar entre los barrotes la única luz en el pequeño habitáculo y volvió la mirada hacia el exterior: había un grupo de jóvenes enmascarados que cantaban y tocaban sus instrumentos marcando el compás con un repercutir de danza. El que encabezaba la alegre pandilla iba disfrazado de pájaro y agitaba unas grandes alas y un largo pico de ave rapaz; la última y algo apartada era una elegante y agraciada figura femenina, embutida en una resplandeciente armadura.

El poeta detuvo en ella una mirada fascinada y asombrada; también la mujer se detuvo, como retenida por la fuerza de aquellos ojos lejanos e invisibles: tenía la mano derecha apoyada en la empuñadura de la espada mientras que con la izquierda embrazaba un escudo con la imagen de una gorgona en la parte central. La mujer alzó los ojos en dirección al estrecho orificio y el poeta se echó para atrás como sorprendido y herido y volvió a su yacija:

Egli al lucido scudo il guardo gira… *

murmuró entre sí. Luego guardó silencio.

—Micer Torquato —dijo de improviso una voz—, tiene una visita.

La puerta de la celda se abrió y una figura fantástica se recortó en el vano: tenía frente a él a la muchacha armada, la esbelta figura constreñida por una ajustada cota de piel, un manto carmesí sobre los hombros, coraza, grebas y brazales adornados con arabescos dorados. El rostro, oculto tras la celada del yelmo, dejaba intuir por momentos el brillo de la mirada.

—Clorinda… —dijo el poeta con una voz llena de maravilla, y se puso en pie.

La puerta se cerró y la muchacha depuso el escudo y se quitó el yelmo soltándose un mechón de negro pelo.

—Soy Laura Contrari —dijo—, he corrompido a los guardianes de este lugar para poder veros, para poder hablaros, micer Torcuato.

—Laura Contrari… —dijo el poeta—, señora…, un grave pesar os oprime…, ¿no es así?

—Así es, micer Torcuato. Un pesar que me ha golpeado cruelmente a mí… y también a vos. He venido para saber la verdad sobre la muerte de Ercole, mi hermano. Vos erais su íntimo amigo.

* «Él la mirada vuelve al resplandeciente escudo.» *(N. del T.)*

—También otros lo eran...

—Pero vos erais amigo... de todos: de Ercole, del duque Alfonso, de Bentivoglio..., de la señora Lucrecia... Erais incluso amigo de Francesco Maria della Rovere, el marido de Lucrecia. Fuisteis su compañero de estudios... No falta quien dice que vuestros poemas los inspiró un gran deseo de aventuras militares. Cuando se combatía en Lepanto contra los turcos, él personificaba a los héroes de vuestra poesía.

—Así son los poetas..., no hay otro camino. Si el poeta no tiene amigos, no puede cantar.

—¿Qué sabéis de la muerte de mi hermano?

El poeta se arrebujó en el manto como si le hubiera recorrido un escalofrío y bajó la cabeza.

—No hay mayor dolor que acordarse del tiempo feliz cuando se está en la miseria... ¿Por qué yo?

—No es solo a vos a quien dirijo esta pregunta, micer Torquato, sino también a cada uno de los que quizá conocen una parte de la verdad. Mi madre Leonora debió de creer en las palabras del mensajero del duque Alfonso. ¿Cómo habría podido pensar en otra cosa que en una fatalidad? El señor Baroni le comunicó que había ocurrido una desgracia, que a mi hermano le había dado un síncope y se había desplomado entre los brazos del duque, su amigo de toda la vida..., pero vos sabéis algo más, micer Torquato. ¿Acaso no estáis enterado del amor que unía a Ercole con la hermana del duque..., con Lucrecia? Ella os confiaba muchas cosas... y tal vez vos también la amasteis...

—¿Por qué hacéis mención del amor si pensáis en un crimen?

—Habéis sido vos quien ha hablado de crimen. No yo.

El poeta le dirigió una mirada perdida:

—Crimen. Muchos lo pensaron, pero yo no puedo ayudaros.

—El matrimonio de Lucrecia con Francesco Maria della Rovere no fue nunca una verdadera unión. Ella era mucho mayor que él.

—Ella era una diosa. Una diosa no es vieja ni joven.

La mujer sonrió irónicamente:

—Las diosas no enferman ni mueren, amigo mío. A Lucrecia la consume un mal repugnante. Dicen que su marido le contagió el mal francés. El duque de Urbino ha preferido siempre frecuentar más los burdeles que el lecho de su esposa.

El poeta pareció no oír. Callaba con los ojos bajos. De la calle llegaba el ruido de un destacamento de jinetes que pasaban al galope por el empedrado.

—Se amaban —dijo de repente.

—¿Lucrecia y mi hermano Ercole?

El poeta asintió:

—Desde siempre. Pero en cuanto se prometió al duque de Urbino, Lucrecia le fue fiel.

—¿Fiel, decís? Pero por su culpa Ercole está muerto y mi familia en la ruina.

El poeta se puso en pie:

—¡No! No por culpa suya. Se amaban, y nada puede vencer al amor.

—¿Es cierto que el duque Alfonso conocía su relación? Decídmelo, os lo ruego.

—Lo sabía, como tantos otros. A los dos amantes les era difícil mantener oculta su pasión.

—Y por tanto podría haber ordenado la muerte de mi hermano para evitar un escándalo. Alfonso había presentado en aquel momento su candidatura al trono de Polonia, quería el apoyo de su cuñado Francesco della Rovere para sus ambiciones. Era importante que las relaciones entre las dos familias, ya muy difíciles de por sí, no se vieran comprometidas del todo. Alfonso no había tenido hijos ni siquiera de su última mujer: no tenía otro objetivo en la vida que satisfacer su ambición.

—¿Y era esto suficiente para dar muerte al amigo?

—En las esferas del poder basta con mucho menos, micer Torquato. Decidme si podéis ayudarme, si visteis u os enterasteis de algo...

—¿Ayudaros? —dijo el poeta con una triste sonrisa—, ¿y quién me ayudará a mí? Yo he de luchar cada día para salvar lo que queda de mi mente..., mi mente que se extravía. Clorinda...

—¿Visteis u os enterasteis de algo? ¿Estabais en palacio aquel día?

La luz se apagaba lentamente en el leve crepúsculo invernal y la blancura de las paredes difundía en las mejillas de Torquato Tasso una palidez mortal: sus ojos se volvieron de improviso fijos y vacíos.

—Yo trataré de ayudaros —dijo la mujer—, pero decidme lo que sepáis.

Se oyó la voz del guardián detrás de la puerta:

—Tenéis que iros, señora, no queda tiempo.

El poeta se sacudió aquella voz, pareció buscar las palabras. Alargó la mano para rozar la gorgona pintada en el escudo de la hermosa guerrera, luego dijo:

Per sostenere il prence son partiti
cento guerrier dell'armi sfolgoranti.
Settantacinque son da feudi aviti
da castelli e da ville, tutti quanti,
venticinque son d'oro rivestiti... *

—¿Qué pretendéis decir? Os ruego que os expliquéis.

—Tal vez sea esta la razón —murmuró el poeta—. Estos son los pobres versos con que puedo homenajearte... Clorinda. Pero no los olvides porque fueron proferidos en el palacio por una voz que mi mente no puede ya reconocer. Ha pasado mucho tiempo...

Repitió de nuevo, lentamente, subrayando las palabras, la extraña poesilla.

* Para defender al príncipe han partido / cien guerreros de refulgentes armas. / Setenta y cinco son de solar antiguo, / de castillos y de villas, veinticinco van de oro revestidos. *(N. del T.)*

En aquel momento entró el guardián:

—Os lo ruego, señora, tenéis que iros o no respondo de lo que pueda pasar.

La mujer recogió el escudo, se caló el yelmo escondiendo el rostro con la celada e hizo ademán de seguir al guardián, luego se volvió una vez más hacia la celda ya oscura.

—A Lucrecia... —preguntó—, ¿vos la amasteis?

Al no obtener respuesta, la dama desapareció en el largo corredor apenas iluminado por algún candil. El guardián volvió a cerrar la puerta y solo los muros de la estrecha celda oyeron los últimos versos del poeta:

Ma il varco al suon chiuse il dolore
sì che tornò la flebile parola
*più amara indietro a rimbombar su'l core.**

El notario Pigna, envuelto en una pesada hopalanda, se apresuraba hacia casa para no ser sorprendido por las tinieblas y por la niebla que, cada vez más espesa, descendía sobre la ciudad. Las máscaras del Carnaval habían desaparecido una tras otra de las calles de Ferrara: se habían refugiado en las tabernas en busca del calor del fuego y del vino, y en los salones espléndidamente iluminados de los palacios para cenar y bailar hasta la madrugada.

Los criados que debían volver a llevarle a casa con la silla de manos se habían embriagado y había tenido que hacer el camino a pie gruñendo y maldiciendo su excesiva indulgencia para con la servidumbre. Mientras doblaba una esquina, le pareció que le seguía una sombra. Apretó de nuevo el paso con los andares de ganso que le daban sus cortas piernas y sus largos pies; rodeó correteando una plazoleta a la que daba su casa.

* Pero el corredor apaga la dolorosa voz, / y la débil palabra torna más amarga a retumbar en su corazón. *(N. del T.)*

La ciudad no era segura durante el Carnaval: muchos malintencionados circulaban de noche y no había suficientes alguaciles para mantener el orden público.

Se volvió temiendo que le siguieran aún, pero no vio nada. Se detuvo un instante aguzando el oído, pero no oyó ningún ruido. Debía de haberse equivocado: la niebla podía provocar extrañas impresiones. Retomó el camino y, una vez que hubo llegado ante la puerta de casa, se sacó del bolsillo la llave y la introdujo en la cerradura, pero en aquel instante una gruesa mano callosa se posó sobre la suya haciéndole estremecerse.

—Piedad —dijo—, perdonadme la vida, os daré el dinero que tengo. —Inmediatamente después cambió de talante y de tono de voz—: Ah, ¿eres tú? ¿Qué quieres? Me has dado un susto de espanto...

—Dejadme entrar, señor notario, he de hablar con vos con urgencia. Últimamente suceden cosas extrañas.

—Estás loco. ¿El verdugo Burrino en casa de Giovan Battista Pigna, secretario ducal de los Este? ¿Cómo te atreves? Lárgate antes de que...

El verdugo retiró la mano pero no se movió:

—Señor notario, no se ve a nadie: está oscuro y hay niebla. Dejadme entrar... —Abrió la bocaza medio desdentada en una mueca que quería ser una sonrisa—. Y además... también yo soy caballero..., el Caballero de la Cuerda, me llaman.

—No digas estupideces —gruñó Pigna, pero luego se convenció, se volvió para cerciorarse de que nadie le veía, giró la llave en la cerradura e hizo entrar al voluminoso compañero en el zaguán apenas iluminado por un candil por la avaricia del amo de la casa que no quería que se derrochase demasiado dinero en el alumbrado.

—Entonces, ¿de qué asunto se trata? ¿Qué quieres?

—Señor notario, anoche, mientras volvía a casa, me abordaron un par de gentileshombres a quienes no había visto nunca por aquí. Me ofrecieron una bolsa de dinero si les revelaba cómo murió el señor marqués de Vignola, Ercole Contrari.

—¿Y tú que hiciste?

—Yo les dije que no debían preguntármelo a mí, que nada tenía que ver con ello; que se lo preguntasen a los médicos y a los barberos que le habían socorrido para sacarle sangre y ponerle lavativas y aplicarle unos fogonazos para reanimarle y que no había contado nada y que el señor marqués de Vignola había expirado porque tenía la gota.

—Idiota —dijo Pigna con enojo—, hablaste demasiado.

—Pero si dije que...

—Debías haberte callado la boca y punto. Te has delatado, pedazo de idiota. ¿Quiénes eran ellos? ¿Qué aspecto tenían? ¿Dónde se encuentran ahora?

Burrino farfullaba excusas, al no poder dar respuestas precisas. Describió como le fue posible el aspecto de los dos gentileshombres y se declaró dispuesto a reconocerlos, si eran apresados. Luego Pigna salió de nuevo con grandes prisas dirigiéndose hacia un edificio de la zona de la catedral para confiarse con el señor conde de Montecchio, tío del duque Alfonso, y para referirle todo aquello de lo que se había enterado.

Burrino se quedó por un momento atontado en medio de la calle y la niebla, luego se metió las manos en las faltriqueras y se encaminó hacia casa.

Apenas había recorrido un trecho cuando apareció, bajo el letrero y el farol de una hostería que le resultaba muy familiar, una mujer pelirroja a la que no había visto nunca antes y que con una mano se levantaba las faldas y le mostraba dos muslos blancos como la leche y con la otra se descubría una de las tetas, grande y firme como un melón. Burrino no fue capaz de aguantarse y, tras contar el dinero recién ganado por haberle retorcido el pescuezo a un malandrín en las mazmorras del castillo, se acercó a la mujer.

—¿Cuánto quieres? —preguntó echando mano a la bolsa.

—El dinero no lo es todo, hermoso —respondió la mujer—, si alguien no me gusta, no hay dinero que valga.

—Pero ¿eres puta o no? —preguntó el verdugo, pasmado.

—Quizá sí y quizá no. ¿No has oído hablar de ciertas grandes damas que se aburren estando siempre con su viejo y gordo marido o con los petimetres perfumados y que se disfrazan de noche para divertirse en los burdeles con hombres de verdad?

Burrino puso unos ojos como platos:

—¿Quieres decir que lo das *gratis et amore Dei*?

—Depende —dijo la mujer rechazando con un cachete la zarpa peluda del verdugo que se acercaba a su pecho descubierto.

A Burrino no le pasaron por alto los dedos largos, delgados y blancos y la uñas bien cuidadas, manos que no habían trabajado nunca. Dijo:

—¿Y de qué depende?

—De cómo sepas usar tu pajarito...

—Ah, si es por esto, os aseguro señora que... —dijo Burrino echándose mano a la entrepierna.

—Y también si sabes mantener una conversación.

Burrino agachó desilusionado la cabeza:

—Señora, los bellos discursos no son cosa de la gente pobre. Si os interesa el pajarito aquí me tenéis, pero para lo demás...

—¿Ves como, en cambio, te va charlar? Sí, a mí me gusta que me den un poco de conversación, no que me monten en un abrir y cerrar de ojos como un macho cabrío.

Le miró con una expresión tal, que Burrino se quedó convencido de que se encontraba delante de una gran dama que, sin embargo, ardía en deseos de divertirse con un hombre de verdad, y que aquel hombre de verdad no era otro que él.

—Pero un regalito sí deberás hacerme —añadió la mujer.

—Ah —dijo Burrino echando mano a la faltriquera.

—No he dicho que quiera dinero. Ya veremos... luego.

Y con una sonrisa que habría enamorado incluso a san Antonio en el desierto compuso de nuevo el gesto y se dirigió hacia el interior de la hostería contoneando las caderas de tal modo que Burrino le habría saltado encima allí mismo, ¡qué demonios conversación! Ya se la daría él, ya, la conversación.

Mientras entraban uno detrás de la otra como si ella le llevase de la traílla como a un perro, dos señores que estaban jugando a las cartas en un rincón con el sombrero echado sobre los ojos alzaron la cabeza y le miraron, luego, cuando desaparecieron en lo alto de la escalera, intercambiaron un signo de inteligencia y se encaminaron detrás de ella con paso tan ágil y ligero que debían de ser por fuerza o unos malandrines o unos caballeros de capa.

La mujer se sentó en uno de los lados de la cama y a su compañero que se acercaba para sentarse a su lado le indicó, en cambio, con un gesto imperioso del dedo índice, pero sin dejar de sonreír graciosamente en ningún momento, una silla. Aquel índice encogido hacia arriba, liso y pulido como el mármol, acabó de convencer al verdugo de que aquella debía de ser precisamente una de esas damas que tienen maridos viejos, flácidos y cargados de dinero y que se ven obligadas a buscarse a alguien que las satisfaga, las pobres. Y quién sabe quizá, si se portaba bien, incluso podría pagarle ella, como oía decir que ocurría a veces.

—Debéis de tener una fuerza descomunal —comenzó diciendo la mujer soltándose lentamente las cintas del corpiño. El hombrachón rió sarcásticamente.

—Ah, señora, con mi oficio…

—¿Ah, sí? —preguntó la mujer dejando de desatarse las cintas—, ¿a qué os dedicáis?

—No quisiera decirlo, pues acaso os causaría cierta impresión.

La mujer rió divertida:

—¿Impresión? Querido mío, son precisamente ciertas cosas las que nos excitan a las mujeres. Decid, decid, quiero saber qué hacéis con esos brazos tan fuertes y musculosos.

Terminó de desatarse el corpiño y se quedó en camisa, una camisa blanca, ceñida y lo bastante transparente para dejar ver que debajo no llevaba nada. Burrino sintió que le subía el resuello.

—Bien, ya que queréis saberlo —dijo—, trabajo de ejecutor de la justicia.

—¡El verdugo! —rió divertida la mujer batiendo palmas—, pero si es extraordinario. ¡Quién sabe a cuántos maleantes les habréis retorcido el pescuezo! Y decid: ¿qué hacen los condenados cuando les queréis poner la cuerda al cuello? ¿Se defienden? ¿Nunca se os ha escapado ninguno?

Burrino estaba cohibido e incómodo, pero la mujer parecía excitarse al hablar de aquellas cosas y él pensó que era una de las muchas rarezas de los señores. Además se sentía halagado por el interés y por las exclamaciones de asombro de la joven que ahora se había desabrochado los primeros botones de la camisa pero que mostraba a las claras que quería aún perder el tiempo charlando.

—Apuesto —dijo— a que sois capaz de estrangular al hombre más fuerte simplemente con las manos.

—Qué va —dijo el verdugo—, con las manos no; para ciertas cosas se utiliza el lazo de seda y el torniquete para calandrar el lazo en torno al cuello.

—Pero apuesto a que un hombre muy, muy fuerte se os podría escapar.

—Imposible —dijo Burrino que no comprendía ya nada viendo a la mujer que ahora tenía la camisa completamente abierta en el pecho. Se levantó para acercarse, pero ella se echó hacia atrás.

—Y yo digo, por el contrario, que a un verdadero caballero, adiestrado en el uso de las armas y de la capa, no podríais vencerle nunca.

—¡Bah!, si es por esto, una vez le ajusté las cuentas a uno que estaba considerado el más fuerte de todos…, figuraos que era capitán de la guardia de…

—¿Ah, sí? —dijo la joven quitándose del todo la camisa y quedando con el torso desnudo apoyado en la cabecera de la cama—, nada menos. No me lo puedo creer. ¿Y cómo se llamaba?

—Esto no puedo decíroslo.

—Ah, ah —dijo la joven—, las mujeres somos curiosas. Tendréis que decírmelo si queréis daros el gusto conmigo. Y os juro que no habéis sentido nunca uno tan grande y que os hará ver la diferencia que existe entre una noble señora y las mujerzuelas a las que estáis acostumbrado.

—Os he dicho que no puedo decíroslo —masculló el verdugo lleno de sospecha; luego, fuera de sí, se acercó a la muchacha—. Y ahora, ya seas noble señora o puta, te juro que recibirás tu merecido antes de salir de aquí. Ya tengo bastante de charlas —dijo mientras comenzaba a desatarse los cordones de los pantalones.

En aquel momento se abrió silenciosamente la puerta detrás de él, dos hombres se deslizaron a sus espaldas y le golpearon en la cabeza con un garrote envuelto en unos trapos.

—¿Ha hablado? —preguntó uno de ellos.

—Lo suficiente para dejar entender algunas cosas —respondió la joven mientras se volvía a vestir.

Los dos hombres entonces le pusieron sobre la cama y le estrangularon con comodidad, aturdido como estaba, con un lazo de seda satinado en torno al cuello.

—Dirán que ha muerto de gota —dijo uno de los dos mientras le quitaba los pantalones y los calzones— en una pasión amorosa demasiado ardiente para él.

—*Requiescat in pace* —dijo el otro volviendo a enrollar con cuidado el lazo en torno al garrote y escondiéndoselo debajo de la capa.

La mujer fue la primera en salir seguida por los dos hombres, uno tras otro. En aquel momento se detuvo un coche tirado por dos parejas de caballos negros, negro él también como la pez y con un cochero en el pescante disfrazado de moro, con mangas abullonadas y fajín en la cintura, un gran turbante en la cabeza y la cara teñida de negro de humo.

Los tres subieron deprisa, el cochero dio una voz a los caballos que se pusieron al trote; muy pronto desaparecieron en medio de los oscuros vapores que envolvían la ciudad.

El conde de Montecchio, tío del duque Alfonso de Este, y tío también del duque de Urbino Francesco Maria della Rovere por su matrimonio con su tía Giulia, llegó a la biblioteca en bata porque se había acostado para leer un poco en la cama, como era su costumbre. Desde hacía tiempo las carnavaladas ya no le interesaban y las tareas políticas le fatigaban hasta el punto de que por la noche se acostaba temprano, si podía hacerlo.

Se preguntaba qué podía tener que contarle Pigna que fuera tan importante para molestarle a aquella hora y con aquel tiempo.

Una muchacha se apresuró a reavivar el fuego que languidecía en la chimenea añadiendo una buena brazada de leños y haciendo alzarse una vigorosa llama; tras haber pedido permiso y preguntado al conde si mandaba alguna cosa más se retiró.

Pigna fue introducido poco después por un ayudante.

—Lamento importunar a vuestra excelencia a tan intempestiva hora, pero he tenido conocimiento de un hecho de la mayor gravedad, por lo que he pensado que es necesario deliberar con la máxima urgencia.

El conde se acercó al fuego y removió un poco con el atizador:

—Hablad, os escucho.

—Ha de saber el señor conde que esta misma noche, mientras volvía a casa a pie, porque esos canallas de mis servidores se habían embriagado y no podía volver en la silla de manos... así pues, decía, mientras volvía a casa he sido abordado por Burrino...

—¿El verdugo?

—Exactamente. Así, pues, Burrino me dice que le urgía hablar conmigo de cierto extraño asunto que le había ocurrido la noche anterior, es decir, que dos gentileshombres a los que no había visto nunca antes por aquí se le habían acercado, ofreciéndole dinero para que les dijera de qué había muerto el señor marqués de Vignola, Ercole Contrari.

—¿Y él que ha dicho?

—Él, señor conde, por desgracia ha dicho y no ha dicho... En resumidas cuentas, ha repetido lo que nosotros le dijimos que dijera, pero tan a lo bestia que ha dado a entender que alguien le había aconsejado que guardara silencio y que debajo se escondía una sospecha. No sé si me explico.

—Por supuesto —dijo el conde de Montecchio.

—Yo le he soltado todas las groserías que me han venido a la boca y le he dicho que en lo sucesivo se estuviese callado. Luego le he pedido que me describiera a esa gente y prometiera que les reconocería si conseguíamos echarles el guante. Luego le he dicho que se fuera con Dios.

—Os habéis comportado como convenía, señor secretario. ¿Y habéis tomado disposiciones para dar con esos dos caballeros?

—Todavía no, señor conde, pues primero quería consultarlo con vuestra excelencia. Mucho me temo que en una noche como esta sería como buscar una aguja en un pajar, pero si vuestra excelencia cree que deberíamos tomar alguna decisión… o quizá advertir al señor duque.

—No. Alfonso no debe enterarse de nada de todo esto: bastantes preocupaciones tiene ya. Lo que me pregunto es quién puede estar interesado en remover este asunto.

—Lo mismo he pensado yo, señor conde.

—¿Y a qué conclusión habéis llegado?

—El pobre señor marqués de Vignola no ha dejado herederos… Quizá la señora duquesa de Urbino…

—¿Mi sobrina Lucrecia? ¿Y por qué? Se le dijo que el conde Ercole Contrari se había sentido indispuesto y que luego había expirado a pesar de los cuidados médicos. Era un hombre fogoso, propenso a los ataques de cólera, pero amigo fraternal de toda la vida del duque, que le había conferido el título de marqués hacía tan solo unos pocos meses. Lucrecia no puede haber dudado de la palabra de su hermano. Si le creyó la madre de Contrari, la condesa Leonora Campeggi, ¿por qué no había de creerle Lucrecia que era solo… la amante?

Pigna suspiró:

—La señora duquesa de Urbino es una mujer de mucho carácter que tuvo la desgracia de hacer un matrimonio desafortunado… En el fondo es comprensible que considerara que tenía derecho a un afecto sincero…

El conde de Montecchio le fulminó con la mirada:

—Es inútil volver sobre esa vieja historia: la boda de Lucrecia con Francesco Maria consolidó las relaciones entre nuestras dos familias y nuestra posición con respecto al Papa. Fue una elección acertada. En cuanto al asunto de Contrari, Lucrecia recibió de su hermano todo tipo de garantías. Alfonso siempre la ha tratado con afecto y consideración, ha intentado protegerla de todos los modos posibles. Lucrecia no siente hacia su hermano ninguna animosidad y su comportamiento así lo demuestra. Me parece que eso basta. Y aunque fuera como vos pensáis, ¿a qué podrían conducir sus indagaciones? ¿Qué podría hacer una mujer débil y enferma?

—He pensado también en la condesa Contrari Pepoli, la hermana del pobre marqués de Vignola... Ella también podría tener interés en saber... En el fondo se resistió cuando fueron incautados y vendidos los feudos del pobre señor marqués... De poder contar con alguna prueba, quizá podría impugnar la decisión de su señoría el duque Alfonso de vender...

—Esta es una hipótesis que me parece más verosímil. En cualquier caso, Laura Contrari no está por ahora en condiciones de causar ningún daño y su marido es demasiado prudente para querer ponerse en contra nuestra. Necesito reflexionar, señor secretario. Y por tanto, por ahora, id con Dios.

—Con vuestro permiso, señor conde.

Pigna se volvió para irse, pero el conde de Montecchio le llamó de nuevo:

—Señor secretario, me he acordado de vuestra manía de versificar que os entró cuando todos en esta corte contrajeron la enfermedad de poetizar de ese Torquato Tasso: esa extraña poesilla vuestra que hilvanasteis después de que hubiéramos hecho las cuentas de las deudas ducales que había que cubrir... ¿No la tendríais por casualidad escrita en alguna parte?

—¿Escrita? —dijo Pigna con manifiesto embarazo—. Yo no he hilvanado ninguna poesilla, y menos aún la he escrito. Buenas noches, señor conde. —Hizo ademán de irse, pero volvió enseguida sobre sus pasos—: Si el señor conde me hace la merced de que me acompañe un criado..., es tarde y está oscuro, y a decir verdad...

—Buenas noches, señor secretario general. Sí, que os acompañe Berto que conoce el camino.

Pigna salió a la calle con el criado del conde e hizo ademán de ponerse en camino, pero justo en aquel instante se le acercó un alguacil jadeante que se puso a parlotear con él por los codos. Pigna palideció; luego, se volvió hacia la puerta que apenas acababa de cerrar detrás de sí y comenzó a tirar de la campanilla, gritando:

—¡Señor conde! ¡Señor conde!

El señor de Montecchio reapareció en la puerta:

—Señor secretario, ¿qué puede haber pasado en dos minutos que tenéis necesidad de nuevo de hablar conmigo?

—Han encontrado, señor conde, a Burrino patitieso en un burdel hace apenas un rato.

—Que su alma descanse en paz —dijo el conde—, debe de haber alardeado de sus fuerzas y se habrá ido directo al infierno, en vista de que ha muerto sin recibir la gracia de Dios. Encargaos vos de que hagan desaparecer su cadáver e informaos minuciosamente de cómo ha muerto. Dadle algún cintarazo a la alcahueta y también a la puta que le ha prestado sus servicios, naturalmente. Me gustaría saber cómo han ocurrido las cosas. Haced que el cadáver de Burrino no sea enterrado en sagrado porque, como he dicho, seguramente ha muerto en pecado mortal.

—Así se hará —dijo Pigna.

—Pero enseguida, no mañana.

—Es ya mañana —dijo resignado Pigna, siguiendo con aire afligido al alguacil.

Don Antonio de Montecchio volvió a entrar en su casa un tanto alterado por todas estas novedades que ahora, a los siete años de ocurridos los hechos, se estaban manifestando sin que, aparentemente, hubiera una razón especial para ello.

Además, cosa extraña, habían comenzado a rondarle por la cabeza aquellos tontos versos que Pigna había compuesto la vez aquella que hicieron las cuentas de las arruinadas finanzas del ducado:

Per sostenere el prence son partiti
cento guerrier dall'arme sfolgoranti.
Settantacinque son da feudi aviti
da castelli e da ville, tutti quanti,
venticinque son d'oro rivestiti.

Pero la carga de las tareas de gobierno, las preocupaciones por ese heredero del duque que no quería saber nada de venir al mundo, ni siquiera por la nueva y joven duquesa que era lozana como una rosa y sana como una manzana, las dificultades de mantener buenas relaciones con el Papa, con los Médicis, con el mal carácter de su sobrino Francesco della Rovere le producían tal quebradero de cabeza que había olvidado que fue él quien había escrito en alguna parte aquellos versos y no Pigna, quien, precisamente por eso, había puesto cara de sorpresa.

El conde decidió, de todos modos, que convenía consultarlo con la almohada y volver a pensar en ello al día siguiente con la mente fresca y descansada. Entretanto, de noche, los torturadores harían su trabajo de modo que, cuando se levantara, sabría exactamente cómo había muerto Burrino. La coincidencia de la muerte del verdugo con los extraños precedentes de los que había hablado Pigna podían muy bien no ser casuales.

Se acostó y se durmió enseguida, pero su sueño se vio poblado de pesadillas. La antecámara del duque: el marqués de Vignola esperando ser recibido y luego, de golpe, el conde Bentivoglio y Palla Strozzi que se le acercaban con aspecto cordial para, acto seguido, cogerle de improviso por los brazos mientras Burrino, por detrás, le ponía el lazo al cuello y lo apretaba retorciendo el trinquete con sus grandes manos…, los ojos de Ercole Contrari que casi se salían de las órbitas, el rostro que se hinchaba de sangre, las arterias del cuello turgentes hasta casi estallar, los miembros que se endurecían para luego en un instante aflojarse, las piernas que se distendían como las de una marioneta a la que se corta los hilos, el manchón de orina expandiéndose por las calzas de terciopelo rojo...

Le había parecido la mejor idea que proponer al duque: por desgracia la boda entre su hermana Lucrecia de Este y Francesco Maria della Rovere había sido un completo fracaso, pero si precisamente llegaban a separarse los Della Rovere no podrían negarse a restituir la dote de cincuenta mil francos y diez mil escudos so pretexto de que Lucrecia tenía un amante y, por tanto, despojando de toda razón a los de Este. Y así se evitaría que estallara un escándalo que podía trastornar a la casa de Este, mandar al traste todos los proyectos del duque para subir al trono de Polonia, malquistarle por causa de los Della Rovere también con el rey de España, dar una excusa más al Papa para alargar las manos sobre Ferrara.

Y no podría sospechar nada.

Por su parte, don Alfonso de Montecchio estaba totalmente convencido, por habérselo dicho confidencialmente al médico Brasavola, de que el estéril era el duque y que no podía tener herederos. Y ello podría allanar el camino a su hijo César... con los oportunos ardides. El duque había tenido que convencerse de que, en cualquier caso, su interés prioritario era quitar enseguida de en medio a Contrari, por más que delante del cadáver de su viejo y querido amigo había mostrado algún signo de desconcierto.

Volvía a ver en su agitado sueño a los médicos representando la comedia del intento de reanimar a un cadáver y le parecía en sueños que era él quien ocupaba el lugar de los restos de Contrari, y que todos aquellos cirujanos se apiñaban a su alrededor, le llenaban el cuerpo de sanguijuelas, le metían a la fuerza purgas y lavativas por todos los orificios.

Se despertó molido y baldado como si le hubieran estado dando una paliza durante toda la noche y, por si ello fuera poco, las noticias de la mañana fueron pésimas: Pigna, de un humor pésimo y con ojeras de no haber pegado ojo, le contó que la alcahueta solo sabía que una mujer pelirroja había alquilado una habitación y había subido con Burrino, y que cuando fue encontrado el cadáver aquella había desaparecido hacía ya un rato. Pigna refirió asimismo que era mejor no seguir con aquel tipo de interrogatorio porque se corría el riesgo de que salieran a la luz historias poco edificantes sobre damas y caballeros muy relevantes en la corte de los Este y que solo les faltaría eso con todas las habladurías que ya corrían y con todas las malas lenguas acreditadas en la corte con dignidad de embajadores extranjeros.

El conde de Montecchio le mandó, pues, que fuera con Dios y le dijo que estuviera tranquilo porque no había nada que temer.

La segunda mala noticia le llegó a la hora del almuerzo cuando el trinchante de la casa, Rosetti, hizo acto de presencia mientras él estaba tomando un poco de caldo para decirle que, con su permiso, deseaba darse de baja del servicio.

—Pero ¿qué te falta? —le preguntó el conde con expresión de pasmo.

—Nada, no se trata de eso, señoría.

—Pues, entonces, ¿de qué?

—Es que he recibido una oferta de entrar al servicio de otra casa, y dado que se trata de un persona muy querida para mí y que está muy necesitada de cuidados y de servicio, he pensado que...

—Ah. Es una buena obra, entonces, la tuya; no es que te vayas porque pagan más.

Rosetti se quedó incómodo sin saber qué responder.

—¿Y puede saberse quién es esta persona que se me lleva al trinchante?

—Es la sobrina de vuestra señoría —respondió Rosetti—, la duquesa de Urbino y hermana del señor duque, doña Lucrecia.

El conde de Montecchio no supo qué decir: después de todo, era mejor no contrariar a Lucrecia en algo de importancia secundaria como era aquello, toda vez que había tenido, por razones de Estado, que aceptar un marido quince años más joven que ella que no la había querido nunca y que por si fuera poco le había contagiado el mal francés; además de verse privada posteriormente, aunque fuera para su bien, del único hombre al que quizá había amado en su vida.

Podía pasar sin Rosetti, qué diablos. Dio, así pues, su consentimiento, y dejó que se fuera aunque de todos modos puso cara de gran contrariedad y se lamentó de la ingratitud humana.

Rosetti preparó a toda prisa sus bártulos y se fue con un coche a la residencia de la duquesa. Nadie le reconoció cuando salió por la puerta de servicio vestido de campesino en un birlocho tirado por un viejo jamelgo en dirección a la puerta sur de la ciudad. En cuanto a la duquesa Lucrecia, nadie la veía desde hacía tiempo, a no ser el médico Brasavola que la visitaba para tratarla de su enfermedad.

El sol del siguiente atardecer se ponía en un horizonte nebuloso y fosco cuando el coche se detuvo en una orilla del río en San Martino. Los tres ocupantes —la mujer, no ya pelirroja sino de morenos cabellos, y los dos hombres— bajaron de él, subieron a una barcaza y llegaron a la hostería de la orilla opuesta donde tomaron tres caballos de refresco de las caballerizas y reanudaron el viaje al galope. Cambiaron de nuevo en Bondeno y pernoctaron la noche siguiente en Nonantola: era el Martes de Carnaval que cerraba las fiestas de aquel año de gracia de 1582. Habían recibido instrucciones de al día siguiente, Miércoles de Ceniza, llegarse a la caída de la tarde a una alquería escondida en un bosque de encinas al fondo del valle del Panaro, en Vignola. Y no eran los únicos que habían sido convocados a esa hora en aquel lugar.

Galvano Galvani salió de la iglesia después de haber escuchado las vísperas y se dirigió hacia el camino que llegaba del sur bordeando el valle del río. Volvió la mirada hacia atrás para contemplar los glacis del castillo sobre los que flameaban las banderas de Boncompagni, nuevo señor de Vignola, y en aquel momento todos los recuerdos del pasado volvieron a aflorar a su mente: las partidas de caza con Ercole Contrari; los pabellones levantados a lo largo de las orillas del Panaro; los cuernos de los jefes de batida; las jaurías de perros jadeantes que perseguían la caza en los espesos matorrales de sauces y de encinas; los jinetes lanzados al galope a través de los vados en medio de una nube de salpicaduras irisadas; las damas sentadas en la hierba o reunidas dentro de las tiendas escuchando los versos de Bernardo Tasso y de su inquieto hijo, el gran Torcuato..., Torcuato... ¿qué suerte había corrido aquella excelsa mente prisionera de un avaro, angosto espacio?

Vago pensier tu spieghi ardito il volo... *

pensaba Galvano alzando los ojos a una bandada de grullas que pasaba por el cielo gris combado como una jofaina de peltre sobre el silencioso valle.

Tomó un sendero que descendía por el barranco hacia el cauce del río atravesando una espesura de zarzales que apenas mostraban el engrosarse de las yemas. Una vez hubo llegado a las cercanías de la vieja alquería, observó un par de caballos que pastaban en libertad y un coche negro dentro del cobertizo. El anfitrión estaba ya a la espera de sus visitantes mientras la jornada llegaba a su término y la oscuridad descendía de los montes dejando solo sobre las aguas del río un tenue resplandor de color ferrugiento.

Llegó hasta el centro del patio y se detuvo allí, inmóvil, mirando fijamente el sendero que serpenteaba en la base del dique y se perdía en la desnuda vegetación hacia el norte. Sintió a sus espaldas aquella mirada y advirtió aquella presencia muda e impaciente, pero no se volvió; siguió escrutando el horizonte, al fondo del sendero, por encima de la margen de levante y de poniente, con ansiedad.

Finalmente apareció la silueta de un jinete que avanzaba rápido espoleando a su corcel y muy pronto el valle resonó

* «Errático pensamiento que levantas osado el vuelo.» *(N. del T.)*

con el sordo retumbo de los cascos sobre la tierra batida. El caballo, un ejemplar negruzco de ojos ardientes y cabeza larga y nerviosa, se detuvo a escasa distancia y el jinete con la cabeza cubierta por una capucha saltó a tierra.

—Soy Laura Contrari —dijo liberando con un rápido gesto la melena de color ala de cuervo.

Galvano Galvani se inclinó y le indicó la puerta entreabierta de la alquería: la mujer dejó el caballo, que fue a reunirse con otros dos que había en el pasto, y desapareció en el interior.

Un resplandor incierto le hizo volver la cabeza del lado del bosque en la margen de levante y pudo muy pronto distinguir tres sombras que avanzaban a pie llevando a los caballos de la brida a la luz oscilante de un candil. Cuando los tuvo delante, vio que eran una mujer y dos hombres.

—Soy Anna Guarini —dijo la mujer— y estos gentileshombres son mi escolta. Espero que hayamos llegado a tiempo.

Galvano Galvani asintió:

—Se os esperaba —dijo, y les señaló el portalón de la alquería del que salía ahora una pálida claridad.

Los caballos habían dejado de pastar, se habían retirado, uno tras otro, a cubierto bajo el cobertizo y arrebataban de cuando en cuando algún manojo de heno de un pesebre lleno hasta los topes. La campana de la parroquia llamó a completas y el toque argentino se perdió en el valle dejando tras de sí solo el murmurio del río y el soplo del viento que descendía ahora, frío, de los Apeninos nevados.

El último mensajero tardaba: quizá había encontrado algún impedimento…, quizá había sido descubierto. Galvano Galvani se volvió y se encaminó hacia la entrada de la alquería, pero en el último momento el chirrido de unas ruedas que provenía de su derecha le hizo pararse: se volvió hacia la orilla de poniente y a duras penas pudo distinguir, recortada sobre el oscuro cielo, la silueta de un carro tirado por un caballo. Un hombre se apeó de él, pareció parlotear con el arriero y luego tomó por el sendero por el que él mismo había bajado no mucho antes.

El cono de luz que se filtraba por la puerta entornada de la alquería le sirvió de guía y el hombre atravesó poco después el patio; le alcanzó en el umbral:

—Vos debéis de ser Giovan Battista Rossetti —dijo Galvano.

—Lo soy, en efecto.

—Seguidme, entonces. Vos sois el último.

Entraron en una galería a la que daban luz algunos candiles, luego subieron la escalera que llevaba a la planta superior. Recorrieron un pasillo desierto y entraron en una gran habitación desnuda y escasamente iluminada donde esperaban sentados los otros cuatro huéspedes: de un lado las dos mujeres en silencio, del otro los dos hombres que hablaban entre sí quedamente. El pobre alumbrado no alcanzaba a iluminar el fondo de la habitación que quedaba inmersa en la sombra, pero no pasó mucho tiempo antes de que Rosetti se diera cuenta con sorpresa de que había un cubo al arrimo de la pared del fondo sobre el que estaba sentada una figura de mujer cubierta con un velo negro.

Galvano Galvani habló en voz baja con todos sus huéspedes: con Laura Contrari, con Anna Guarini, con los dos gentileshombres y, finalmente, con Giovan Battista Rossetti. Escuchaba con gran atención, luego hacía de nuevo preguntas. Finalmente avanzó hacia el centro de la sala y habló vuelto hacia la mujer que estaba sentada.

—Señora —dijo—, creo que ahora vamos a estar en condiciones de conocer la verdad, o al menos de acercarnos a ella en gran medida, pero os pregunto, antes de que tomen la palabra nuestros amigos, si no queréis renunciar a vuestra investigación. Por desgracia es imposible poner remedio al mal que se os ha causado, pero un mal puede sumarse a otro iniciando así una secuencia infinita de pesares y de desgracias. Y quizá el perdón podría traer más alivio a vuestro exacerbado ánimo que la venganza.

—El mal debe ser castigado —dijo la mujer con voz firme y ronca—, hablad, pues.

—Yo creo, entonces, que la señora Anna Guarini debe ser la primera en hablar: tiene noticias más exactas que contar y también más... crueles; Anna ha desempeñado con suma pericia su encargo y nadie ha podido reconocerla en su disfraz, tanto más cuanto que, en su calidad de dama de compañía de la nueva duquesa Margherita Gonzaga, su comportamiento con vuestra enemiga y adversaria son tales que a nadie se le podría pasar nunca por la cabeza que hubiera decidido, en cambio, tomar parte en esta investigación nuestra.

Anna Guarini se adelantó:

—El conde Ercole Contrari fue asesinado en las habitaciones del duque el 2 de agosto de 1575; no se trata solo de rumores que acaso vuestra señoría puede haber recogido. He podido saberlo de boca del verdugo en persona que ejecutó la orden.

—¿La orden de quién? —preguntó la dama del velo. Y la voz le tembló de desdén.

—Esto no lo sé —respondió Anna—. Puedo deciros, sin embargo, que el ejecutor de esa infamia tuvo igual muerte y a estas horas está seguramente en el infierno.

—¿Qué muerte? —preguntó la dama.

Anna Guarini calló, incómoda. La dama repitió con voz más alta la pregunta:

—¿Qué muerte?

—Estrangulado. Con lazo.

—Quien a hierro mata... —dijo Rossetti, pero guardó silencio al punto porque se había creado en la gran habitación desnuda una sensación de grave opresión, como si aquel luto ahora ya lejano se hubiera vuelto, por el contrario, de golpe vivo y reciente, y más acerbo aún.

—Os estoy agradecida —dijo la dama— también a vosotros, señores, por haberme hecho justicia, al menos en esto.

Galvano Galvani se dirigió a Rosetti:

—Habéis estado en la casa del conde de Montecchio durante mucho tiempo. Seguramente habéis oído cosas que pueden ser útiles para reconstruir la verdad.

—El conde de Montecchio sabe ya fehacientemente y desde hace no poco tiempo que el duque Alfonso no podrá tener herederos, ni siquiera de Margherita Gonzaga. Se lo aseguró Brasavola —dijo Rosetti vuelto hacia la dama—. Y por tanto el conde se prepara para garantizar la sucesión a su hijo César.

—Esto no nos ayuda a comprender los motivos del bárbaro asesinato de nuestro amigo —dijo Galvani—, el conde de Montecchio tenía interés en que existan buenas relaciones entre los de Este y la familia Della Rovere, pero nos es difícil creer que ello fuera suficiente para ordenar la muerte del marqués de Vignola.

—El duque conocía la relación entre la duquesa de Urbino y mi hermano. He hablado con Torquato Tasso —dijo Laura Contrari.

A estas palabras la dama se puso en pie, apoyándose con las dos manos enguantadas en los brazos del asiento.

—¿Vos habéis hablado con él? —preguntó con la voz rota por la emoción.

—He hablado con él —respondió Laura Contrari—. Me introduje en la cárcel sobornando a sus guardianes.

—¿Cómo está? —preguntó la dama volviendo a sentarse. Había un temblor de pesar en su voz.

—Su mente se ha desintegrado entre aquellas paredes. Parece estar en su sano juicio cuando habla una con él, pero luego, de repente, se pone a decir cosas sin sentido.

—¿Qué habéis podido saber de nuevo? —preguntó Galvano Galvani.

—Por desgracia poca cosa, aparte de lo que os he dicho, a pesar de que le supliqué.

—Habéis corrido el mayor riesgo por el mínimo resultado —dijo Galvani—. Sois valiente, doña Laura.

—Fui su hermana —dijo la mujer con aire triste—. Nada es demasiado arriesgado para mí. Con solo que pudiera contar con las pruebas de la culpabilidad del duque y de cualquiera que haya sido su cómplice…

—Lamentablemente solo hemos conseguido golpear el último eslabón de la cadena y el más débil además.

—Hay una cosa —dijo Laura Contrari—, una cosa extraña que se me ha quedado grabada: Tasso, antes de irme, me recitó varias veces unos versos sin sentido... diciendo que quizá estaba en ellos la clave de ese crimen.

—¿Qué versos? —preguntó Galvano Galvani.

La dama del velo estaba de nuevo inmóvil como una estatua. Escuchaba, como un juez escucha a los testigos de un delito.

Laura Contrari comenzó a declamar, con dificultad, como volviendo a traer a la memoria palabra por palabra:

Per sostenere il prence son partiti
cento guerrier dell'armi sfolgoranti.
Settantacinque son da feudi aviti
da castelli e da ville, tuti quanti,
veinticinque son d'oro rivestiti...

—Son realmente extraños —dijo Galvani—. Parecen un enigma.

En aquel momento Giovan Battista Rossetti tuvo un sobresalto y se acercó a Laura Contrari.

—¿Cómo habéis dicho? —preguntó—, repetid esos versos, por favor. Os lo ruego, repetidlos..., yo creo saber...

Laura Contrari los repitió, con más soltura.

—¿Y qué os dijo Tasso? —preguntó de nuevo Rossetti.

—Que quizá estaba explicado en ellos el motivo del crimen.

—¿Os traen algo a la memoria? —preguntó Galvani.

—Oh, sí —dijo Rossetti—, por fin, sí. Se me pidió que recabara todo tipo de información posible en casa del conde de Montecchio, y es lo que he hecho. Pues bien, esos versos están escritos en el encabezamiento de una relación que una noche vi al entrar en el gabinete del conde después de que se hubiera entretenido un largo rato con su secretario Pigna. Había una lista de gastos cuya naturaleza no se especificaba, deudas quizá, y luego seguía una especie de estimación de los bienes del marqués de Vignola: los feudos, las tierras, las villas, los castillos estaban valorados en setenta y cinco mil escudos, el dinero contante en cerca de veinticinco mil. Durante mucho tiempo no comprendí qué relación podía existir entre estos versos y la estimación de los bienes de Ercole Contrari. Ahora creo que está claro.

—Oh, sí —dijo Laura Contrari—. Está claro que esos gastos eran las deudas del duque de Este, contraídas para cubrir los costes de los fastuosos festejos para sus continuas bodas, para las cortes de sus tres mujeres, para ganarse a los electores al trono de Polonia.

—Y he aquí cien caballeros que acudieron en ayuda del príncipe, o sea, el duque mismo; se trata de miles de escudos; setenta y cinco mil de la venta de los feudos de la familia Contrari a Boncompagni, veinticinco mil en dinero contante... veinticinco van de oro revestidos...

—Dios mío —dijo Anna Guarini.

La dama del velo se puso en pie y dio algunos pasos hacia sus huéspedes:

—¿Y esto —dijo—, basta esto, según vos, para dar muerte a un amigo?

Laura Contrari se quedó impresionada por aquella pregunta que había ya oído entre las paredes del manicomio de Santa Ana:

—No quiero decir que esta sea la causa por la que el duque se vio impulsado a eliminar a Ercole, pero seguro que era lo que más contaba para el señor de Montecchio —dijo— si es cierto que tiene la mira puesta en la sucesión de César, es más que comprensible que quisiera prepararle una consistente herencia y no meterle en una vorágine de deudas.

—Os estoy muy agradecida, amigos míos, por lo que habéis hecho. Y de nuevo os pido que vuestro comportamiento para el futuro sea tal que evitéis que la mínima sospecha recaiga sobre vosotros —dijo la dama—. Vos, doña Laura —prosiguió acto seguido—, ahora sabéis la gran afrenta que se ha causado a vuestros sentimientos y a vuestro derecho. Actuad como juzguéis oportuno. Por mi parte, he tomado ya mi decisión. Que Dios os guarde.

Desapareció detrás de la portezuela que se cerró a sus espaldas con un leve chirrido. Poco después, cuando los cinco se estaban despidiendo de Galvano Galvani que había desempeñado hasta entonces en el máximo secreto la tarea de coordinador se oyeron unos relinchos, un resonar de cascos y el ruido de un coche que se alejaba rápidamente.

El marqués Boncompagni fue despertado entrada la noche en su castillo de Vignola por un ayuda de cámara perplejo e incómodo:

—Disculpe vuestra señoría, pero la persona que espera en la sala de armas ha insistido en ser recibida de inmediato, por un asunto de la máxima importancia. Parece que se trata de una cuestión de vida o muerte.

—Pero ¿quién puede tener tamaña osadía de importunar a un caballero a estas horas? —dijo el marqués saliendo sin embargo de la cama y volviéndose a vestir a la luz de un candil que un criado soñoliento sostenía en la mano.

El ayuda de cámara se le acercó murmurándole un nombre al oído.

—¿Ella? —dijo estupefacto Boncompagni—, no es posible.

Poco después, ya vestido y con los cabellos aún desgreñados recogidos en una gorra de terciopelo verde, el marqués estaba en la sala de armas en presencia de una dama tocada con un velo y vestida de negro.

—Bienvenida a esta casa, alteza —dijo con cierta incomodidad—, ¿puedo preguntar el motivo por el que la duquesa de Urbino me hace el honor tan inesperado de una visita?

—Necesito un contacto directo y secreto con el Sumo Pontífice —dijo la dama—, vengo... —Pareció por un instante dudar—. Vengo para ofrecerle la ciudad de Ferrara y... lo que queda de la casa de Este.

Boncompagni se quedó durante unos largos instantes sin habla, tratando sin embargo de escrutar detrás del velo aquel rostro que los versos de Torquato Tasso habían celebrado como divino. No pudo más que adivinar a duras penas la mirada abstraída y doliente bajo la frente altiva y, a la luz del color sangre de las antorchas, el brillo incierto de una lágrima.

HOTEL BRUNI

Lo llamaban hotel Bruni porque quienquiera que llamase a aquella puerta encontraba hospitalidad a cualquier hora del día o de la noche, pero era una simple casa de labor de la llanura, una de aquellas viejas construcciones con las paredes agrietadas y los postigos descoloridos por el tiempo.

Los Bruni eran una gran familia de labradores y trabajaban aquella hacienda desde hacía cien años, siempre pendientes del qué dirán, pero era posible que vivieran en aquella casa desde hacía mucho más tiempo. «Cien años», en efecto, equivalía simplemente a «un montón de tiempo». La gente decía «se necesitan cien años para hacer un refrán», lo que es como decir «siglos».

El viejo se llamaba Giovanni y su mujer Clerice; tenían seis hijos varones y dos hembras, y la vida de la familia transcurría entre la cocina ennegrecida por el humo de un enorme hogar, el establo con los animales para la leche y los de tiro y los campos sembrados de cereal y de cáñamo. Cien fanegas de tierra feraz y generosa, una por cada año que los Bruni la habían cultivado doblando el espinazo bajo un sol de justicia para atar cientos de gavillas de cereal o, en los años de rotación del cultivo, para cortar el cáñamo con la hoz y agramarlo a la hora de mediodía cuando el calor aprieta más, pues de lo contrario la fibra no se separa, la hilaza no es buena.

En otoño comenzaba la temporada de la labranza y los Bruni uncían hasta seis pares de bueyes para arrastrar el gran arado de desfonde. Labraban día y noche por turnos durante dos o tres semanas y luego se iban a echar una mano a las fincas vecinas que no tenían animales suficientes de tiro para la labranza.

El período más agradable era el invierno, cuando la tierra se purgaba bajo la nieve, en la casa se encendía un buen fuego y de noche se encontraban todos en el establo: las mujeres hilando cáñamo para los ajuares de las hijas, los hombres jugando a las cartas o contando historias mientras los bueyes rumiaban tranquilos.

El verdadero hotel Bruni era precisamente el establo, donde los pobres encontraban hospitalidad durante el invierno. El boyero desataba una bala de paja fresca en la pocilga y el forastero se podía tumbar cómodamente y calentito. A la hora de la comida y de la cena Clerice mandaba a Maria, la hija pequeña, con un plato de sopa, un pedazo de pan y una frasca de vino.

Pero si el huésped se volvía útil arreglando los sombreros o reparando sillas o poniendo los mangos a las herramientas agrícolas o echando una mano para limpiar el establo, entonces era admitido a la mesa con la familia y comía y bebía sentado con muchos cubiertos, porque quien trabaja justo es que coma con los pies bajo la mesa.

El mayor número de huéspedes, o de clientes, como los llamaba la gente, llegaban en invierno, cuando uno se pelaba de frío y la escarcha permanecía en los árboles sin disolverse nunca, ni siquiera cuando salía el sol. No era raro que se diera el caso de que en la pocilga durmieran más de uno incluso durante varias semanas, porque nadie les echaba o decía «¿Cuándo pensáis iros?». A veces estallaba alguna pelea y se escapaba alguna bofetada por pequeñas rivalidades o celos entre los mendigos, pero nadie hacía caso.

Había entre ellos también tipos singulares: gente que había corrido mundo y las había visto de todos los colores, que tenía historias extraordinarias que contar, asuntos de celos, de venganzas, de asesinatos. Su mejor momento era por la noche, después de la cena, cuando todos se reunían en el establo. Había uno que decía haber estado en la banda de Adani y Caprari, y que había hecho de salteador de caminos durante cinco años antes de ver caer muertos a los jefes de su banda a pistoletazo limpio por los *carabinieri* en los trigales de las tierras bajas del Po. Cuando se había tomado un vaso de más, los Bruni le oían cantar a voz en cuello:

¡Cuando la luna traspone los montes,
nosotros estamos listos, listos
para asesinar!

Maria tenía mucho miedo cuando él la miraba con aquellos ojazos blancos y decía: «Tengo hambre de carne de cristiano, mi potranca bonita» y rompía a reír mientras ella dejaba deprisa el plato de la sopa en el suelo y salía pitando. Y mientras ella huía, le oía que seguía cantando:

El primero de los asaltos que dimos
fue en la persona de una señora.
Le plantamos el cuchillo en la garganta
y le robamos el dinero de la bolsa.

El vino que se servía a los huéspedes no era de botella, aunque era igualmente bueno. Pero si la cantidad que ofrecía el hotel Bruni no era suficiente, los huéspedes que se quedaban con sed podían servirse del barril del trujal que estaba debajo de la entrada. La familia lo tomaba con agua en verano.

Raramente los Bruni sabían cuál era el nombre de sus huéspedes, les llamaban siempre con un apodo y lo preferían así. No es que tuvieran gran cosa que esconder, pero les proporcionaba ese mínimo de misterio que les volvía interesantes y por eso mismo dignos de ser hospedados.

No faltaban, aunque en menor número, las mujeres, en cuyo caso Clerice ponía a su disposición el cuartito donde guardaban el vinagre porque no quería líos. Había una, que hacía perder el oremus, que se hospedó varias veces, luego desapareció y durante bastante tiempo no se supo nada más de ella, ni ahí te pudras. Cuando le pedían que contara su historia decía: «Pobre, Desolina, enfermedad mental..., enfermedad mental, pobre...». Eran las únicas palabras que pronunciaba y sabe Dios dónde las había aprendido. Alguien dijo que era una viuda que vivía en la montaña con una única hija que se deslomaba de sol a sol para trabajar un trozo de tierra lleno de piedras y de grama. Un día la hija palideció, le entraron náuseas, vomitaba con frecuencia. Y ella comenzó a decirle: «¿No estarás embarazada, no estarás embarazada? ¡Mira que si lo estás te mato! ¡Ya te dije que si pasaba algo así el amo nos despediría!».

Lo que era muy cierto. Si en una familia campesina una muchacha se quedaba embarazada, el amo les echaba a todos para evitar así el escándalo y el mal ejemplo en el pueblo. Y si una familia de labradores era despedida, luego resultaba casi imposible que consiguiera tener otra ocupación. Generalmente se veían obligados a mendigar o acababan en alguna casucha de alquiler tratando de ganarse un pedazo de pan al jornal.

La muchacha se había espantado tanto que un buen día se tomó una botella de sublimado corrosivo y murió entre atroces espasmos echando baba y sangre por la boca. La madre enloqueció y el médico la hizo encerrar en Reggio en la casa de locos de donde luego, no se sabe cómo, escapó.

Quizá fue precisamente allí donde aprendió aquella frase: «Pobre, Desolina, enfermedad mental..., enfermedad mental».

Nunca nadie fue capaz de decir si aquella historia era realmente cierta, pero así la contaban.

El primero en casarse de los seis hermanos varones fue el mayor, Gaetano, y por desgracia no fue un buen comienzo. Desde hacía casi un año cortejaba a una muchacha de un pueblecito vecino y en un determinado momento le preguntó, como es natural, si quería casarse con él porque así mandaría al padre a pedir su mano. La muchacha estuvo dudando durante algunos días y Gaetano pensaba que lo único que quería era hacerse desear un poco. Pero finalmente ella le dijo lisa y llanamente a la cara que los Bruni cosechaban demasiado cáñamo, lo que significaba que en aquella casa había que deslomarse demasiado. El pobre hombre trató de convencerla, pero no hubo nada que hacer: tuvo que irse de mala gana porque la muchacha era muy bonita y le gustaba de verdad.

Pero no pasó mucho tiempo antes de que Gaetano se resignara; empezó a requerir de amores a otra muchacha también del mismo pueblo y fijó el día de la boda. El día anterior a subir al altar cogió el birlocho, unció la yegua y se fue para la casa de su enamorada para recibir la dote. De camino pasó precisamente por delante de la casa de su viejo amor que estaba en la puerta limpiando guisantes. Al verle le saludó y le dijo:

—¿Adónde vas tan guapo, Gaetano?

—Voy a un lugar que habría podido ser para ti de haberlo tú querido —respondió él.

El rostro de la muchacha se ensombreció de golpe, cambió de expresión y, con voz extraña y remarcando las palabras, le dijo:

—Quiera Dios que no disfrutéis ni de la primera noche de bodas.

Y así fue. La misma noche de bodas Gaetano no se sintió muy bien y no hizo sino empeorar día tras día. Apollonia dio a luz una niña muerta y a los pocos meses perdió también al marido. Así las cosas, se presentó ante Clerice y le dijo que ella no tenía ya nada que la retuviera en aquella casa y que prefería volverse con los suyos. Clerice se secó los ojos con el borde del delantal porque aquellas palabras le hacían sangrar una fea herida y porque, yéndose, la nuera se llevaba también lo que quedaba de la familia de su hijo. Se limitó a decirle: «Tienes razón. Pero recuerda que esta siempre será tu casa y si a cualquier hora del día o de la noche tienes necesidad de ayuda la puerta siempre estará abierta para ti».

Y era cierto. Clerice, en efecto, tenía tanta experiencia y era tan prudente que todas las mujeres que tenían necesidad de ella la mandaban llamar. Asistía a las parturientas y a las personas mayores y enfermas y sabía también detectar muchos males: los orzuelos y el mal de ojo, pero también las lombrices de los niños, las convulsiones, el herpes zoster y sabía curar los desarreglos intestinales con un vaso y una vela.

Las cosas fueron un poco mejor para la primera de las hembras, que además en edad era la segunda de toda la camada. Se llamaba Rosina y era hermosa como un sol, con el pecho erguido, y unos costados redondeados y con una cintura de avispa que se le hacía a uno la boca agua. Se casó con un guardia de la policía fiscal del sur de Italia celoso como un turco, que se la llevó a Florencia y la tuvo siempre bajo llave, aunque nunca le faltó de nada.

El estallido de la Gran Guerra fue para los Bruni un mazazo, porque los cinco hijos varones que se habían quedado en la familia, en el espacio de un año, fueron llamados a filas y tuvieron que partir. La enorme hacienda se quedó sin mano de obra porque en la casa habían quedado solo los dos viejos con la única hija todavía soltera, Maria, que era la más pequeña.

Decidieron tomar un mozo para tirar adelante lo mejor posible, pero el muchacho se enamoró enseguida de Maria, que era preciosa y florecía en aquellos años como una rosa. Aunque ella no le quería, fingía aceptar su corte porque así conseguía que por amor hacia ella hiciera algo en los campos y en el establo. Los dos ancianos, Giovanni y Clerice, aunque de edad bastante avanzada, habían tenido que volver a los campos para que las cosechas no se perdieran y para conservarle el patrimonio al amo.

El amo era un abogado de la ciudad, y cuando los niños eran todavía pequeños y él venía de visita a su finca, Clerice los escondía en la pocilga para no oírle decir siempre aquellas palabras: «Demasiadas bocas que alimentar y pocos brazos para trabajar».

El viejo era incapaz de resignarse y todas las noches, al acostarse, muerto de cansancio y con la espalda destrozada, suspiraba revolviéndose en la cama y decía: «¿Dónde estarán nuestros niños? Quién sabe qué tierra les cubre».

A veces, si veía pasar por la carretera a soldados curvados bajo el peso del macuto, chorreantes de sudor en sus uniformes de tela, les llamaba para que entrasen, mandaba traer vino fresco de la bodega, cortaba embutido y pan recién salido del horno y decía: «Comed y bebed, muchachos». Le parecía, al hacer esto, que alguien trataría del mismo modo a sus hijos que combatían lejos, en el frente.

Pero cuanto más tiempo pasaba, más se consumía el viejo en su angustia. Seguía diciendo: «¿Dónde estarán nuestros niños..., dónde estarán?», y dormía poco y mal.

Cosa extraña, Clerice daba muestras de ser más fuerte que él, quizá debido a su inquebrantable fe. Rezaba siempre a la Virgen. Sabía que también ella era una mujer y una madre que había perdido a un hijo en el martirio y que haría cualquier cosa por evitarle un dolor tan desgarrador.

El domingo los hombres que no estaban en la guerra iban al patio a jugar a las bochas y a tomarse un vaso de vino, un lujo que el hotel Bruni podía ofrecer sin pedir nada a cambio, pero en el momento de la bendición, cuando la campana tocaba a la oración y el sacerdote levantaba el refulgente ostensorio en el altar para bendecir al pueblo, Clerice mandaba salir a todos, se ponía un delantal recién lavado y sola, de pie en medio del gran patio, se santiguaba.

Las noticias que llegaban al pueblo sobre la guerra eran pocas y contradictorias. Solamente el médico, el farmacéutico y el veterinario leían el periódico, pero un pobre labrador como Giovanni Bruni no se habría atrevido jamás a preguntarles qué había escrito en aquellas hojas y si por casualidad había noticias sobre sus hijos.

Un día de diciembre, hacia la atardecida, cuando faltaba

poco para Navidad y las mujeres pasaban arrebujadas por la calle para ir a la novena, el primero y más joven de ellos, que se llamaba Checco, se apeó del tren en la estación del pueblo vecino y se encaminó a pie hacia el pueblo que distaba siete kilómetros. Llevaba aún su bonito uniforme, pero se había quitado las tiras de muletón para las polainas que le torturaban las piernas y las había tirado a la cuneta. El aire era fresco y cortante y el color bermejo de las viñas ya vendimiadas resplandecía a la pálida luz del ocaso.

En los campos se oía la llamada de los boyeros que empujaban los tiros de cuatro o de seis grandes bueyes romañolos que araban los campos. De los enormes terrones invertidos se alzaba una neblina fina que se arrastraba entre los rastrojos y las hileras de olmos y de arces campestres. A su paso los perros se ponían a ladrar y a correr adelante y atrás haciendo resbalar el eslabón de la cadena en la alambrera tendida entre la entrada y el establo.

Cuando se acercaba al pueblo oyó el toque de la campana llamando a la oración y, pensando en lo que su madre le había enseñado tantas veces, se detuvo delante de una capillita con la imagen de la Virgen de la Providencia y se santiguó. Luego retomó el camino y se presentó en el pueblo hacia el anochecer. No había casi nadie por la calle, pero en el torreón ondeaba una gran bandera tricolor, señal de que también en aquel pueblo tan pequeño había llegado la noticia de que Checco y sus hermanos habían ganado la guerra y habían expulsado a los alemanes.

Su mirada cayó en aquel momento sobre la puerta del oratorio de la Compañía del Santísimo que se abría para dejar salir a cuatro porteadores con unas andas. Le precedían unos treinta metros y caminaban con paso apresurado y desacompasado. Les siguió porque hacían su mismo camino y se preguntaba quién podía haber muerto en aquella calle. Pensó que podía ser el viejo Motta que era de edad muy avanzada y sufría de asma desde hacía mucho tiempo, pero los porteadores pasaron sin detenerse delante de su casa. Quizá el viejo se había ido al otro barrio hacía ya un tiempo o seguía viviendo tan campante escupiendo, tosiendo y masticando tabaco.

Pensó que podía ser la vieja Preti que había ya enterrado a tres maridos, pero que al final debía también ceder a los años que le pesaban sobre la joroba. Pero también delante de la casa de la vieja Preti los porteadores siguieron todo recto. En el cruce de la Fossa Vecchia doblaron a la izquierda, y también Checco les siguió porque su casa estaba en esa misma dirección.

Se acercaban a su portal y el joven se dio cuenta en aquel instante de que la muerte podría haber descendido sobre el tejado del hotel Bruni, pero rezó para que no fuera así. Se dijo para su capote: «Sí, ahora seguirán recto igual que han hecho delante de la casa del Motta y de la vieja Preti».

Pero entraron.

Giovanni Bruni no había aguantado. En los últimos tiempos, cuando llegaban las relaciones de las espantosas bajas causadas por la guerra, decía: «Es imposible..., es imposible que se hayan salvado los cinco». Pensaba que podía haber perdido a uno o dos de sus muchachos. O incluso a los cinco..., ¿por qué no? La muerte no respeta a nadie, pero es particularmente cruel con los pobres que no tienen otra cosa en el mundo que los afectos.

Sin embargo la muerte aquella vez había sido buena: había perdonado la vida a sus cinco hijos. Volvieron todos al pueblo, uno tras otro: primero Checco, luego Armando, y Dolfo y Gusto y luego, por último, Floti, que se había ganado una esquirla en un pulmón pero había conseguido salir airoso porque los Bruni eran duros de pelar. Pero Giovanni Bruni se había ido ya, al no poder soportar el dolor del momento en el que los *carabinieri* vendrían con un mensaje de pésame de un general, y una medalla que colgar en la cocina en un cuadro cerca de la humosa chimenea.

La vida se reanudó poco a poco como en otro tiempo en el hotel Bruni. Los dos hijos que todavía no se habían casado tomaron mujer y así la familia, poco a poco, alcanzó el respetable número de veinticinco personas. Clerice mantenía firmemente la sartén por el mango y a las nueras en su sitio, evitando de este modo que hubiera divisiones y envidias en la familia. Pero no era cosa sencilla ni fácil. Su preferido era Floti, porque era el más inteligente y porque en la guerra se había ganado una esquirla en un pulmón y no podía hacer trabajos pesados en el campo.

Por eso había decidido que él fuera al mercado y se encargara de las finanzas de toda la familia a pesar de saber que con ello provocaría envidias, más que en los otros hermanos, en sus mujeres, que se sentirían en una situación de inferioridad.

Estaban todos dispuestos a criticarle al menor error. Una vez volvió del mercado con una yegua flaquísima que inspiraba lástima. Todos le saltaron encima diciendo que había tirado el dinero y que aquel penco no se recuperaría jamás. Pero Floti sabía lo que se hacía. Comenzó a darle forraje con vino y huevos batidos y muy pronto la yegua alzó las orejas. No pasó un mes cuando Floti la sacó del establo, recién almohazada, con el bonito pelaje bayo lustroso y liso como la seda, los ollares húmedos y aterciopelados, los ojos vigilantes, las orejas derechas cual hojas de acero y la unció a la tartana para dar una vuelta por el pueblo. Clerice, con las manos cruzadas sobre el delantal, le miraba complacida y decía: «¿Habéis visto a Floti?». Cuando la vendieron, sacaron tanto dinero que pagaron todas las deudas del año.

Se contaba que los Bruni tendrían, por una vez, la gran oportunidad de su larga historia. Un día el cartero trajo una carta de un abogado de Génova que les comunicaba que un tío abuelo de la rama materna había muerto dejando a su madre heredera de su patrimonio. Solo el dinero contante ascendía a la increíble cifra de un millón de liras. Tanto como se había gastado en aquellos años para construir la gigantesca iglesia parroquial de tres naves en estilo neoecléctico.

Los Bruni celebraron un consejo de familia para ver qué responder al abogado que, en su carta, pedía que Clerice se dirigiera a Génova para firmar todos los papeles. Raffaele, llamado Floti, era el más instruido de todos porque era el que iba al mercado, y enseguida defendió la idea de que la madre tenía que partir para Génova, pero todos se opusieron a ello.

—¿Quién sabe dónde está Génova? —decía uno.

—Y cuando uno está allí, ¿dónde se duerme, dónde se come?

—Pues se come en el hotel —decía Floti— y se duerme también, cómodos como un papa.

—Sí, pero vete tú a saber lo que cuesta —decía otro de nuevo.

—¡Pero con el dinero de la herencia bien podemos pagar un hotel! —insistía Floti.

—¿Y si luego resulta que no hay nada, que todo no es más que un embrollo? —dijo otro—. A la gente de ciudad le gusta divertirse tomándole el pelo a los labradores y a la gente de campo que no tiene mundo.

Floti trató de informarse acerca de cuánto costaba un billete de tren y la pensión completa durante algunos días en el hotel y propuso a los hermanos poner un tanto cada uno.

—Es una inversión —insistía.

Pero no hubo nada que hacer. Clerice no se presentó y al final la herencia fue a parar al Estado.

Eso contaban, al menos, aunque la historia tenía algo de increíble. En cualquier caso, aquella no fue la única oportunidad que los Bruni dejaron escapar.

Las facultades de Floti no eran solo evidentes en casa sino también fuera de ella, pero mientras tuvo familia prefirió ocuparse de los quehaceres domésticos. Las cosas cambiaron mucho cuando la epidemia de gripe se llevó al otro mundo a su mujer dejándole dos niños pequeños de los que, a partir de ese momento, se ocuparon su madre y su hermana Maria.

Tras quedarse viudo todavía muy joven, comenzó a frecuentar amigos que se ocupaban de política, por más que Clerice tratara de todas las formas posibles de disuadirle de ello.

—Deja estar la política que no es cosa para los pobres —insistía, pero Floti hacía oídos sordos.

—Las cosas cambian, mamá. No es como en vuestros tiempos que mandaba el Papa. Ahora está el Partido, está la coalición. La gente que trabaja quiere sus derechos.

Era socialista como todos los que vivían bajo un patrón y sabían bien que el pan del aparcero o del obrero cuesta muchos sudores. Llegó a ser incluso alcalde en funciones, pero una vez en la administración Floti cometió no pocos errores y no pocas ingenuidades, como la de requisar cereal y otros víveres a los terratenientes para distribuirlos entre el pueblo. Con sus amigos paraban los carros que iban a la ciudad y preguntaba:

—¿Adónde lleváis esto?

—Al mercado —respondían.

Y él contestaba:

—No. Llevadlo a casa de tal y de cual, que no tienen nada que comer.

La cosa tenía un regusto a revolución y los fascistas que comenzaban a ser numerosos y cada vez más aguerridos no tardaron en acusarle abiertamente y amenazarle. En las paredes del pueblo empezó a aparecer escrito: «Muerte a Bruni».

Un día se presentaron los *carabinieri* y se lo llevaron. Clerice se abandonaba a la desesperación y seguía diciendo: «No ha hecho nada malo: ¿por qué os lo lleváis?». Y él le decía: «No se preocupe, mamá, ya verá como vuelvo». Sin embargo no volvió durante un largo tiempo. Un adversario suyo del pueblo, que se había herido accidentalmente manejando la pistola que llevaba en el bolsillo, le acusó de intento de homicidio y el juez, al que había sido presentado como reo de actividades subversivas, le hizo encerrar en la cárcel de Reggio.

Cada dos semanas Clerice tomaba consigo a la hija más pequeña, Maria, y al mozo como escolta; iban en el birlocho hasta la estación de tren que distaba siete kilómetros y de allí proseguían hasta Reggio. Le llevaban paquetes con la ropa limpia y blanca, las ropas remendadas y algo de comer. Y Floti repartía siempre lo que le traían con sus compañeros de celda, todos «políticos» como él. Clerice no decía nada, pero para sus adentros pensaba que los jóvenes se equivocan al no querer escuchar a los viejos, porque los viejos saben latín. Los jóvenes quieren cometer sus propios errores, romperse la cabeza solos, e incluso cuando se la han roto siguen convencidos de haber tenido razón en hacer lo que han hecho.

En casa, entretanto, las cosas marchaban mal por muchos motivos. La familia estaba casi bajo asedio, pero no había manera de defenderse de las acusaciones, que llegaban de todas partes, de haber criado en su seno poco de bueno. Al mismo tiempo la ausencia de Floti no hacía sino empeorar la situación. Los otros hermanos discutían entre sí cada vez más a menudo y la tomaban con Floti porque había querido meterse en política y había causado problemas a toda la familia que no tenía nada que ver con aquello. Corrían incluso el peligro de que el amo los despidiera y los pusiera a todos de patitas en la calle después de cien años de trabajabar en la hacienda. Pero por suerte el amo estaba enfermo y tenía otras cosas en la cabeza que las desgracias judiciales de Floti.

A Clerice le costaba lo suyo mantener unida a la familia y defender a su hijo ausente.

—Es vuestro hermano y siempre os ha querido —decía—. Siempre se ha cuidado de las finanzas de la familia; cuando volvía del mercado traía regalos para todos, no hacía diferencias entre las cuñadas y la hermana, para no crear resentimientos. Deberíais avergonzaros de hablar mal de él que, por lo demás, está en prisión y ni siquiera puede defenderse. Que le han condenado los señores, pues paciencia, pero que os metáis con él también vosotros que sois pobres lo mismo que él y que lleváis su misma sangre es una verdadera vergüenza.

Los refunfuños cesaban en torno a la mesa a la hora de la cena, pero se reanudaban en los campos donde también Maria, por más que fuese una niña, tenía que seguir a los hermanos al trabajo. Así crecía más como un marimacho que como una muchacha, pero el domingo, cuando se ponía su vestido de fiesta para ir a misa, más de un jovenzuelo volvía la cabeza, y alguno de los más atrevidos la seguía por la calle y llegaba a preguntarle: «Señorita, ¿le gustaría que le hiciera compañía?». Pero ella era hosca y respondía siempre: «Sigue adelante, que no necesito para nada tu compañía».

En realidad, sí había un jovenzuelo que le gustaba a Maria, pero ella no se atrevía a decírselo a su madre ni a los hermanos porque era incluso más pobre que ellos y por si fuera poco era más feo que un pecado, oía poco porque había tenido una otitis mal curada de niño y perdía el pelo a mechones como si tuviera algún bicho que se lo comiera. Pero tenía también grandes cualidades: era fuerte como un toro y bueno como el pan, y sabía hablar como nadie en el pueblo. En invierno, cuando nevaba y las noches eran largas, la gente le llamaba mientras charlaban en corro en los establos: «Fonso, si vienes prepararemos pan de castañas». O bien, quien podía: «Estamos asando un gallo estupendo y tomándonos un vaso de vino juntos». Y Fonso nunca decía que no.

A veces empezaba poco después de la puesta de sol a contar una historia y terminaba en plena noche; la gente le escuchaba con la boca abierta sin chistar.

Los altos y los intervalos los establecía él. Cuando nombraba al rey, por ejemplo, era señal de que había que llenarle un vaso de vino. Los amigos más pobres trataban de seguir sus pasos porque así había también un vaso de vino para ellos. Justo en mitad de una historia intensa y cautivadora, pero que iba para largo, le daban con el codo a escondidas y bisbiseaban: «Nombra al rey, que estamos sedientos».

Normalmente contaba fábulas, pero a menudo, también en dialecto, las novelas que había leído prestadas por el amo o que él mismo compraba de vez en cuando con sus ahorros.

Guerra y paz de Tolstoi le llevaba tres noches consecutivas; *Los trabajadores del mar* de Víctor Hugo, dos; *Los tres mosqueteros* o *El conde de Montecristo* de Dumas se los ventilaba en una sola noche.

En recompensa había quien le daba un embutido, quien un gallito, quien leña para quemar. Le decían: «Fonso, el tronco más grueso que consigas cargar sobre tu hombro y llevarte a casa, tuyo es». Y él sonreía como diciendo: «Ya veréis que mis espaldas no van a ser menos que mi lengua». Y cuando había terminado su narración y se iban todos a la cama, él salía al patio y se cargaba sobre el hombro el tronco más grueso que podía levantar y a pie, en medio de la nieve, se lo llevaba a casa a lo largo de kilómetros.

Una noche de mediados de invierno, precisamente mientras Fonso contaba una de sus fábulas en el establo, entró Floti.

Tenía la barba larga y los ojos brillantes y profundos. El narrador dejó de contar, Maria se le arrojó al cuello y Clerice se secó los ojos con los picos del delantal. Los otros no supieron qué decir porque estaba claro que salía de la cárcel, pero Fonso fue a su encuentro con la frasca de vino y un vaso y se lo llenó para que bebiera.

—¿Cómo va, Floti? —le preguntó.

Y él respondió:

—Bien, ahora que estoy en casa.

Luego llamó a su hermano Checco, el primero que había vuelto de la guerra, y salió al patio iluminado por la luna. Se hizo contar todo enseguida, aunque el frío les hacía castañetear los dientes: cómo andaban las cosas, quién había hablado bien y quién mal de él en su ausencia y se enteró también de que Maria hacía el amor con Fonso, el contador de fábulas.

—De esto hablaremos más adelante —dijo, pero estaba bastante claro que la cosa no le gustaba nada y que había pensado en algo mejor para su hermana.

El proceso se había resuelto a su favor porque su acusador no había pensado en hacer desaparecer la chaqueta que llevaba cuando, al decir suyo, Floti le había disparado. Cuando el juez vio el cuerpo del delito no le hizo falta mucho para comprender que el tiro había salido de dentro del bolsillo y no del exterior, y absolvió a Floti.

Al regresar a casa Floti se había hecho ilusiones de que las cosas podían volver a ser como antes, pero se equivocaba. En el espacio de tiempo que había pasado en la cárcel casi todo había cambiado. Trató de retomar las riendas de la casa y se presentó una gran ocasión para ello: el amo había muerto y los herederos no querían saber nada de ocuparse de la tierra, del cáñamo y del trigo, e hicieron saber que estaban dispuestos a vender. Floti se informó y vio que el precio era bueno, es más, en vista de que se trataba de una hacienda de cien fanegas, una de las más grandes de todo el pueblo, podía decirse que la daban por un pedazo de pan.

Reunió a sus hermanos y les dijo:

—Comprémosla: la pagaremos en seis o siete años, no más, y luego nos dará para vivir bien todos.

También Clerice, normalmente muy prudente en cuestiones de este tipo, era de la opinión de Floti. Pensaba en su marido Giovanni que en paz descanse: ¿qué pensaría allí en el cielo viendo que los Bruni, después de cien años como labradores, pasaban a ser terratenientes?, ¡nada menos!

Pero los hermanos reaccionaron a la propuesta con escaso entusiasmo. Pidieron tiempo para pensárselo, porque no era una cosa para decidirla así como así, a bote pronto, porque cien mil liras no eran ninguna broma. Floti insistió, trató de hacerles comprender que a la ocasión la pintan calva y que no volvería a presentárseles algo así nunca más.

—Ya nunca nadie podrá amenazarnos con despedirnos —decía—. Estaremos por fin en nuestra tierra, para siempre. Pensáoslo bien antes de tomar una decisión.

Los hermanos se reunieron por su cuenta y discutieron largo y tendido y también esto disgustó mucho a Clerice porque quería decir que la familia estaba ya rota y sería bastante difícil poder recomponerla.

Una vez que hubieron terminado sus consultas, la respuesta fue negativa: no se hacía nada.

—Pero ¿por qué? —preguntaba Floti—. Pero ¿por qué? Es una locura, es dejar pasar una ocasión inmejorable.

Dolfo, el mayor de todos, había sido encargado de hacer de portavoz y dijo:

—Es demasiado dinero, tendríamos que endeudarnos con el banco por las tres cuartas partes de la suma a pagar y no estamos nada seguros de conseguirlo. Y si cae una granizada y perdemos la cosecha de un año, ¿cómo haremos para pagar el plazo y los intereses? Así ya tiramos adelante. En el fondo un plato de sopa y un vaso de vino no nos han faltado nunca. También el pobre papá decía siempre que no había que estirar la pierna más de lo que alcanza la manta.

En realidad, la verdadera razón por la que los hermanos dijeron que no fue porque todos, más o menos, pensaban que, de comprar la hacienda, Floti sería el verdadero amo: él cuidaría de las finanzas, iría al mercado con la calesa y la yegua, estrenando siempre algún traje, pantalones y chaqueta de terciopelo, con la excusa de que tenía una esquirla en un pulmón y no podía hacer ningún esfuerzo. Los otros tendrían que deslomarse en el campo en plena canícula y hacinar manojos de cáñamo y atar gavillas de trigo y, en invierno, traer los sarmientos con el frío y la escarcha. Y esto era algo que no les gustaba un pelo ni a ellos ni, mucho menos, a sus mujeres, que les azuzaban y echaban más leña al fuego cada vez que podían.

Cuando tuvo conocimiento de ello, Fonso, que era instruido y había leído libros de historia, dijo que la cosa le recordaba el apólogo de Menenio Agripa, pero nadie le hizo caso, pues al tal Menenio Agripa nadie le había oído nombrar nunca.

A decir verdad, no se podía criticar del todo a Dolfo por haber respondido de aquel modo, pues quizá no le faltaba razón: la miseria reinaba por doquier. Pero el hecho es que aquella fue la última oportunidad para los Bruni de hacer fortuna y de entrar a formar parte de la gente que contaba. Desde aquel momento en adelante las cosas fueron para ellos de mal en peor.

A Floti se le había metido en la cabeza que Maria no tenía que acostarse con Fonso, que no era adecuado para ella, feo como era, con escaso pelo y medio sordo; como Maria no quería saber nada de ello y estaba a malas por su Fonso con su hermano predilecto, Floti decidió mandarla lejos para que se lo quitara de la cabeza. Como dice el refrán, «la distancia hace el olvido». Los Bruni tenían a Rosina casada en Florencia, por lo que Floti le escribió explicándole que había un joven así y asá, un gran caballero, por el amor de Dios, pero que no era adecuado para Maria, por lo que había pensado mandarla a su casa a pasar una temporada hasta que se lo quitase de la cabeza. La muchacha era un trozo de pan y resultaría útil ayudando en casa. Aparte de esto podría aprender el italiano, que en Florencia lo hablaba todo el mundo y en la vida siempre puede ser de utilidad.

Rosina respondió que la tomaría con mucho gusto y que la mandaran cuando quisieran.

Cuando Maria se enteró de que tendría que partir para Florencia, que era como decir el fin del mundo, se echó a llorar desesperada y no había manera de consolarla, pero Floti era inflexible y había fijado ya el día de la partida.

También Fonso fue informado de ello. Se le dijo que no era nada personal, que nadie la tenía tomada con él, es más, que todos le estaban agradecidos por las muchas veces que había ido a echar una mano en el campo para agramar el cáñamo a la hora del mediodía cuando había para morirse de calor y de cansancio o a cargarlo del remojadero cuando pesaba como plomo empapado de agua y estaba resbaladizo por las algas. Pero Maria era otro asunto; amigos como antes, pero de emparentar de aquel modo ni hablar.

Para Fonso fue un trago amargo, pero no se resignó. No protestó, no hizo ninguna recriminación. Se limitó a decir:

—Nos queremos, cometes un gran error. ¿Quién te dice que estará más contenta con otro? Y si uno no está contento en la vida, todo lo demás no cuenta. Recuerda que podrías arruinarle la vida dándole a uno que está bien para ti pero no para ella, y no sería la primera vez que pasa. En cualquier caso, la responsabilidad es tuya. Yo soy pobre pero honrado. Tengo dos brazos y un trabajo estable. Ya me conoces, sabes quién soy. No es poco en los tiempos que corren.

Se fue porque la voz comenzaba a temblarle y no quería que le compadecieran, pero mientras salía del patio para volver a su casa vieron que se secaba los ojos con el revés de la manga.

Aunque Maria ya no podía verlo, consiguió no obstante hacerle llegar un recado. Había una amiga suya que iba a trabajar en la hacienda donde Fonso era bracero fijo. Le hizo saber que el día de su partida estaba cerca y que no sabía cuándo volvería. Sería una gran suerte si la hacían regresar para Navidad, pero no era seguro, y además no estaban más que en agosto y todo ese tiempo le parecería la eternidad del purgatorio y del infierno juntos. Le mandó decir que fuera una vez que se hiciera de noche al fondo de la hacienda donde había las hileras de acebos, que ella estaría allí recogiendo hojas para los animales.

Y Fonso se fue para allí mientras comenzaba a oscurecer. No esperó a que ella bajara, subió también él trepando por el tronco y por las ramas. Hicieron el amor sobre la planta como una pareja de gorriones y luego lloraron juntos abrazados y juraron que no se dejarían nunca y que nada ni nadie podría separarles jamás.

Ahora había corrido ya la voz de que Floti había vuelto y había quien se la tenía jurada y quería hacérsela pagar a aquel subversivo. El ajuste de cuentas no se hizo esperar y el que había de ser el mayor desastre en la historia de los Bruni sucedió justo pocos días antes de Navidad, tal como había ocurrido también al morir el viejo.

Había terminado ya la novena y Clerice acababa de preparar la pasta para el *panettone* de Navidad y para los *ravioli*:* harina, miel, uva pasa, fruta escarchada y condimento. Estaban todos acostados porque era muy tarde, pero ella, que no tenía gran necesidad de dormir, por la noche era siempre la última en acostarse, y por la mañana la primera en levantarse para cuidar de las gallinas y de las ocas.

De golpe aguzó el oído porque le parecía oír gritos y a gente que cantaba a coro. No andaba equivocada; oyó cómo el coro sonaba más próximo y más claro. Cantaban: «¡Alarma, somos fascistas!». Desde hacía tiempo estaba habituada a ver grupos de aquella gente dando vueltas y pegando a quien no pensaba como ellos, pero aquella noche el corazón le decía que esa vez les tocaría a los Bruni. Subió deprisa al piso superior con una vela en la mano y despertó a Floti:

—¡Vete enseguida que están aquí los fascistas! —le dijo sacudiéndole.

El joven se levantó para sentarse en la cama:

—Pero ¿qué dices, mamá?

Entretanto el canto se oía cada vez más cerca.

—¿Me crees, ahora? —dijo Clerice.

Floti se puso los pantalones, se echó sobre los hombros un gabán y bajó la escalera. Su madre le enrolló una bufanda al cuello para que no cogiera frío con aquel aire gélido que hacía fuera y le hizo escapar por la puerta trasera. Justo a tiempo. Poco después se oyeron grandes chirridos y acto seguido un vocerío confuso. Habían llegado al patio y bajaban del camión, un viejo Diciotto BL que habían visto ya en otras ocasiones. Eran un grupo de un pueblo próximo a las colinas, los más exaltados y los más violentos.

—¡Entregadnos a Bruni! —gritó uno de ellos. Y Clerice sabía perfectamente que cuando decían «Bruni» se referían a su Floti.

—¡No está! —gritó Clerice saliendo al patio.

* Pastas dulces rellenas. *(N. del T.)*

Pero ellos le dieron un empujón y la arrojaron al suelo. Mientras tanto se habían despertado también los otros hombres. Las mujeres, en camisón, habían cogido a los niños y se los habían llevado al sótano donde estaban más seguros.

—¿Cómo que no está —dijo una de las mujeres—, si le he visto irse a la cama?

Pero los otros hombres la fulminaron con la mirada:

—Si mamá ha dicho que no está, es que no está.

—¡Entregádnoslo o prenderemos fuego a la casa y lo quemaremos todo! —gritó otro enarbolando una antorcha encendida.

Los otros pasaban por su lado uno tras otro y encendían sus antorchas con la suya. En breve el patio apareció iluminado. Todos vestían camisa negra y botas y llevaban chaquetones de piel o capotes militares.

Las mujeres, refugiadas en el sótano, escuchaban y lloraban de miedo, pero en silencio para no espantar a los niños.

—¡Por el amor de Dios! —gritó Dolfo—. ¡A quien buscáis es a Floti, pero no está! Esta noche no ha vuelto a casa.

—¡Cojones! —gritó otro de los atacantes—. ¡Sacadle o prenderemos fuego a la casa! Es el último aviso.

—¿Qué hacemos? —preguntó Checco a los hermanos.

—Nada —dijo la madre—. No hay nada que hacer. Solo nos cabe esperar que nos crean.

—¡Si estuviera, os lo diríamos —gritó Checco— para salvar a la familia y la casa!

—¡Entrad a ver, si no nos creéis! —gritó Armando.

El que parecía el jefe le tomó la palabra y entró junto con los otros siete u ocho. Corrieron al piso superior, bajaron al sótano donde las mujeres y los niños se apretujaron temblando en un rincón. No encontraron nada. Estaban furiosos.

—¿Es que vamos a dejar que nos tomen el pelo estos subversivos? —dijo uno.

—¡Démosles una lección! —gritó otro—. ¡Para que escarmienten!

—Sí —gritó otro de nuevo—. Quemémosles la casa, así aprenderán.

Pero también entre ellos había uno de buen juicio. Un muchacho fuerte, bien conocido en el pueblo:

—No podemos dejar en la calle a las mujeres y a los niños. Ellos no tienen ninguna culpa. Dentro de unos días será Navidad, ¿es que queréis que se mueran de frío?

—¡Entonces, quememos el establo! —le replicó su compañero.

—¡Sí, sí, quememos el establo! —respondieron los demás.

Los Bruni no querían creerlo, pero tuvieron que ver impotentes cómo se acercaban los camisas negras al establo y echaban las antorchas en el henil que estaba lleno de balas de paja y de heno amontonado.

El fuego prendió inmediatamente alimentado por todo aquel combustible y las llamas se alzaron crepitando hasta las vigas del techo, de viejo roble curado.

Los fascistas estaban seguros de que nada ni nadie podría apagar aquel incendio y se fueron con su Diciotto BL a crear problemas a otra parte.

Los Bruni se quedaron en medio de la era atontados. El rugido de las llamas se confundía ahora con los mugidos de terror del ganado encadenado en el interior del establo, diecisiete pares de gigantescos bueyes chianinos y romañolos que eran el orgullo de la familia en la temporada de la labranza.

—¡Los bueyes! —gritó Checco—. ¡Hay que liberarlos o se asarán vivos! —Y se adelantó hacia el resplandor cegador.

Clerice gritó:

—¡No, por el amor de Dios! Ya no podemos hacer nada por esas pobres bestias. El establo se os vendrá encima.

Pero fue inútil. Checco había alcanzado el abrevadero, había roto el hielo con el mango de una pala, y después de empapar la chaqueta, se la echó sobre la cabeza y los hombros y se lanzó dentro del establo en llamas.

Viendo a su hermano tomar la iniciativa, también los demás corrieron uno tras de otro detrás de él mientras la madre, desesperada, se dejaba caer de rodillas en medio de la era gimiendo:

—Por el amor de Dios, por el amor de Dios, Virgen María, socórreles, socórreles.

El establo no ardía aún porque el grueso de las llamas estaba devorando el cobertizo y la parte del techo que lo dominaba, pero unas lenguas de fuego penetraban ya por las junturas de las vigas y el interior estaba lleno de humo. Los bueyes, enloquecidos de terror, pateaban y coceaban, mugiendo desesperadamente. Algunos intentaban arrancar la cadena que les ataba al poste, pero resbalaban sobre el suelo húmedo de sus excrementos y caían aparatosamente; se volvían a alzar para caer de nuevo.

Dolfo y Gusto se precipitaron a abrir la puerta del fondo para que la corriente dispersara al menos un poco el humo, luego todos se arrojaron a los postes intentando soltar a los bueyes. Era una empresa casi imposible, porque los animales tiraban con todas sus fuerzas hacia atrás y de aquel modo no se conseguía hacer pasar el cerrojo a través de la anilla de fijación y liberar la cadena. Pero luego, un poco por los gritos, un poco por algún garrotazo, los animales fueron primero empujados hacia los postes, y a continuación, con gesto fulminante, desatados. Los ya liberados se lanzaron al galope fuera del patio ya iluminado como si fuera pleno día por la llamarada del incendio. Pasaron como furias entre las mujeres que miraban fijamente aleladas aquella tragedia y se dispersaron por los campos.

Las vigas del techo, ya completamente quemadas, comenzaban a desprenderse una tras otra levantando torbellinos de pavesas que ascendían hacia el cielo gélido y estrellado. Clerice se acercó a la puerta del establo y comenzó de nuevo a gritar:

—¡Basta, basta! Salid o moriréis todos.

En aquel momento salieron al galope otros animales mientras algunas vigas de la techumbre del cobertizo se venían abajo con estrépito provocando una vorágine de chispas y de humo que se hinchó como una bola de fuego para dispersarse acto seguido en mil lenguas llameantes en la oscuridad de la noche.

—¡El Negro! ¡Falta el Negro! —gritó Checco que había visto y contado todos los animales que salieron al galope.

—¡No, no! —imploró la madre llorando—. Si entras, esta vez no te salvas.

Demasiado tarde: Checco había metido ya la cabeza y el tronco en el agua helada del abrevadero, había empapado en ella un tabardo y se había envuelto en él; luego se había lanzado así dentro del establo.

El Negro era un coloso de más de una tonelada, de pelaje increíblemente oscuro, de una alzada de cruz superior a un hombre y con una energía tal que habían sospechado más de una vez que el castrador no había realizado del todo bien su trabajo.

Cuando en invierno abrían camino en la nieve, él iba siempre solo delante del tiro de seis que arrastraba el enorme barreño y los niños acudían en tropel a su paso gritando: «¡El Negro! ¡El Negro!». Y todos saltaban sobre el barreño que se hundía en la altísima nieve y la dividía en dos grandes olas que se abatían sobre las márgenes del camino.

Ahora el Negro estaba solo en medio de un infierno de llamas, de humo y de pavesas, se plantaba de patas en el sitio y tiraba hacia atrás con grandes tirones haciendo temblar la pared entera del pesebre. La cadena estaba medio arrancada, pero tirando así el animal se estrangulaba en un aire ya de por sí irrespirable. Checco se dio cuenta de que si ponía las manos en aquella cadena para sacar el candado solo conseguiría hacérselas arrancar de cuajo por el animal ya exhausto, pero todavía inmensamente potente y enloquecido de miedo y de dolor.

Gritó con todas sus fuerzas:

—¡Quieto! ¡Quieto, Negro! ¡Sé bueno, sé bueno! —Y trató de acercarse.

El techo que tenían encima de ellos dejó oír un crepitar siniestro y Checco escapó por la puerta trasera, pero en aquel instante se recortó en el resplandor de las llamas una figura que empuñaba una palanca de uña de hierro macizo.

—Aparta, es esto lo que hace falta.

—¡Floti! —dijo Checco—. ¡Vámonos, que esto se viene abajo!

Pero Floti estaba ya en el puesto del Negro, metió la palanca de uña en la anilla y con un golpe seco la arrancó de la pared. El Negro la desprendió con un último tirón y se lanzó al galope por el pasillo.

El Negro salió mugiendo con la cadena colgando entre las patas delanteras, y detrás de él Checco; un instante después el edificio entero se derrumbó provocando una última, enorme erupción de llamas, humo y chispas que fue vista de todas partes.

—¡Arden los Bruni! —gritaban en el pueblo los noctámbulos que volvían a casa entrada la noche de la taberna de las tierras bajas del Po. Y la gente saltaba de la cama y se asomaba a la ventana:

—¿Que arde quién?

—¡Los Bruni! ¡Corred, vamos a echar una mano!

Pero pocos asomaron la nariz fuera de la puerta. Hacía frío y era tarde. «Y además —pensaron muchos—, cuando lleguemos el fuego lo habrá consumido todo.»

Fonso, aunque vivía bastante lejos, corrió y llegó en bicicleta jadeando con un cubo en la mano, pero ahora ya no había nada que hacer. Los Bruni estaban de pie y en silencio en la era, en medio de los resplandores del incendio moribundo. Las mujeres lloraban con los niños atemorizados apretados contra su pecho. Del campo de alrededor se alzaba el mugido lastimero de los bueyes que andaban errantes en la oscuridad.

Fonso dejó caer el cubo en el suelo y dijo:

—Que no decaigan esos ánimos. Os han dejado la casa y la vida y habéis salvado los bueyes. Para lo demás siempre hay remedio. Volveré mañana, después del trabajo, para echaros una mano. Alegraos de estar todos vivos.

Montó en la bicicleta y se volvió a marchar en medio de la noche. Nadie había acudido a ayudar a los Bruni, ninguno de aquellos que el domingo estaban siempre allí jugando a las bochas y tomando vino, ninguno de aquellos que tantas veces se habían sentado en el establo a comer y a beber el buen vino tinto que espumaba en los vasos.

—Floti me ha echado una mano en el establo —dijo Checco— para desatar al Negro, pero luego se ha largado a escape cuando se venía todo abajo. Debe de estar en el campo, en las rastrojeras de la alfalfa o del maíz.

A partir de aquella noche Floti dormía en la caseta del pozo para que no le sorprendieran en la cama. Comprendió que se la habían jurado y que antes o después volverían a dejarse ver.

Aquella noche Fonso volvió a casa con lágrimas en los ojos: no solo porque Maria estaba lejos, en Florencia, y quién sabía cuándo volvería, sino también porque había ardido el hotel Bruni, aquel establo grande como una iglesia donde en invierno dormía tanta gente pobre, y había sido realmente un milagro que aquella vez no hubiera nadie durmiendo allí. Aquel establo en el que muchas veces había estado sentado hasta entrada la noche charlando y contando fábulas, donde se había enamorado de Maria, y ella de él. Presentía que el incendio del hotel Bruni marcaba el fin de una época pobre pero feliz; que el pueblo, la gente y quizá el mundo entero no serían ya los mismos.

Se acostó tarde y estuvo largo rato tratando de conciliar el sueño, también porque Maria no le escribía desde hacía un tiempo, ni siquiera una postal, y temía que se hubiera olvidado de él. «La distancia hace el olvido», dicen. Y luego, quién sabe, algún jovenzuelo de ciudad con una labia de toscano podía haberle hecho perder la cabeza. Dejó escapar un largo suspiro antes de caer dormido en un sueño pesado y agitado.

No, Maria no se había enamorado de otro, pero le había ocurrido una desgracia mucho mayor.

Al principio de llegar a Florencia no hacía sino llorar porque sentía añoranza de casa, de sus hermanos y sobre todo de su Fonso, y la hermana trataba de consolarla de todas las formas posibles pero sin gran resultado. Una noche le dijo que se pusiera su mejor vestido y se peinara bien peinada que la llevaría nada menos que a la ópera. Rosina quería que la muchacha se acostumbrara a las buenas maneras y adquiriera costumbres de ciudad. Llamaron incluso a un landó para ir al teatro y ella llevaba un bonito vestido ceñido de organdí que hacía frufrú a cada movimiento y un sombrerito con plumas que era una maravilla.

Daban *Cavalleria rusticana*, pero Maria al cabo de un poco se aburría mortalmente viendo a aquellos cantantes que chillaban sin que se comprendiera nada de lo que decían. En un momento dado se dirigió a Rosina y le dijo:

—¿No sería mejor ir a ver los títeres?

La hermana le lanzó una mirada asesina y se llevó el dedo a los labios como diciendo: «Calla, que si alguien te oye a saber lo que dirá y nos echaran». Maria se estuvo callada, pero al cabo de un poco se durmió en su asiento y, cuando la ópera terminó, hizo falta Dios y ayuda para despertarla y llevarla fuera.

Pasó algún tiempo sin que sucediera gran cosa, pero estaba claro que, aunque se hubiera quedado en Florencia toda su vida, no se habría olvidado nunca de su Fonso, en quien pensaba cada día y no hacía sino escribirle cartas por más que escribir una carta le llevaba bastante tiempo: entre los errores que cometía, y los tachones, y los borradores y las copias en limpio, cuando había terminado una había pasado una semana, si no más. Entre otras cosas, había que escribir a escondidas y solo a ratos perdidos.

Los problemas, sin embargo, empezaron cuando estalló en la ciudad la epidemia de encefalitis letárgica que llamaban la enfermedad del sueño.

Maria enfermó y durmió durante ocho días y ocho noches. La hermana y el cuñado mandaron dar aviso enseguida a los Bruni en el pueblo y mientras tanto llamaron a uno de los más afamados médicos de la ciudad para que se ocupase de ella, costara lo que costara.

El médico, tras haberla examinado, dijo que no asumía ninguna responsabilidad, pero que la muchacha era joven y de constitución muy fuerte, por lo que pensaba que podría salir de aquella.

Cuando los Bruni se enteraron de que la vida de su hermana corría peligro se preocuparon mucho, pero también culpaban a Floti por la enfermedad de Maria.

Entretanto había llegado la primavera y cuando Clerice iba al rosario a la capilla del cruce con las otras mujeres de la vecindad siempre había alguna que le preguntaba dónde paraba Floti, que hacía tanto tiempo que no se le veía. Ella respondía que se había ido y que también ella recibía noticias suyas raramente. En realidad sabía perfectamente que en aquellos días estaba muy buscado y que si le apresaban, como hay Dios, le matarían.

Por aquel entonces no podía ya dormir siquiera en la caseta del pozo porque ciertos amigos, que estaban con los fascistas pero que le apreciaban, le habían hecho saber que una noche u otra le cogerían. La madre, a una determinada hora, le llevaba de comer al campo en medio de un maizal, y luego le hacía tumbarse y le sostenía la cabeza en el regazo hasta que se dormía. Se quedaba así con los ojos abiertos y con los oídos aguzados hasta casi el amanecer, cuando él se despertaba y se alejaba para dar vueltas por la campiña fuera del alcance de las miradas de quien le quería mal.

Pero así no podía seguir, y fue la propia Clerice quien le dijo a Floti que se fuera donde nadie pudiera dar con él.

Maria se curó y volvió al terminar el verano. Rosina, en efecto, le había escrito a Clerice diciendo que, a su entender, era inútil que se quedara más tiempo, que para la convalecencia era mejor que volviera a casa donde estaría más contenta y le volvería a entrar el apetito, pues ahora no tenía ganas de comer nada y había que forzarla para que ingiriera alguna cosa.

El tren la dejó en la estación de Casalecchio, en la periferia de la ciudad, y ella, como no sabía hacia dónde ir, paró a un señor de paso.

—Señor —le dijo—, ¿sabría decirme por casualidad dónde puedo tomar el coche de línea para ir a mi casa?

—¿Y dónde está tu casa? —le respondió aquel señor dándose cuenta de que tenía delante a una joven campesina inexperta.

Ella se lo explicó y él le dijo dónde podía tomar el coche de línea, pero la cosa era tan complicada que Maria se dio cuenta de que no lo lograría nunca, es más, que se perdería en la ciudad y quizá nunca conseguiría volver a casa.

Pensó que lo mejor era hacer el viaje a pie. Y así tomó el camino que pasaba entre las colinas y la llanura, segura de que antes o después llegaría al pueblo. Llevaba un bonito vestido de lana y algodón que le había comprado su hermana y los zapatos de piel con tacones altos; ni siquiera se le pasó por la cabeza que aquella no era la indumentaria adecuada para hacer un viaje de aquel tipo a pie. Pero era tanta la alegría por haber vuelto, tan bonita la vista de los campos y de la gente que trabajaba en ellos, que se sentía ya llena de fuerza y de ganas de vivir. De lejos se veía, sobre una colina, la basílica de la Madonna de San Luca, y ella se santiguó y rezó tres avemarías en señal de agradecimiento por haberla devuelto sana y salva.

Al cabo de siete u ocho kilómetros tenía los pies llenos de ampollas, y después de otros tres o cuatro tenía los zapatos ensangrentados y los tobillos que le dolían. Pero había resistido hasta aquel momento porque quería presentarse en casa bien vestida y con tacones altos como una verdadera señorita de ciudad; y también por si estaba Fonso por aquellos parajes, ya que era el tiempo de la siega. Sabía perfectamente que si se quitaba los zapatos no conseguiría volver a ponérselos. Pero el dolor era más fuerte que su voluntad. En un determinado punto de la carretera se detuvo, se los quitó y se los puso en bandolera tras haberlos atado con una cuerdecilla. Sin embargo, desde hacía tiempo había perdido la costumbre de andar descalza sobre los rastrojos y se le había ido el callo de los pies, por lo que la gravilla de la carretera le hacía daño. Echó a andar por el borde donde había un poco de hierba y, de algún modo, se salió con la suya.

Llegó así, exhausta, a siete kilómetros de casa. Sudorosa, con los pies ensangrentados y el pelo pegado a la frente, se sentó en un guardacantón para recuperar el aliento. Fue entonces cuando un carretero que por allí pasaba sentado sobre un montón de sacos de harina la reconoció:

—Maria, ¿eres tú? Pero ¿qué haces aquí?

—Vuelvo ahora de Florencia —dijo Maria—. ¿Usted hacia dónde va?

Gracias a Dios el carretero iba precisamente al pueblo. Le hizo señal de que subiera y aquel fue el golpe de gracia para el atuendo de la muchacha: los zapatos deformados por la larga marcha atados con bramante y echados en bandolera, el bonito vestido comprado en Florencia ya todo manchado de sudor se empastó con la harina de la que estaban cubiertos los sacos, pero la muchacha hizo caso omiso de ello. En aquel momento poder sentarse sobre algo bastante cómodo y hacerse transportar más que caminar con los pies heridos y doloridos era una satisfacción tal que lo demás pasó a un segundo plano.

El carretero se detuvo para descargar los sacos en la Compañía, la hacienda de la que aquella mañana temprano había tomado el trigo para llevarlo al molino, y luego prosiguió hasta el patio de los Bruni. Maria saltó del carro y le dio las gracias; le hubiera gustado también invitarle a entrar a tomar un vaso de vino, pero algo se lo impidió: al cabo de tanto tiempo fuera de casa se sentía casi cohibida, como si fuese una forastera.

Se dio unas palmadas para quitarse lo mejor posible la harina de encima y avanzó por el patio: al fondo, el establo quemado alzaba aún hacia el cielo sus pilares renegridos por el humo y las gavillas de cereal estaban amontonadas a un lado en un almiar porque no existía ya el cobertizo donde meterlos, como en los años anteriores. Le entraron ganas de llorar al ver aquel espectáculo. También para ella el establo era casi más importante que la casa. Era allí donde se reunían en las largas veladas de invierno, hilando el cáñamo con la máquina hiladora y charlando, entre mujeres, de maridos y de enamorados. No había nadie esperándola y entró en casa. Estaba su cuñada, Ersilia, que estaba fregando y secando. Le preguntó:

—El establo está quemado… ¿Qué ha pasado? ¿Y dónde está mamá?

—Maria, ¿eres tú? Pero ¿cuándo has llegado? Pero ¿qué te ha pasado? Estás toda sucia.

—He llegado hace poco —respondió—. Me ha traído Iófa, el carretero.

—Mamá está mal —respondió Ersilia—. Y el establo nos lo quemaron los fascistas, por culpa de Floti que andaba metido en política. Desde que ocurrió a mamá se le ha podrido la mala sangre del miedo que pasó esa noche y no se ha recuperado.

Maria subió la escalera y llegó a la habitación de su madre.

Clerice estaba casi sentada en la cama con dos almohadas tras la espalda y respiraba con esfuerzo. La habitación estaba sumida en la penumbra.

—Mamá, ¿como está? —preguntó Maria, y corrió a abrazarla—. He vuelto. También yo he estado enferma, ¿lo sabía?

—Lo sé, lo sé —dijo Clerice con un hilo de voz—. Pero tú eres joven, y te repondrás. Para mí ya es hora de doblar la servilleta.

—No diga estas cosas, mamá. Sea fuerte. Ahora que estamos de nuevo todos juntos se repondrá. Estoy segura.

—Por uno que vuelve, otro que se va… —dijo Clerice.

—Pero qué cosas tiene, mamá…, ¿quién ha de irse?

—Tu hermano Floti. Quieren verle muerto. Es menester que se vaya, que se vaya lejos donde nadie pueda encontrarle… Aquí no puede ya quedarse: se marchará el lunes.

A Maria se le asomaron las lágrimas a los ojos, porque Floti era el hermano más querido para ella, pese a que no veía con buenos ojos su relación con Fonso.

Aquella noche se sentaron todos a la mesa. También Floti, aunque era un riesgo, porque era la última noche que pasaban juntos. Hablaron poco y de cosas no muy importantes, como el tiempo y el cáñamo. Suerte que estaba Maria, que contó lo que había visto en Florencia, como que en una gran plaza había estatuas de hombres desnudos altos como una casa a los que se les veía todo, lo que se dice todo, pero que Rosina le había dicho que no había que hacer caso de ello, que aquello era arte y que los artistas hacen lo que les parece.

—Es cierto —dijo Checco— y además, no te creas, estatuas de hombres desnudos también las tenemos aquí en Bolonia, como el Gigante que hay en la plaza en lo alto de la fuente que tiene alrededor mujeres medio hembra y medio pez que echan agua por las tetas.

Pero tampoco aquel tema dio para mucho. Todos seguían comiendo con la cabeza dentro del plato.

—¿Qué pensáis hacer? —preguntó en un determinado momento Floti. Y quería decir: «¿Qué haréis después de que yo me haya ido y haya muerto mamá?».

—Ayúdate tú, y Dios te ayudará —respondió Gusto.

—Sí, es lo único que cabe hacer —le hizo de eco Dolfo.

—¿Tú quieres todavía a Fonso? —preguntó luego a Maria.

—Claro que le quiero aún. Pero no sé si él me quiere aún a mí.

—Te quiere, te quiere —dijo Armando. Que era como decir: «¿Y dónde va a encontrar a otra como tú, ese contador de fábulas?».

—Bien —dijo Floti—, mejor que sea así. Cuando Maria se case… cada uno se irá por su lado y adiós muy buenas.

Miró a Armando, que era el más pequeño y esmirriado: ¿quién le iba a coger para trabajar al jornal con aquel físico?

Y se decía para sus adentros: «Ya te acordarás de aquel buen jamón que tenías que comer casi todos los días en casa de los Bruni».

La atmósfera era opresiva. En un determinado momento dijo:

—Bien, entonces me voy antes de que sea demasiado tarde: no quisiera dejar que me echen el guante justo esta noche que es la última. Entonces, adiós a todos. Buena suerte.

—Buena suerte también para ti —dijo Checco—, la necesitarás.

Dolfo y Gusto se pusieron en pie y en aquel momento todos se dieron cuenta de que también el alma del hotel Bruni se desvanecía con la dispersión de la familia. Le hicieron un gesto con la cabeza como diciendo «Ten cuidado», pero no tuvieron ánimos para pronunciar una sola palabra porque se les había hecho un nudo en la garganta también a ellos y sabían que, si hablaban, la voz les temblaría.

Maria, en cambio, se levantó y le echó los brazos al cuello diciendo:

—Escríbeme apenas llegues. Yo vendré a verte, aunque sea al fin del mundo y a pie. Siempre te querré.

—También yo te querré siempre —dijo Floti. Le secó las lágrimas y le hizo una caricia—. ¿Me perdonas?

—No tengo nada que perdonarte. Lo hiciste porque me querías mucho.

—Así es —dijo Floti—. Cásate con tu Fonso. Es un buen muchacho… y sabe contar bonitas historias… Escuchar una bonita historia es como soñar, pero luego hay que despertarse y la vida…, bueno, la vida es otra cosa. No olvides esto.

—Lo recordaré…

—Mis niños… —Y los ojos se le llenaron de lágrimas por más que su voz fuera firme—. Mis niños, te los confío, Maria. No tienen ya a nadie.

Salió por la puerta trasera y desapareció en los campos.

Al día siguiente un amigo le llevó en un birlocho que iba a cargar grava y le trasladó hasta la estación de Casalecchio. De allí se llegó a Garfagnana y se estableció en un pueblecito semidestruido por un terremoto. Aprendió el oficio de albañil, aunque en toda su vida había cogido una llana, porque era un hombre inteligente y le bastaba con ver una cosa una vez para aprenderla. Clerice fue tirando hasta Navidad; y fue algo hermoso porque la familia siguió todavía unida a pesar de todo. Maria hizo los *ravioli* y el *panettone* y para Nochebuena preparó fideos con atún y caballa y compró también *stortina** porque presentía que quizá aquella sería la última Navidad que pasarían juntos. A los pocos días, entre San Esteban y Año Nuevo, el estado de Clerice se agravó y mandaron a buscar al cura. Y mientras le administraban la extremaunción ella estaba aún muy lúcida y le decía a Maria:

—Mala señal cuando te ungen los pies, hija mía, mala señal. —Y lo decía con lágrimas en los ojos—. Uno nunca está preparado para dejar la vida, no creas... Hay muchas cosas que nos retienen en este mundo..., nuestros afectos..., nuestras cosas..., los sacrificios hechos para llevar una vida decente... Tantas cosas...

No llegó a la mañana. Murió llorando porque tenía que irse al otro mundo sin poder ver a su hijo más querido.

En el funeral los hijos no pudieron llevarla a hombros por más que fueran cuatro, porque Armando era demasiado bajo y la caja no hubiera ido a la par. Habían decidido mandarle a Floti un telegrama solo después de haberla enterrado, para que no se le metiera en la cabeza dejar su refugio y asistir al funeral.

Fonso hubiera querido casarse recién terminado el período prescrito para el luto, pero Maria no podía porque tenía la responsabilidad de los pequeños sobrinos. Pasó casi un año y finalmente Floti dio señales de vida: le mandó decir que había encontrado una colocación y una mujer. Una buena chica que

* Tipo de pasta retorcida para sopa. *(N. del T.)*

se llamaba también Maria y que estaba dispuesta a cuidar de los niños. Le pidió, pues, que los llevara a la estación de Bolonia porque él no podía ir al pueblo.

En una neblinosa mañana de noviembre Maria los atavió con los trajecitos más bonitos que tenían, les peinó, puso a la niña una bonita cinta en el pelo, luego hizo aparejar el caballo del mozo y partieron. Sentía como suyos a aquellos niños y lloró durante todo el viaje pensando que tenía que separarse de ellos. Y el muchacho, que se llamaba Corrado y era el más mayorcito, decía, de vez en cuando:

—¿Qué te pasa, tía?

Cuando llegaron a la estación, Floti les abrazó a los tres muy estrechamente y les llevó a un café a tomar un poco de caldo. Estuvieron juntos un par de horas, antes de que se hiciera la hora de volver, y Maria miraba continuamente el gran reloj de encima de la estación y las manecillas que señalaban, minuto a minuto, la proximidad de la separación más dolorosa, más triste quizá que la misma muerte de su madre. Cuando llegó el momento, Maria estalló en un llanto inconsolable, y estuvo mirándoles mientras subían al tren y se alejaban. La niebla se los tragó enseguida y ella volvió a donde estaba el birlocho apretándose el mantón en torno a los hombros. No pronunció una palabra durante todo el viaje de vuelta y el mozo, que había estado siempre enamorado de ella, decía de vez en cuando: «Ánimo, Maria». Pero también él tenía un nudo en la garganta. Sentía que ahora no había ya obstáculos para la boda de la muchacha.

Para San Martín los Bruni se despidieron y cada uno se fue por su lado, porque lo que les separaba era ahora más que lo que les unía. Se dice que fueron sobre todo las mujeres las que deseaban dividir a la familia. Nunca les había gustado hacer de campesinas y les parecía que estar de alquiler era ya subir un peldaño de la escala social, pero los hombres partieron con la pena en el corazón porque se querían todavía y recordaban lo felices que habían sido viviendo juntos durante todos aquellos años. Algunos de ellos tenían lágrimas en los ojos mientras dejaban el hotel Bruni y cerraban la puerta después de ciento veinte años desde que la familia entrara en él por primera vez.

Checco fue el último en abandonar el patio: parecía que no quisiera volver la mirada atrás. Observó el esqueleto ennegrecido del establo y pensó en las largas noches de invierno cuando la nieve caía a grandes copos y los bueyes rumiaban tranquilos el heno aromático, pensó en la gran bodega, espaciosa como una plaza de armas, donde el buen vino tinto fermentaba en las enormes tinas, pensó en el rito alegre y sanguinario de la matanza del cerdo, en los bonitos días fríos de enero, cuando se adobaba la carne para hacer embutidos y salchichas.

Maria se había ido hacía ya dos meses y le había pedido a su prometido que se diera prisa para la boda porque no quería ver a sus hermanos dejar la casa de sus mayores. Ni ella ni Fonso tenían un real y compraron de fiado los somieres de la cama y los colchones. Tenían, sin embargo, una casa de estreno: un pisito en las nuevas casas de protección oficial que a ellos les parecía un palacio real. Aunque los primeros días estuvieron demasiado fresquitos porque el carpintero no había puesto todavía los postigos. Con aquella excusa pasaron todo el tiempo que pudieron en la cama, y Maria se consoló un poco de sus no pequeños y no pocos disgustos.

Se amaron durante toda la vida y tuvieron dos hijas que se casaron y tuvieron a su vez niños a los que el abuelo seguía contando sus fábulas maravillosas empezando siempre con la misma frase: «Habéis de saber que había una vez...».

Aparte de Floti, que tenía un buen trabajo en Garfagnana, los otros Bruni iban empeorando, quien más, quien menos, de situación. Dolfo consiguió encontrar un trabajo de labrador en una hacienda de un pueblo vecino y en cierto modo se las fue apañando, pero llevó durante años una vida de estrecheces en una tierra ingrata.

Los otros tres trabajaban de obreros a jornal y vivían de alquiler en unas casuchas del centro del pueblo. Armando, el más pequeño y alfeñique, era al que más le costaba encontrar trabajo, pero era tan cómico e ingenioso contando historias divertidas que la gente le tomaba a jornal para reírse y estar alegre. Contraía deudas durante todo el invierno esperando pagarlas en verano, pero no siempre le era posible. Había acabado viviendo en una buhardilla donde llovía casi más dentro que fuera y donde dormían todos en la misma cama, él, la mujer y los cuatro niños que vinieron al mundo uno tras otro, porque ya se sabe que a ese trabajo no se renuncia nunca, aunque se sea más pobre que una rata y no se tenga ni para un plato caliente.

Pero él no se desesperaba, es más, se lo tomaba por el lado cómico. Decía: «Hay tanta miseria en mi casa que los ratones andan por ella con lágrimas en los ojos». Y la gente se echaba a reír.

Cuando llegaba el tiempo de la siega, Fonso, que era jefe de cuadrilla en una gran hacienda, trataba de incluirlo entre los trabajadores que iban en la máquina, es decir, detrás de la trilladora.

A Armando le gustaba, y también Checco iba a veces. Aunque era un trabajo infernal, durante días y días en medio del polvo, del cascabillo y del tamo, les recordaba cuando estaban aún en familia y aquellos eran días de fiesta, con los niños que retozaban en la paja y miraban con la boca abierta la bonita y gran máquina roja llena de correas y de poleas que se tragaba por arriba gavillas y gavillas, expulsaba por la boca la paja y echaba por detrás un excelente trigo rubio y reluciente. Y luego estaba «el asno» que iba de un lado a otro con la cabeza dentada y se zampaba la paja mientras la máquina de fuego, negra, bufaba y soplaba por la chimenea y se tragaba grandes paladas de carbón en el horno incandescente.

Cuando estalló la Segunda Guerra Mundial los niños que habían nacido todos al mismo tiempo en el hotel Bruni y que luego habían crecido por separado, cada uno en su pequeña y pobre casa, eran ya adultos y útiles para servir al rey.

Dos de ellos perdieron la vida: Corrado, hijo de Floti, y Vasco, hijo de Checco. Eran pequeños y de piel aceitunada, de pelo y ojos negrísimos, guapos y fuertes los dos. Gustaban a las chicas porque, lo mismo que sus padres, eran siempre ocurrentes y tenían salidas ingeniosas que hacían reír a todo el mundo.

Acabaron en Rusia, uno y otro. Corrado desapareció y el resto de sus días su madre (que en realidad no lo era, pero como si lo fuese) siguió haciéndole decir misas por él al párroco. «Como si estuviera vivo, no muerto», especificaba cada vez, para hacer comprender que ella seguía esperando a aquel hijo querido al que había amado como si lo hubiera parido ella, y que un día u otro le vería aparecer, sonriente, con aquel mechón de pelo rebelde sobre la frente.

Floti, en cambio, no se rindió, como no se había rendido su padre en tiempos de la Gran Guerra. Consumido por la antigua herida y por las fatigas que había tenido que soportar en un trabajo para el que no era apto, recibió, con la pérdida del hijo, el golpe de gracia y murió por ello, al cabo de poco.

Vasco, el hijo de Checco, pareció en un primer momento más afortunado: volvió con los dedos de un pie congelados y fue ingresado en un hospital militar. Sus padres soltaron un suspiro de alivio pensando que, en el peor de los casos, el chico conservaría un pie. Se equivocaban: los médicos dejaron que la gangrena lo devorara cada vez más y, cuando no supieron qué hacer, le sellaron dentro de un busto de escayola y le dejaron morir lentamente. Los últimos días el olor a podredumbre en su habitación era insoportable y si la madre se atrevía a decir al jefe de sección: «Pero, doctor, ese pobre chico se pudre dentro de esa escayola que le ha hecho hacer...», este apenas la miraba altivamente diciendo: «¿Quién es el médico aquí, usted o yo?». Y desaparecía en las crujías con su acompañamiento de asistentes.

Tras la pérdida del hijo, Checco, que había sido siempre alegre de carácter y persona de buen humor, se entristeció y se curvó hasta volverse jiboso como si la maligna fortuna le hubiera asestado un gran porrazo en la espalda. Murió en edad avanzada en casa de su otro hijo, Orfeo, con quien fue a pasar sus últimos días, pero cada vez que nombraba al hijo perdido, incluso después de tantos años, los ojos se le inundaban de lágrimas.

Dolfo y Gusto fueron más afortunados y vieron volver a sus hijos y reanudar la vida, poco a poco.

Armando tuvo solo hembras, pero su peripecia vital no fue menos dura que la de sus hermanos. Implicado en un delito perpetrado en el período de sangrientas venganzas políticas que siguió al final de la guerra, fue condenado y encarcelado, pero la historia siguió siempre envuelta en el misterio.

El muerto era el médico del pueblo, un hombre rudo pero siempre muy bien dispuesto y de grandes conocimientos que nadie, por ningún motivo, habría tenido interés en matar. Se pensó que debía de haber visto algo que no debía ver y que por esto se habría decidido su fin. Alguien le disparó en pleno día un domingo por la mañana mientras se dirigía, como todos los domingos, a echar el ojo a las bonitas muchachas que salían de misa. Hubo quien dijo haber visto a dos desconocidos escapar en bicicleta a toda velocidad poco después de que se hubieran oído los disparos. Hubo quien dijo que un chaval que había trepado a un cerezo vio de cara a los asesinos, pero que luego alguien le había metido el miedo en el cuerpo y amenazado para que no hablase. Nadie, en cualquier caso, consideró a Armando Bruni capaz de matar a sangre fría. Según algunos, alguien que era muy astuto le incriminó, según otros fue un simple chivo expiatorio sacrificado para encubrir a los culpables. La auténtica verdad nunca salió a la luz.

Al final las amnistías abolieron las penas pero no el sordo, implacable rencor de las muchas viudas a las que el sangriento enfrentamiento había privado de sus maridos y a veces también de la dignidad personal, y los odios se arrastraron aún durante muchos años en el país, aun cuando la paz parecía haber vuelto a reinar.

En las familias se compadecieron sobre todo de los chicos que la guerra se había llevado, mientras que había menos comprensión para quien de algún modo se había dejado mezclar en política. Ya había provocado muchos problemas en el pasado. Y Fonso, que era persona instruida, solía decir que esta es la diferencia entre la guerra y la paz: que en la paz los hijos entierran a los padres, mientras que en la guerra los padres entierran a los hijos. La frase no era suya por supuesto: quizá era un antiguo proverbio o quizá era de algún gran sabio de antiguos tiempos.

Aquellas fueron las últimas peripecias de los Bruni dignas de ser contadas: a continuación la gente comenzó a ganarse mejor la vida y a no tener que preocuparse de la casa y de la comida y así se aplacaron las pasiones y los fuertes choques que son los que suelen desencadenar hechos dramáticos y en cualquier caso dignos de ser transmitidos a la memoria. Hasta el tiempo cambió. Ya no hubo largos inviernos cargados de nieve y brillantes primaveras; las estaciones se amalgamaron también en una nebulosa grisura.

La casa de los Bruni, aquella en la que habían vivido durante ciento veinte años, permaneció cerrada largo tiempo porque su dueño no quería meter en ella a otros labradores; quería vender toda la propiedad.

Dicen que una noche de invierno, poco después de que los Bruni se hubieran ido cada uno por su lado y poco antes de Navidad, cayó una gran nevada. Un caminante, sorprendido por la tormenta, se apresuró por el camino que tantas veces había recorrido en el pasado, convencido de encontrar un refugio y un plato de sopa caliente.

No era un hombre, era una anciana agotada que se arrastraba con esfuerzo con los zapatos rotos por la nieve, con los hombros arrebujados en un raído mantón. Era Desolina, desaparecida durante tanto tiempo sin dejar rastro.

Entró en el patio de la casa de los Bruni extrañamente sumido en el silencio y miró a su alrededor extraviada, como si le costara reconocer el lugar. Miró el enredo de vigas carbonizadas y de muros derruidos que en otro tiempo habían constituido el enorme establo, el Gran hotel Bruni. Y luego la casa. No cabía duda, era aquella. Llamó respetuosamente con su voz de falsete:

—Soy Desolina, pobre de mí, abrid a Desolina...

Pero nadie podía responderle desde la oscura y vacía casa. La vieja miró a su alrededor, miró el nogal secular que alzaba los brazos desnudos en el turbión de copos blancos y luego la puerta cerrada. Se acurrucó en el umbral y esperó, sin querer creer que el hotel Bruni no podía acogerla, creyendo que antes o después aparecería Clerice con su delantal blanco y cucharón en mano.

Iófa, el carretero, la encontró así al día siguiente, totalmente cubierta de nieve, con la cabeza apoyada contra la puerta, las lágrimas heladas en el rostro de color terroso y con una expresión de doloroso asombro en los ojos fijos y abiertos de par en par.

ORTENSIA

Todos en el pueblo les envidiaban porque eran la familia de más buen ver que pudiera imaginarse, y cuando asistían a misa en uno de los primeros bancos de la iglesia, uno de esos con la plaquita de cobre con el nombre de su linaje, todas las miradas eran para ellos.

Él, el aparejador Borelli, con uniforme negro de la Milicia, cinturón, galones de oro en la chaqueta y el fez* con el ribete de seda negra, era alto y elegante, de complexión atlética y participaba cada sábado en las exhibiciones que se hacían en el gimnasio Virtus de Bolonia. En medio estaban los hijos: Flavio y Claudio, a cual más guapo, altos y atléticos como el padre, pero con una piel lisa y ambarina y unos ojos oscuros y húmedos como los de la madre, Ortensia.

Ella era el astro de la familia, ella la figura lateral de la izquierda que cerraba el pequeño desfile dominical. Iba vestida en verano con trajes ligeros de seda floreada que dejaban entrever sus formas marmóreas, y se contoneaba graciosamente sobre sus largas piernas perfectas embutidas en unas medias de seda de reflejos dorados. El pecho erguido y firme, los labios rojos y carnosos acentuados por el carmín brillante, los largos dedos lisos y suaves que nunca habían ejercido oficio

* Gorro propio de los *bersaglieri* y luego usado por la milicia fascista. *(N. del T.)*

alguno, hacían de ella el objeto ideal del deseo de todos los varones del pueblo, desde el más pudiente y gordo terrateniente al más miserable y macilento de los braceros.

Sus delicadas manos no habían tocado siquiera la aguja o la plancha, por más que en el colegio de las Ursulinas la hubieran educado en todas las artes femeninas, porque el aparejador Ferruccio Borelli era un importante empresario de la construcción que construía edificios en la ciudad y podía permitirse tanto una mujer de la limpieza como una cocinera. Y así todos, en el pueblo, se imaginaban que aquellas manos seguramente expertas y casi inteligentes servían solo para hacer el amor, para acariciar sabiamente cada parte, hasta la más íntima, del cuerpo masculino, en este caso el del afortunado marido, único beneficiario de tanta bendición del cielo, a lo que parecía.

En un pueblo como aquel, en efecto, donde nadie se dedicaba a lo suyo y donde todos lo sabían más o menos todo de todos no había hombre que se preciara que pudiera decir que había recibido de ella más que una mirada distraída en el momento en que el aparejador Borelli decía: «Le presento a mi esposa».

Él, además, no había sido nunca un fanático y era evidente que llevaba el uniforme de la Milicia tanto porque le sentaba bien (quería que ella fuera siempre perfectamente acicalada y planchada) como porque, por su trabajo, era mejor caer en gracia a quien mandaba y navegar según de dónde soplara el viento. Por esta moderación suya estaba en muy buenos términos con todos, aunque le gustaba guardar ciertas distancias para acentuar el rango social y el privilegio, por así decirlo, familiar y conyugal *stricto sensu*. Que es como decir que, para poder permitirse una hembra de aquella categoría, había que ser alguien desde todo punto de vista. La única vez que había hecho uso de la autoridad que le confería el uniforme fue cuando vinieron a decirle que los trabajadores de la trilladora en el patio de los Mingotti no habían izado la bandera tricolor sobre el montón de las gavillas. El capataz Araldo Palmieri era un rojo y un bolchevique declarado a quien ni el aceite de ricino ni los palos de los camaradas habían conseguido hacer agachar nunca la cerviz, y podía uno jurar que lo había hecho aposta. En aquella ocasión Borelli se presentó como un rayo en el patio de los Mingotti montado en su flamante nueva Frera con la borla del fez ondeando al viento; les puso a todos firmes; le dio un hostiazo memorable a Palmieri y ofició personalmente de izador de la bandera antes de marcharse con un perentorio: «¡Y que no se vuelva a repetir nunca más!».

Por lo demás, puede decirse que estaba hecho de una pasta que cuando podía complacer a alguien lo hacía y que tampoco se daba muchos aires. Vicios no tenía, aparte del tabaco, y un día sí y otro no, antes de ir al trabajo, se pasaba por el estanco a comprarse un paquete de Serraglio, lo abría y luego metía uno a uno los bonitos cigarrillos redondeados dentro de su pitillera de plata maciza. Se fumaba el primero después de haberse tomado su café de la mañana en el bar Sport y el aroma se dejaba sentir enseguida en aquella atmósfera impregnada por el pesado olor a picadura fuerte, a tabaco nacional corriente y a toscanos.

En privado decían que ella también fumaba, la encantadora Ortensia, especialmente cuando había huéspedes a cenar como el ingeniero Bartoletti, amigo y colega del marido, o como el secretario de la federación fascista de Bolonia, que le honraba con su amistad. En el momento del café ella se sentaba en la sala de estar con ellos y fumaba voluptuosamente un cigarrillo con una larga boquilla de hueso igual que Ferida en *Cadenas*.*

Aparte de en la misa dominical era bastante difícil verla por la calle, pero los hombres se paraban a veces delante del bar desde casi la hora de la comida con la esperanza de verla salir para hacer alguna compra en la droguería de Adalgisa. Nadie hacía ningún comentario porque se trataba de una madre de

* Dramón de Raffaelo Matarazzo que alcanzó en 1949 un gran éxito de público. *(N. del T.)*

familia, pero se comprendía igualmente lo que pensaban cuando ella caminaba con distinción vestida con sus ligeros trajes de lino o de organdí.

Tampoco en el tiempo de la guerra las costumbres de la familia Borelli habían cambiado gran cosa porque, para quien podía pagarla, ropa la había, y además la gente complacía con sumo gusto al capitán de la Milicias Ferruccio Borelli, así como lo hacía con el aduanero, el veterinario y el médico del pueblo.

Las cosas cambiaron bruscamente con el final de la guerra, cuando el mando partisano instalado en la villa de los Corradini, evacuados a Viareggio a otra villa, comenzó a aplicar de modo tan enérgico como sumario los principios de la justicia proletaria. Quienes sufrieron las consecuencias fueron, por un lado, los grandes propietarios que no habían tenido el buen sentido de poner pies en polvorosa, por otro, huelga decirlo, todos aquellos que habían estado comprometidos, de un modo u otro, con el anterior régimen.

Los uniformes, a decir verdad, habían desaparecido todos en un santiamén ya desde el 8 de septiembre, y también Borelli se había vestido de civil luciendo unos trajes de doble pechera gris oscuro que le hacía a medida el sastre de Castelletto. Esperaba que esto bastase, en vista de que no había hecho nunca mal a ningún alma viviente, y sin embargo una noche tocaron al timbre y le sacaron de la cama. Era gente de fuera que no había frecuentado nunca el pueblo, por lo que Borelli se las vio realmente feas. Ortensia fue también a la puerta en salto de cama y se interpuso entre su marido y aquellos extraños visitantes.

—Ferruccio no ha hecho nada malo —decía—. Es una buena persona y un hombre honrado que siempre que ha podido ha complacido a todo el mundo. Podéis preguntar por el pueblo si no me creéis, todos os dirán que es la pura verdad.

Pero el hombre que parecía ser el jefe del grupo, impresionado por su belleza, su porte y su gesto valeroso, trató de tranquilizarla. Era el único de los cuatro que tenía estudios, y aquella mujer que escudaba con su cuerpo al marido que ya estaba incluido en las listas negras le parecía una de aquellas grandes matronas romanas de la conjura de los Pisón descritas en las historias de Cornelio Tácito.

Dijo:

—No se preocupe, señora. Es una mera formalidad, una simple comprobación. En un par de horas su marido estará de vuelta y le quedará tiempo aún de conciliar el sueño.

—Pero si es una mera formalidad —dijo Ortensia—, ¿por qué no vienen mañana cuando sea de día?

Se mostraba tan ingenua y apasionada al hacer aquella pregunta que el jefe del grupo se sintió en el deber de decirle otra mentira piadosa:

—Su marido deberá proporcionarnos también cierta información reservada que luego debemos presentar al mando. Bastará con que responda a nuestras preguntas; no tiene nada que temer, se lo aseguro. Son tiempos duros, señora, y nosotros cumplimos con nuestro deber para servir al pueblo y por el bien del país.

—¿Me da su palabra de honor? —preguntó Ortensia que había aprendido un poco del lenguaje militar de los colegas de su marido.

—Le doy mi palabra de honor —juró en falso el jovenzuelo.

—Déjalo correr, querida —intervino Borelli, que en cambio lo había comprendido ya todo y estaba repentina y dignamente resignado—. ¿No has oído al señor? Es una mera formalidad. Cuatro palabras y todo solucionado. Prepárame un buen café con dos galletas para cuando vuelva.

No volvió y toda búsqueda fue inútil. Nadie le había visto, nadie le había oído, nadie sabía nada ni de formalidades ni de interrogatorios.

Ortensia, pasados solo dos días, le dio por muerto, e hizo que la agencia de pompas fúnebres pegara en el pueblo su fotografía en uniforme para las exequias, pero no se resignó tan fácilmente. Fue a ver al párroco, al jefe de los *carabinieri*, fue también a la ciudad donde todavía podía contar, pese a todo, con algunos amigos bastante poderosos que habían sabido ponerse a salvo a tiempo.

Se abrió una investigación, pero no fue posible encontrar el menor rastro, el menor indicio. Ni siquiera fue posible considerar difunto al aparejador Ferruccio Borelli al no haberse encontrado su cuerpo ni ningún objeto personal de su pertenencia. Pero Ortensia sabía quién había sido: había sentido durante años su mirada cada vez que pasaba por delante de la Casa del Pueblo para ir a la carnicería, y sus amigas le habían contado lo que él dijo después de que su marido le gritara delante de todos por no haber izado la bandera sobre el montón de las gavillas. Podía imaginarse asimismo la escena: Araldo Palmieri, que se había ganado en su día aquel bofetón debido a la bandera, atribuía sin duda a Borelli todas las humillaciones, el aceite de ricino y todo lo demás que había tenido que soportar de los fascistas. Se la tenía jurada y en la reunión del comité debía de haberse puesto en pie para decir bien claro que aquel era un fascista y un enemigo del pueblo y que se la iba a cargar.

Había sido él: estaba prácticamente convencida, pero por desgracia eso no cambiaba mucho las cosas. Su marido la había mantenido al margen de todo, preocupado solo de que no le faltara de nada, y ella se había hecho la idea de que la disponibilidad económica de la familia era grande, por no decir ilimitada. Cuando vio que el dinero que tenía en el banco acabaría pronto en nada y que al cabo de unas pocas semanas no sabría qué hacer para mantener el tren de vida al que estaba acostumbrada ella y también sus hijos, tomó la única decisión adecuada, a su modo de ver, para una mujer de su posición. Decidió que desplumaría a todos los primos que cayeran en sus garras en aquel condenado pueblo y también decidió, para aplacar la furiosa sombra de su marido, que vengaría su muerte, de un modo u otro.

Encontró un trabajo en apariencia honorable, haciendo de empleada en la sede local de la Caja de Ahorros, pero pronto comenzó a recibir huéspedes en el apartamento que le había quedado en la bonita casa con jardín en las afueras del pueblo. Los hijos, que estudiaban en el instituto Minghetti de Bolonia, los había confiado a su hermana soltera que vivía en la ciudad, y así podía contar con la necesaria reserva que sus relaciones privadas exigían. El primero en presentarse, según los rumores, fue Fredo Vitali, uno de los más apreciados comerciantes en cerdos de la zona. Iba a Toscana todos los primeros jueves de mes, compraba doscientos cerdos de vida a ojo sin equivocarse ni un kilo y los revendía el lunes siguiente de nuevo a ojo en Módena ganándose un treinta por ciento.

Llevaba siempre consigo una bonita cartera de mano con fuelle llena a rebosar de billetes rojos de mil nuevos y flamantes, y cuando se había presentado en el banco para hacer un depósito y había puesto los ojos en el escote ella había dicho (sin estar al tanto de los rumores que corrían):

—Dicen que tiene usted muy buen ojo. Quién sabe si será tan bueno con lo demás.

Ante tamaña provocación Vitali no había podido echarse atrás, es más, se había lanzado a la carga como un joven teniente de caballería:

—Siempre dispuesto a servir a una guapa señora —fue su galante respuesta, y ella le había dejado junto al resguardo del recibo una notita que decía «21.30», para que no hubiera equívocos.

Vitali se presentó puntual con el pelo reluciente de brillantina Linetti después de haberse incluso lavado y perfumado con pino albar Vidal, para matar el olor a cerdo que no le abandonaba nunca; luego volvió, regularmente dos veces por semana hasta que, al cabo de algunos meses, le dejó la pequeña hacienda que se había comprado con los beneficios de los cerdos. Adalgisa, que era una mujer con cabeza y que desde detrás del mostrador de la droguería veía y oía historias de todos los colores, dijo que ya se esperaba que Vitali fuera a tener aquel mal final por esa manía suya de abrir siempre la cartera en público y de dejar ver a todo el mundo el dinero contante que llevaba.

—La cartera de los bobos es como la bolsa de los perros: siempre está a la vista —sentenciaba entornando los ojos detrás de sus gafas de vista cansada—. Era de prever que acabase así.

Una vez desplumado Vitali, Ortensia le echó el lazo a Ghinelli, que era un comisionista de fruta roja en el mercado de Rubiera; mandaba a Francia y a Suiza dos vagones de cerezas y uno de ciruelas todas las semanas cuando era la temporada y se sacaba su buena comisión del cinco por ciento o más. Era uno de esos broncas que en casa hacen ir a todos más derechos que un huso, que blasfeman haciendo temblar el misterio si a mediodía en punto no se está a la mesa o si a la sopa le falta un poquito de sal, pero que fuera de ella son espléndidos y no se hacen de rogar ni con las deudas de juego ni a la hora de invitar a una ronda.

Las atenciones de Ortensia, tan elegante y refinada aparte de ser una mujer de bandera, le llenaron de legítimo orgullo, y cuando ella le dio a entender que le recibiría con mucho gusto, pero en un lugar discreto debido a su buen nombre, él reservó la mejor habitación en La Mandatora, un hotel de Reggio que, quién sabe por qué, todos llamaban La Montadora quizá por una fácil analogía con los encuentros galantes y clandestinos que se consumaban en aquel lugar. En aquella ocasión Ortensia se contentó con la habitación de hotel y la cena para hacerle ver a Ghinelli que se trataba precisamente de un flechazo, pero a continuación se volvió cada vez más exigente, hasta el punto de que el pobre hombre en un momento dado tuvo que llevarse una mano al corazón y la otra a la cartera para saber cuál de los dos le oprimía más. Cuando consiguió aclarar un poco su dilema, estaba ya medio arruinado.

Algo parecido le sucedió a Evaristo Canella que era un comerciante en vacas, siempre en la plaza de abastos los lunes por la mañana con el traje de rayadillo, el chaleco y la camisa de cuello duro. Inmoló sobre el blando vientre de la hechicera un ganado entero de terneras, tanto es así que se dijo que Ortensia se las había comido con cola, cuernos y todo.

El hecho es que ella estaba cada vez más guapa y deseable. Asimismo decían que iba a Bolonia en tren todos los jueves por la tarde a hacerse masajes para mantener su carne hermosa y prieta y que gastaba en cremas y otros potingues tanto como habría podido comprar una familia entera. No obstante, siempre por el hecho de que en los pueblos todos lo saben todo sobre todos, también se sabía que para irse a la cama con Ortensia no había que ser un miserable, porque si uno no tenía dónde caerse muerto las charlas se acababan bien pronto, aunque se fuera más apuesto que Errol Flynn.

Era extraño el clima que se respiraba en el pueblo en aquel período de los primeros años de la posguerra: por un lado, las enormes ganas de vivir daban rienda suelta a las energías largo tiempo reprimidas y por eso había más muchachas preñadas (no importa si solteras o casadas) que cuantas había habido en los últimos diez años. Por otro, el tufo a muerte lo contaminaba todo, incluso las alegrías más sencillas e inocentes como comer y hacer el amor. Eran tiempos de ajustes de cuentas y no se hilaba muy fino. Tal como le había sucedido al aparejador Ferruccio Borelli, así también otros muchos desaparecieron de la circulación.

Por lo general se trataba de ricos propietarios que mientras todos pasaban hambre habían abusado más de lo debido de su posición privilegida: o arreando una patada de más a un trasero equivocado, o yéndose a la cama con la mujer de alguien que pasaba hambre o había tenido que aguantarse y tragárselo todo. En resumen, las típicas cosas que la gente en condiciones normales resuelve con una pelea y que en cambio despiertan odios feroces y provocan venganzas sangrientas cuando la injusticia social, el hambre, el miedo, la incertidumbre del mañana transforman cualquier enfrentamiento en una tragedia.

Quien era juzgado culpable, como ya hemos visto en el caso del pobre Borelli, era detenido de noche, llevado a algún caserío apartado, sometido a juicio sumario y ajusticiado tras la adecuada dosis de torturas.

Los enterramientos, tal como se averiguaría posteriormente, no eran menos sumarios que los juicios, y la gente era a menudo enterrada bajo unos pocos palmos de tierra. El oro y el dinero que llevaban encima se repartía a partes iguales.

Araldo Palmieri, que había considerado siempre a Ortensia como el objeto de sus deseos más ardientes y al mismo tiempo inconfesables, la evitaba no obstante porque no quería que la gente viera en su comportamiento lo que todos creían saber, es decir, que había sido él quien había organizado la detención y el asesinato de Ferruccio Borelli por motivos sin duda comprensibles, pero no lo bastante consistentes a juicio de la mayoría. El dinero para poder permitirse su compañía al menos por una noche o dos lo tenía, y también tenía, digámoslo así, la autoridad, porque en aquel momento todo el mundo le temía, incluso el mismo jefe de los *carabinieri* que hacía la vista gorda y estaba recluido siempre en su oficina redactando atestados sobre robos de pollos. Él, por el contrario, daba vueltas por el pueblo en pantalones a la suaba, metralleta en bandolera, pañuelo rojo al cuello y la gorra ladeada, disfrutando de su momento de popularidad en espera de que la revolución del proletariado le confiriera cargos de mayor responsabilidad.

Cuantos más días pasaban, sin embargo, más degeneraba la situación. Los esbirros comenzaban de nuevo a alzar la cresta y muchos de sus compañeros dejaban la metralleta, tiraban la pistola al fondo de un pozo negro y volvían al campo o al establo para cuidar a los animales y para cortar la mezcla de forraje y remolacha para las vacas.

Ortensia comprendió que él no se le insinuaría nunca por más que se muriera de ganas de darse con ella ese gusto y aquella satisfacción con la que durante años había soñado y que ahora tenía al alcance de su mano; no lo haría un poco por desconfianza y un poco por su rústica timidez de bracero analfabeto frente a una guapa señora, perfumada e instruida. Había comprendido que debía dar ella el primer paso si quería llevar a buen término el asunto, y así un buen día que él andaba entre los mostradores del mercado de conejos de Castelnuovo le rozó, ligera con su perfume y, alzando apenas la voz con el vendedor y fingiendo no verle, preguntó:

—¿A cuánto tiene el kilo del país como ese de ahí?

—A treinta y cinco liras, señora —respondió el vendedor de pollos.

—Pues pélemelo y límpiemelo, que pasaré a buscarlo dentro de una media hora. Mire, aquí le dejo el dinero.

Y se alejó. Es obvio que sabía que él la había visto y oído y que sin duda el perfume de su colonia y el carmín se le habían subido a la cabeza, pero quería tenerlo todo bajo control. Y así, cuando volvió a recoger su conejo, vio con el rabillo del ojo que él había vuelto para verla de nuevo, o que quizá no se había movido de allí, y estaba apoyado contra la pared a tres o cuatro metros de distancia con las manos metidas en los bolsillos y la mirada sombría.

La vez siguiente fue en la feria de la Virgen del Rosario, en las barracas de atracciones. Allí estaba él probando en el aparato para medir la fuerza. Le pegaba unos viajes tremendos con todas sus fuerzas y con toda la rabia de sus frustraciones y remordimientos, y el contador de los puntos giraba sin parar y la gente gritaba: «¡Uno! ¡Dos! ¡Tres!». En un determinado momento se la encontró de frente justo mientras echaba para atrás el codo tenso por el esfuerzo y reluciente por el sudor. Ella observó fijamente su brazo y luego le miró a los ojos, durante un instante, pero con tan elocuente intensidad que él sintió que le hervía la sangre en las venas, pero que no iba a tener el valor de decir: «Buenas tardes, señora».

Fue ella en cambio quien le dirigió la palabra, pocos minutos después, mientras él iba de camino a casa y pasaba por el depósito de las bicicletas. También Ortensia cogía en aquel momento su nueva y flamante Bianchi con la canastilla sobre la rueda trasera, pero justo cuando estaba a punto de montar dijo:

—Vaya, qué baja está esta rueda. Los chavales estos se divierten deshinchando los neumáticos de las bicicletas. Y no faltan los que echan clavos por la carretera... ¿y qué voy a hacer ahora?

No hizo falta decir más. Palmieri, que estaba ya cargado como un resorte, manifestó:

—Déjemelo a mí, señora, ya me ocupo yo.

Tomó la bomba y comenzó a bombear con tal ímpetu y energía que se veía a las claras la alusión que quería mandarle a la guapa señora. Que era como decir, en resumidas cuentas: «Si usted me da tanto, yo le doy tanto...». Y Ortensia dio muestras de haber comprendido.

—Debe de ser usted fuerte como un toro —dijo.

—Gracias a Dios —respondió Palmieri, que no creía ni pizca en Dios—. Y me gustaría hacerle una demostración si estuviéramos solos usted y yo.

Era lo máximo que nunca pensó que lograría decir, y él mismo estaba asombrado de haber sido tan descarado, pero Ortensia dio muestras de no hacerle mucho caso:

—Ah... —suspiró—. Si quiere que le diga la verdad, también a mí me gustaría. Solo que...

Y parecía que no tuviera fuerzas para seguir.

—Hable, señora, al fin y al cabo estamos los dos solos.

—Mire, es que no quisiera que pensara usted mal de mí... Soy una pobre viuda que...

—No hace falta ni que lo diga —respondió Palmieri que sentía ya un hormigueo bajo la piel y tenía la lengua seca como un pedazo de cuero—. La comprendo..., por otra parte, lamentablemente, cómo decir, así es la vida.

—Sí, ya —respondió ella—. Así, pues, si me promete usted no ir diciendo por ahí cosas que puedan dañar mi honor, entonces, yo...

—No hace falta ni que lo diga —repitió Palmieri, que tenía un vocabulario más bien limitado.

—Pues, entonces, mire, hay una pequeña pensión en San Damiano. Un lugar mono y limpio donde iba a veces de veraneo con mi pobre Ferruccio, que en paz descanse, y donde preparan una cocina sencilla y genuina. Yo me pasaré por allí mañana a eso del atardecer. Podríamos tomar un bocado y luego subir arriba a charlar un poco y descansar.

—Con mucho gusto, señora Ortensia, realmente con mucho gusto —respondió Palmieri, quien no podía creerse que le pudiera tocar a él aquella bendición del cielo. Estaba dispuesto a dilapidar toda su fortuna en la cena y en hacer noche en aquella pequeña pensión que para su bolsillo era como dormir en el Baglioni de Bolonia, pero al menos vería de verdad, desnudo a la difusa luz de la lámpara de pantalla, aquel cuerpo con el que solo había soñado, aquellas formas que tantas veces le habían hecho sudar y jadear las noches solitarias de verano en su apestosa cama encima del establo de los Mingotti. Era algo que deseaba hasta tal punto que le parecía que después podría incluso morir, porque habría logrado su máxima aspiración en la vida.

Se presentó puntualísimo a la cita, con los zapatos relucientes y el traje de los días de fiesta, e incluso olía a colada porque se había lavado con jabón de Marsella, pero no comió casi nada porque tenía un nudo en el estómago; ella, en cambio, comía con apetito y tomaba largos sorbos de un buen Sangiovese de la Romaña dejando en el bisel de su vaso la sombra de su carmín.

—¿No tiene hambre, Araldo? —le preguntaba ella de vez en cuando.

Y él habría querido decirle que sí, que tenía un hambre canina, pero de ella, que no veía el momento de quitarle la ropa, de echar mano a toda aquella bendición del cielo que había siempre, aunque solo eso, tratado de imaginar; de darle un buen tute, la Madre de Dios, para que lo recordara por un tiempo, qué coño de bicicleta y de buen nombre y que si pobre viuda y tanta gilipollez.

Cuando subieron a la habitación, él le saltó encima como una bestia. Estaba tan a tope que el primero no duró más de unos segundos, pero ella ni se enteró porque él fue directo al segundo sin pestañear y la dejó tan molida que fue ella quien, finalmente, le pidió una tregua.

—Me imaginaba que erais fuerte —dijo Ortensia con un suspiro—, pero no hasta este punto.

Y luego, mientras él se tapaba, siempre a causa de su timidez, le preguntó:

—Pero ¿es cierto lo que he oído decir que una vez en una apuesta se comió usted siete platos de tallarines al huevo?

—Es la pura verdad, señora Ortensia.

—Pero ¿cómo pudo?

—El hambre acumulada, señora, así fue cómo pude. Cuando se tiene hambre acumulada, el día que uno tiene ocasión de comer lo hace hasta reventar. Es igual con todo, no solo con los tallarines.

Ortensia frunció los labios con una sonrisita maliciosa, queriendo dar a entender que acababa de tener una prueba de lo que le decía y que no le había desagradado en absoluto.

—A propósito de hambre. ¿Qué le parecería si pidiéramos un buen helado, que aquí lo hacen muy rico, con nata fresca y chocolate?

—Como quiera —respondió Palmieri haciendo mentalmente las cuentas de lo que llevaba en el bolsillo, esperando que le alcanzara. Por otra parte, si uno quería irse a la cama con una mujer de clase, no podía esperar que le compadecieran. Y además solo se vive una vez, ¡qué caray!

Cuando por la mañana se despidió de ella después de haber pagado la cuenta que le había dejado casi sin blanca, no tuvo el valor de preguntarle si podría volver a verla, pero se sorprendió de que fuera ella quien se lo dijese:

—¿Sabes, Araldo? —Y el hecho de que ella le tuteara le hizo sentirse en el séptimo cielo—. Me gustaría volver a verte, pero no quiero hacerte gastar mucho dinero. Con los tiempos que corren cuesta ganarlo. ¿Por qué no nos vemos en un bonito lugar apartado, quizá por la orilla del Secchia donde no se ve a nadie? Vamos, como cuando uno es chaval y se va a la hierba...

—Qué más quisiera yo, señora. Quiero decir, Ortensia. No pido nada mejor. Es más, sé de un sitio adonde voy siempre a pescar carpas que es una maravilla. Hay un buen lecho de hierba suave y alrededor todo son matorrales de sauce y acacias floridas; parece estar uno dentro de una cabaña.

—Magnífico —respondió Ortensia mostrando sus dientes blancos en una radiante sonrisa.

«Las acacias floridas», pensó. Un pensamiento casi poético para un animal como Palmieri. ¿Quién lo hubiera dicho nunca? Y se quedó mirándole durante un rato mientras él tomaba impulso para emprender el descenso y desaparecía tras la primera curva que llevaba al llano. Luego fue a sentarse a una mesa debajo de una sombrilla y pidió el desayuno: un capuchino y dos apetecibles pastas recién hechas.

A decir verdad, aquella dieta tan rica en calorías comenzaba a hacer que estuviera metida en carnes, pero a sus amigos ello no les desagradaba, sino muy al contrario. Y precisamente uno de ellos se pasaría por la tarde a echar una siesta con ella en su cama y luego la llevaría a casa en su flamante Millecento nuevo.

Una vez en casa Ortensia dejó pasar un tiempo antes de verse con Palmieri, porque quería que se dorara bien dorado y a fuego lento.

«Qué estúpidos son los hombres —pensaba—, basta con dejárselo oler una vez y ya pierden el seso, les llevas por donde tú quieres, les haces hacer lo que te apetece.»

Y le venían a la memoria ciertos amigos suyos que gastaban y gastaban con ella y luego, cuando se iban a casa y se les pasaba la chifladura, la emprendían con la familia y daban una paliza a sus mujeres porque eran más feas que pegar a un padre, desdentadas y apestaban a establo.

Palmieri, en cambio, estaba sobre ascuas: Ortensia no daba señales de vida, tras aquellas bonitas palabras y después de todo lo que habían hecho en la cama, que además a ella le había gustado, ¡caray si le había gustado! ¿Y, entonces, por qué? Quizá tuviera algún compromiso..., quizá estaba indispuesta.

Y además podía ser que tuviera también sus cosas que a determinadas mujeres les duran más que a otras. En resumen, no se resignaba. Caminaba de un lado a otro por el pueblo con las manos en los bolsillos con la esperanza de verla pasar cuando fuera a hacer la compra a la tienda de la Adalgisa o cuando por la noche iba a jugar a las cartas con las monjas que la querían con toda su alma tanto por lo que había pasado, la pobre, como por las generosas donaciones que les hacía.

Finalmente, un miércoles se la encontró a su lado en el mercado de pollos y de conejos de Castelnuovo mientras escuchaba embelesado las alabanzas que hacía a grito pelado un vendedor de hojas de afeitar.

—Hace algún tiempo que no te dejabas ver —dijo ella en voz baja fingiendo escuchar las estupideces del vendedor de hojas.

—¿Yo? Pero si ha sido usted quien no daba señales de vida, mi bella señora.

—He tenido compromisos.

—Me lo imaginaba.

—Entonces, ¿tenemos aún pendiente ese lugarcito junto al Secchia del que me hablaste?

—Se acuerda..., ¿lo recuerdas aún? —le preguntó él, que todavía no se acostumbraba a tutear a una señora de tanto tronío.

—No pensarás que me he olvidado —respondió ella—. Es más, no he hecho otra cosa que pensar en ello todos estos días que no nos hemos visto. Tenemos que ir antes de que se marchiten las acacias. Yo soy muy romántica y la idea de hacer el amor en medio de todas esas flores me hace soñar.

—Cuando tú quieras —dijo Palmieri.

—El jueves por la noche a eso de las once para mí estaría bien. Pero ¿cómo puedo encontrar el lugar?

—Iré a esperarte delante de la capillita de la Virgen de los Ángeles.

Ortensia asintió con la cabeza porque el vendedor de hojas de afeitar había terminado su perorata y todos aplaudían frenéticamente, luego se alejó con sus andares suaves y graciosos de potranca.

Palmieri vivió en una tensión espasmódica las veintinueve horas que le separaban de la cita y, dado que no tenía reloj y quería ir sobre seguro, fue al lugar convenido poco después de la puesta del sol y mató el tiempo caminando adelante y atrás a lo largo del sendero que llevaba al Secchia. Ortensia, en cambio, había hecho venir aquella noche a Amalia que era al mismo tiempo su mujer de servicio y, por así decir, su dama de compañía, y le rogó que se quedara a dormir con ella porque no se sentía muy bien. Se acostaron juntas hacia las diez y, cuando oyó que ella roncaba como una bestia, se levantó, fue al cuarto de baño, se lavó y perfumó y acto seguido se puso un pañuelo en la cabeza y salió en bicicleta por la puerta trasera tomando una carreterita poco transitada. No llevaba ninguna joya: ni collar, ni pendientes, ni anillos aparte de la alianza de boda de la que no se separaba nunca.

Apenas Palmieri la vio llegar soltó un suspiro de alivio porque, al no llevar reloj, no sabía qué hora era y el lugar estaba demasiado lejos del pueblo para que pudiera oír los toques del campanario.

—Entonces, ¿es este el lugar? —preguntó ella apeándose de la bicicleta.

—Ven —respondió él—, no está muy lejos.

Habría querido tomarla de la mano, pero no se atrevió y le indicó el camino en medio del monte bajo que comenzaba a espesarse en las proximidades de la orilla del río.

—Aquí es —dijo cuando hubieron llegado dentro del cauce, y señaló una especie de alcoba natural: una maleza de arbustos y de acacias en torno a una pequeña explanada herbosa. A escasa distancia se oía el río que corría raudo entre una y otra orilla, crecido por los últimos aguaceros primaverales.

—Dios mío —dijo ella—, habrá un montón de mosquitos en este sitio.

Pero él le había puesto ya las manos encima y la hacía agacharse al tiempo que le quitaba con una mano las ropas y trataba frenéticamente de desabrocharse los pantalones con la otra. Ella le secundó dócilmente y dejó que se desahogase a placer, luego, cuando él se hubo tumbado sobre la hierba cerca de ella panza abajo, exhausto, cogió una piedra del río y le rompió la cabeza como si fuera un melón.

Por suerte el río estaba cerca y bastó con arrastrar el cuerpo unos pocos metros hasta la orilla y hacerlo rodar ribera abajo. Los restos mortales de Araldo Palmieri desaparecieron inmediatamente en el agua turbia y remolineante del Secchia iniciando un largo viaje hacia el mar mientras Ortensia se arreglaba las ropas y se cubría de nuevo la cabeza y el rostro con el pañuelo.

Al día siguiente, cuando Amelia se despertó, la encontró aún dormida a su lado y se levantó de puntillas para ir a preparar el desayuno.

Pasaron un par de días antes de que se notara la desaparición de Araldo Palmieri, porque vivía solo y dormía en una habitación encima del henil de los Mingotti, pero no siempre había quien fuera a comprobar si estaba o no en casa, porque era mejor ignorar o fingir ignorar sus andanzas nocturnas en aquellos tiempos todavía tan turbulentos. El cuerpo no fue encontrado nunca.

Ortensia continuó su vida de mujer hermosa, pero sacó de un cajón de la mesilla de noche un retrato de su pobre marido y lo volvió a poner en el lugar de honor al lado del tocador pensando haber aplacado la sombra inquieta del aparejador Borelli y haberse hecho perdonar también su infidelidad póstuma. Pero un buen día, mientras su amigo de turno, el ingeniero Bartoletti, fue al baño a orinar, encontró la pitillera de plata de su marido en el bolsillo interior de su chaqueta colgada en la entrada. Un asunto de negocios, evidentemente: aunque se hubiera declarado siempre amigo y colega del difunto y frecuentara su casa como huésped que era bien recibido, Bartoletti era evidentemente un competidor que había encontrado una manera cómoda e indolora de acabar con su adversario y, como un antiguo combatiente, no había resistido a la tentación de despojar al enemigo caído de sus objetos valiosos y de llevarse también a la cama a su mujer.

Tampoco el ingeniero Bartoletti volvió a su casa. Ortensia partió al día siguiente y nadie la vio nunca más. La casa permaneció cerrada y vacía durante décadas.

Se decía en el pueblo que había ido a instalarse en Francia con una prima que estaba casada con un rico terrateniente, mientras que los hijos, licenciados uno en ingeniería y el otro en arquitectura, habían seguido los pasos de su padre. Volvieron, ya hechos unos hombres maduros y con un poco de barriga, para reestructurar la casa de familia y hacer de ella apartamentos para alquilar y, al excavar los cimientos para construir un reservado para cenas y reuniones, encontraron un esqueleto en la bodega todavía con los jirones de la camisa y los pantalones, pero sin chaqueta, y lo cubrieron de inmediato con una buena colada de hormigón.

—Es por la Superintendencia —le dijeron al capataz—. Aquí debajo había un cementerio de los antiguos romanos y si se enteraran nos harían parar los trabajos y perderíamos un montón de dinero y de tiempo.

En aquel momento, Ortensia, o estaba muerta o era vieja y estaba apergaminada, pero en el pueblo los más ancianos la recordaban todavía tal como la habían visto la última vez, hermosa y lozana, con el pecho erguido y firme, con aquel trasero glorioso embutido en el ligero traje de organdí.

LA HORA DE LA NOCHE

Ni siquiera yo sé por qué volví a Novellara: es un lugar asfixiante en verano y neblinoso en invierno, únicamente agradable en algunos momentos, en ciertos días de mayo o de septiembre cuando el sol cae a la hora del ocaso sobre la avenida principal de la pequeña ciudad y hace resplandecer los adoquines de la calle pulidos por un secular pisoteo, cuando el aroma del heno se mezcla, bajo los porches, con el del café y de las cremas de helado.

La separación de mi mujer que se volvió a Suiza con los niños y la desaparición de mi padre han marcado profundamente lo que me queda de vida. Mi innata capacidad de renovar los intereses y las curiosidades parece acabada y, lo que es peor, mi entusiasmo por la pintura casi ha muerto por completo. Desde hace meses los colores y la paleta descansan abandonados en una esquina de mi estudio, cubiertos de polvo, y la tela que había puesto en el caballete está aún desoladoramente blanca, un pequeño desierto de la fantasía que me desconcierta con su vacío.

Quería pintar en ella un desnudo de Liv de una vieja foto que le había hecho cuando estaba todavía en la Academia de Bellas Artes de Göteborg. Recuerdo que le había rogado insistentemente que posara para una fotografía y que al final ella había vencido su timidez solo en parte descubriendo el torso pero velando la ingle con un embozo de sábana que cubría su cama.

Aquella foto, que había conseguido sacarle con luz natural, una luz nórdica, difusa y álgida, estaba sin embargo impregnada de una atmósfera estática y vibrante, emanaba una fascinación intensa, casi agresiva, y aquella inhibición suya, solo en parte superada, exaltaba el deseo hasta el colmo.

Aquella imagen era para mí como una condena, constituía la conciencia de estar ligado a un tiempo, a un momento, a un cuerpo y a un rostro que no existían ya desde hacía años y que no poseería nunca más. Pintar aquella imagen se había convertido para mí en una especie de desafío porque esperaba que solo con proyectarla en la tela la arrancaría de mí, me liberaría de ella para siempre.

Había fracasado hasta aquel momento y pasaba desde hacía mucho tiempo jornadas indolentes en la casa que fuera de mi padre y en la que había nacido, despachando con desgana un poco de correspondencia o escribiendo algún que otro artículo de crítica de arte para la prensa local.

Fue en aquella extraña modorra física y mental cuando me encontré con Anna. Muy atractiva todavía, había sido mi amor de juventud, muchos años atrás, y había pasado con ella un par de tórridos veranos haciendo el amor en los campos y por las márgenes de los canales de saneamiento, escondidos entre los arbustos de acacias, bañados de sudor en las tardes ensordecedoras por las cigarras. La había frecuentado ocasionalmente también después de haberme casado con Liv, porque a veces echaba de menos su sensualidad total no atenuada por ningún sentimiento, el color moreno de su piel, la fuerza irresistible de su mirada. Liv buscaba sobre todo una relación intelectual conmigo, un intercambio de ideas, de creatividad, de opciones de vida, y tendía a dar una importancia limitada a nuestra relación física, un hecho que tenía un peso relativo en los primeros tiempos pero que posteriormente, con el paso de los años, se había convertido para mí en fuente de desequilibrio emotivo y de continua inestabilidad sentimental.

Había llegado al punto de presentar a Anna a Liv como una modelo que posaba algunas veces para mí previo pago para poder llamarla a mi estudio cuando sentía la necesidad de hacerlo. Y una vez faltó poco para que mi mujer me sorprendiera con las manos en la masa: desde hacía algún tiempo me ayudaba a realizar una gran escenografía para una película y trabajaba durante horas conmigo para estar segura de la uniformidad estilística de la construcción. Aquella vez entró sin llamar y a mí apenas me dio tiempo de vestirme. El espanto y la idea de que si me sorprendía simplemente la perdería me llevaron a espaciar cada vez más mis encuentros con Anna, y también a interrumpirlos durante largos períodos pero sin romperlos nunca del todo. En aquellas largas semanas en las que no la veía notaba un fuerte padecimiento, una aguda sensación de privación y tendía a descargar mi frustración sobre mi mujer con un comportamiento exasperante o incluso arrogante.

Hubo un momento en que me pareció que Liv sospechaba algo. De repente y sin venir a cuento me dijo: «Si descubriera un día que me traicionas, no sé lo que haría. Yo he renunciado a todo por ti. No lo soportaría». Había pronunciado aquellas palabras con una calma glacial, como solo ella sabía hacerlo en ciertos momentos. Habían sido probablemente aquellas palabras las que me habían inducido a postergar todavía más mis encuentros con Anna hasta que por fin fue ella la que cortó de golpe nuestra relación.

Al volver a verla ahora, mientras elegía una revista de moda en el mostrador del quiosquero, volvieron a mi mente por un momento las imágenes de nuestra pasión de otro tiempo y tuve la conciencia de que ahora no existían ya impedimentos de ningún tipo. Me acerqué a ella por detrás hasta percibir el olor de sus cabellos y de su piel. Cuando se volvió y la miré fijamente a los ojos, me di cuenta de que había leído enseguida en mi cara lo que me pasaba por la mente: las mismas imágenes que de golpe veía ella, estaba seguro, de un amor viciado y recalentado, fuerte y embriagador como el vino de uva pasa.

—¿Qué haces aquí? —me preguntó.

Pero yo no sabía qué responder porque en aquel momento miraba a través de su vestido ligero para imaginar la suavidad de su piel y el volumen de sus formas. Su olor era igual, el mismo de otro tiempo, y esto solo podía significar una cosa.

Comenzamos a frecuentarnos de nuevo casi de inmediato, en mi casa, a cualquier hora. Por la mañana, a veces, antes de que me levantara. Llegaba casi sin decir nada, se desnudaba y luego se metía en mi cama. Después de hacer el amor se tumbaba sobre las sábanas como una gata y se dejaba mirar desnuda sin decir nada. Tampoco yo conseguía decir gran cosa. En aquellos momentos me volvían a la memoria las palabras oscuramente amenazantes de mi mujer: «No sé qué haría», como si pudiera verme en aquel instante echado en la cama al lado de aquella mujer desnuda que impregnaba el aire con su olor. Otras veces Anna venía a mi casa a primera hora de la tarde, como en otro tiempo, cuando íbamos en bicicleta junto a las márgenes buscando los arbustos más espesos de acacias.

Me hundí todavía más en la inercia. Mi vida era solo un intervalo entre un encuentro y el siguiente. A veces pasaba por delante de la tela vacía y advertía una sensación de vértigo, una imprevista falta de respiración. Pensaba en mis hijos en aquellos momentos, para distraer la mente con mis sentimientos paternales, pero era en vano. La pesadilla volvía insistente a perseguirme. La imagen de ella tal como era en otro tiempo se volvía cada vez más fuerte y concreta, como si fuera una persona dotada de vida propia, pero faltaba la inspiración, o quizá la energía indispensable para coger los pinceles.

Un vez entré en el patio de la Rocca, hacia la puesta del sol, y subí a la galería superior porque, imprevistamente, me había acordado de una lejana tarde cuando Liv vino a verme por primera vez a esta pequeña ciudad perdida en las tierras bajas del Po, tan distinta de su tierra de luces fuertes y cristalinas, y yo la había llevado a la galería poco menos que para apartarla de la bruma que gravitaba sobre el suelo y para contemplarla con el sol rojo en los cabellos. Pensé que en aquella hora del día y en aquel lugar esa imagen remota de la única mujer que había amado de verdad, con sus colores y su vitalidad, volvería a encender en mí el deseo intenso de pintar.

El castillo estaba desierto y yo me senté en el suelo, en el pavimento, apoyando la espalda en la pared, y estuve en silencio observando el lento movimiento de las sombras sobre las baldosas conforme el sol avanzaba hacia la noche. Fumé, mezclada con el tabaco de mi pipa, una dosis de opio turco que me había traído de Afyon en un viaje reciente, mirando fijamente el disco del sol hasta que desapareció detrás de los tejados de la ciudad.

No sé cuánto tiempo pasó, pero caí en una especie de sombría catatonía, de pesado éxtasis del que solo salí cuando sentí la humedad de la noche que penetraba en los huesos mientras del campanario se difundían en el aire estancado los toques de la hora de la noche. Estaba ya oscuro y no había sucedido nada que pudiera quitarme de encima mi mortal indolencia. Volví a bajar lentamente la escalera y me asomé al gran patio herboso y vacío, iluminado en su parte central por una farola.

Mientras me encaminaba por el lado derecho del patio hacia la salida me pareció entrever, con el rabillo del ojo, que se movía una figura al borde del halo luminoso que la farola proyectaba sobre el prado. Me volví hacia ese lado y me pareció que la figura flotaba en el aire como niebla o humo, e inmediatamente después tuve por un instante la certidumbre de que aquel simulacro no era más que la sombra de mi padre que fluctuaba en aquel espacio incierto entre la oscuridad y la luz.

«Papá», murmuraba para mis adentros. Pensé que no se había ido aún porque mi recuerdo le retenía en aquel territorio fronterizo, o quizá porque tenía aún algo que decirme. No sentía temor y no se me pasó siquiera por la cabeza que aquella visión fuera debida al efecto de la potente droga que había tomado. Me acerqué atravesando la explanada con paso incierto hasta que me pareció, pero ahora no podría afirmarlo con seguridad, que lo tenía enfrente.

No tenía el aspecto sufrido y demacrado de sus últimos días, es más, aparentaba más o menos unos cincuenta años. Tenía el pelo bien peinado sobre el pálido rostro y me parecía que llevaba su chaqueta preferida de terciopelo y sus pantalones de pana.

—¿Qué haces aquí, papá? —le pregunté—. Es tarde, ¿no tienes sueño?

Y me daba cuenta de que me dirigía a él como en un sueño y que mi voz tenía un extraño sonido gorgoteante, como si estuviera hablando debajo del agua. Él me respondió, estoy convencido, porque vi el movimiento de sus labios, pero no conseguí entender lo que decía:

—No te oigo, papá, no te oigo... —continuaba diciendo, y veía su rostro pálido marcado por una expresión preocupada mientras trataba aún de hablar, pero sin emitir ningún sonido. Traté de leer las palabras por el movimiento de sus labios, pero no lo conseguí y también ahora, mientras trato de escribir estas notas deshilvanadas, vuelvo a ver aquel movimiento áfono y aquella expresión angustiada, el movimiento de aquellos labios exangües...

La figura se desvaneció en la oscuridad de la noche y yo retomé mi camino con una extraña inquietud en el corazón. Llegué a mi casa, saqué las llaves de mi bolsillo y forcejeé un poco con la cerradura hasta que oí saltar el pestillo. La casa estaba tibia y silenciosa y tuve una sensación de comodidad al encontrarme de nuevo entre aquellas paredes que me habían visto de niño. Encendí la luz y cogí la fotografía de mi padre de mi mesa de trabajo: era una bonita imagen que le retrataba sonriente y con el sombrero ladeado en la cabeza como acostumbraba llevarlo, y también aquella me tranquilizó porque era una imagen real que me retrotraía a un día concreto de cierto mes y de cierto año.

Me sentía cansado, como si hubiera trabajado intensamente durante todo el día cuando no había hecho, en realidad, nada. Pasé, como siempre, por mi estudio antes de ir al dormitorio y encendí la luz para ponerme una vez más delante de la tela vacía que esperaba ya desde hacía meses el primer toque de pincel y me quedé inmóvil de estupor. El cuadro estaba comenzado: había los contornos de la figura perfectamente trazados y un cierto tratamiento de los volúmenes con los sombreados y los colores de fondo. Pensé en una broma cualquiera de mal gusto, pero cuando me acerqué más a la tela y la hube examinado con gran cuidado ¡no pude dejar de reconocer mi propia mano!

Me dejé caer en una silla y traté de algún modo de comprender cómo había podido hacer aquel esbozo sin recordar luego en absoluto haberlo hecho. Pensé en el opio que había fumado sentado en el suelo de la galería de la Rocca, pensé en la imagen de mi padre flotando en las márgenes de la oscuridad: ¿cómo podía, encontrándome allí, haber empezado a pintar el cuadro? No podía excluir que, bajo el efecto de la droga, hubiera vuelto a casa y hubiera iniciado, como en un estado de trance, el trabajo que ahora veía en la tela, pero no podía siquiera afirmarlo con certeza.

No había soñado las imágenes del sol que se ponía tras los tejados de la ciudad, ni bajar la escalera y atravesar el patio, ni recorrer a paso apresurado la calle adoquinada que conducía hacia mi casa. Cierto que, dado que los muertos no vuelven, la figura de mi padre no podía ser sino parte de un sueño o de un éxtasis, y si las cosas eran así, ¿no podía quizá ser también que yo hubiera pintado de algún modo aquella imagen en la tela?

Me encontraba, aún entrada la noche, en un estado confuso en el que no conseguía discernir la realidad de la imaginación, en el que había perdido la noción del tiempo y hasta, a ratos, la conciencia de mí mismo.

Me dormí tarde y no sin esfuerzo y tuve un sueño angustioso y atribulado, poblado de pesadillas que me hacían saltar de vez en cuando de la cama con los ojos fuera de las órbitas y la frente sudorosa.

Fue el sol el que me despertó a la mañana siguiente, un sol lechoso que se filtraba a través de la niebla diáfana que envolvía mi casa. Me llevé las manos a las sienes e inmediatamente después hurgué en el cajón de la mesilla de noche en busca de un Advil que me calmara el dolor de cabeza.

Me levanté para ir al cuarto de baño y, cuando estuve delante del espejo, sentí repugnancia al verme la cara. Parecía unos diez años más viejo, con unas ojeras oscuras y unas profundas arrugas que me surcaban el rostro. Sin embargo, tuve la precisa sensación de que todo cuanto había agitado mi noche había sido solo un sueño, y este pensamiento me produjo un cierto alivio. Llegué a mi estudio seguro de que encontraría, como de costumbre, la tela blanca y que experimentaría la habitual sensación de angustia, tras lo cual saldría a tomar un café al bar y esperaría a que Anna viniera a buscarme o yo la buscaría a ella. Me equivocaba: el esbozo era real y estaba aún allí, es más, la pintura había hecho progresos. Había una expansión del color y un efecto de leve claroscuro en las nuevas superficies pintadas, y no me cabía duda de que era mi mano la que había extendido aquellas pinceladas en el cuadro.

La miré, acerqué la nariz a ella y aspiré profundamente: si había pintado sin recordarlo, como un sonámbulo, el olor de los colores acrílicos hubieran tenido que pegarse a mi mano derecha. No percibí ningún olor a no ser el aroma penetrante del opio.

Me quedé largo rato enfrente de aquella imagen que estaba tomando forma sin mi consentimiento, y traté de concentrarme. Me sentí dominado, en cambio, por un estremecimiento incontrolable que traté de controlar con un gran esfuerzo de voluntad y, cuando finalmente me hube calmado, me volví a acercar a la tela, cogí la paleta y los pinceles y empecé a extender algunas pinceladas para continuar el trabajo que, sin yo saberlo, había ya iniciado. Pero, a pesar de mis esfuerzos, no conseguí de ninguna manera continuar: la mano parecía pesada como un peñasco y los colores parecían cola que tenazmente se pegaba al pincel y no lo dejaba correr sobre la tela.

Abandoné de inmediato la tarea y salí de casa para ir a tomar mi acostumbrado café bajo los porches. Por desgracia mi situación económica había empeorado mucho en los últimos tiempos porque no conseguía ya trabajar. Mi marchante, que sin embargo había sido generoso conmigo en el pasado dándome importantes anticipos, no estaba ya dispuesto a darme ni un céntimo más y últimamente me veía obligado a cargar en cuenta también mis consumiciones en el bar, hasta el punto de que el dueño me miraba ya con cierta impaciencia. También había otros acreedores que comenzaban a apremiarme y aunque el droguero y el estanquero eran absolutamente inofensivos, quien me proporcionaba droga, ahora ya cada vez más indispensable en mi vida totalmente degradada, era en cambio no solo la persona más exigente, sino también la más peligrosa.

Resulta extraño decirlo, pero, aquella mañana, mientras me tomaba a sorbos el café, por más que hubiera vivido experiencias increíbles en las veinticuatro horas precedentes, era el pensamiento del dinero el que más ocupaba mi mente, junto con la imagen de mi padre. Vi de nuevo su boca que se movía sin emitir ningún sonido y de golpe me pareció comprender qué era lo que trataba de decirme: estaba pronunciando una serie de números. No me cabía duda: estaba diciendo 7, 11, 21, 5. Pero ¿qué sentido tenía?

Saqué de la cartera un billete de mil y algunas monedas para pagar el café, y salí al porche invadido en aquel momento por una niebla cada vez más densa y fría.

Volví a la Rocca y entré en el amplio patio. La construcción estaba completamente inmersa en la niebla, hasta el punto de que a duras penas, desde la entrada, podía distinguirse la pared del lado opuesto. Desde lo alto caía una pálida luz que anulaba todos los colores en una especie de suspensión lechosa. En aquella extraña dimensión, en aquella atmósfera provisional y sorda, mis pensamientos se volvían cada vez más pobres y limitados. Me volví hacia el lado de levante del patio, allí donde se me había aparecido la imagen de mi padre, y me pareció volver a verla, envuelta por los cendales de niebla cada vez más espesa, y su boca se movía para pronunciar aquellos números.

No me cabía ya duda de que se trataba de números y de golpe me convencí de que mi padre había vuelto para ayudarme aquella noche que se me apareció en las márgenes de la sombra. Me había traído los números para jugar a la lotería a fin de que pudiera hacer frente a mis deudas y a mis compromisos y volver a empezar, quizá, una nueva vida.

Casi me avergüenzo de haber tenido un pensamiento semejante en un momento en el que me encontraba atrapado por problemas muy serios, por no decir terribles, cuando acontecimientos inquietantes y misteriosos se me manifestaban sin una aparente explicación. Y, sin embargo, era la pura verdad: aquella secuencia mágica, aquella indescifrable cábala en los labios exangües de mi padre yo la interpretaba como una vulgar lista de números que jugar para obtener un provecho metálico.

A mi regreso encontré a Anna que me esperaba en casa. Tenía encendida la estufa y se había quitado la ropa, menos una combinación negra de encaje que me excitaba muchísimo y que ella se ponía a veces para complacerme. La saludé con un beso y le pregunté si tenía un cigarrillo, luego me dirigí hacia el estudio para mirar el cuadro: la imagen estaba aún más completa que cuando la había visto la última vez. Los drapeados y los pliegues de la sábana habían sido tratados con pinceladas ligeras y espesas para crear un juego cambiante de superficies apenas fruncidas, animadas por una débil pero persuasiva luz, fría pero al mismo tiempo intensa.

—Has vuelto a tu mejor nivel —dijo la voz de Anna detrás de mí.

—¿Lo piensas de veras? —le pregunté—. ¿De verdad reconoces mi estilo?

—De forma totalmente inconfundible —dijo—. Y la verdad es que no me explico cómo lo haces, en el estado en que estás.

—Si he caído tan bajo, ¿por qué sigues viniendo a verme? —le pregunté.

Dudó un instante, luego me quitó el cigarrillo de entre los dedos, echó una larga bocanada de humo y dijo:

—Porque quiero ver cómo termina todo esto.

Me acerqué a ella, apoyé las manos en sus costados y luego le levanté la falda por encima de los muslos y del vientre. Ella me dejó hacer, casi indiferente, mientras seguía mirando el cuadro. Parecía fascinada por aquella imagen.

—¿Tienes algo de dinero que prestarme? Por favor —insistí—, necesito por lo menos doscientas mil liras.

Me miró con una expresión mezcla de compasión y de desprecio.

—Por favor —repetí mientras le quitaba todas las prendas y la empujaba contra la pared.

Me dejó hacer y siguió mirando fijamente el cuadro mientras yo me movía dolorosamente dentro de ella, continuó mirándolo fijamente mientras resbalaba, vacío y exhausto, a lo largo de su cuerpo hasta el suelo, hasta el piso helado. Alargó la mano hacia la chaqueta que colgaba cerca de una percha, cogió el dinero y me lo tiró. Recogí del suelo los billetes, y cuando alcé los ojos ella se había vuelto ya a vestir y se alejaba hacia la puerta. Antes de asir la manecilla para salir se volvió hacia mí y dijo:

—¿Sabes una cosa? No creo que seas tú quien pinta ese cuadro: estás pagándole a alguien para que lo haga en tu lugar con el fin de convencerme de que vales todavía algo, que puedes todavía salvarte. Pero no me engañas. Tú no eres capaz de nada. No creo que vuelvas a verme.

Han pasado cuatro días desde aquel momento y Anna ha mantenido su palabra dejándome en mi soledad. Hace poco he pasado por mi estudio y he visto el cuadro terminado. Liv resplandece en aquella tela de una fascinación penetrante y tremenda, pero su infinita belleza no enciende el deseo, no provoca emociones. Brilla como una estrella fría en las profundidades del tiempo y del espacio. Yo la miro y no consigo hacerme todavía una idea de cómo pude pintar aquella imagen. La técnica es la mía, no cabe duda, pero esa belleza desértica no puede haber sido fruto de mi ánimo.

Tal vez es todo un sueño, tal vez he perdido la última posibilidad de gobernar mi vida, pero eso no me importa. Creo no amar ya la imagen de Liv que he llevado durante años dentro de mí, y esto es lo que cuenta. Pronto estaré libre de su obsesión y ello significa que de un modo u otro aquel cuadro es mío.

Esta mañana me he jugado el dinero que Anna me había dejado, doscientas mil liras, en la lotería de Milán donde nació mi padre y espero que la radio comunique, dentro de unas horas, los números que han salido. Estoy seguro de que serán 7, 11, 21, 5. Ganaré un montón de dinero, estoy convencido, y me iré de este país. Me iré, quizá a México, o a Jamaica, y volveré a pintar lejos de las pesadillas de esta niebla. Y mis hijos pasarán las vacaciones conmigo en una bonita casa de paredes encaladas de blanco con patio y buganvillas.

Ahora reina la oscuridad. Y la siento fuera y dentro. La habitación está impregnada de humo y de mis humores melancólicos. Me parece ver las sombras en la pared de enfrente... «¿Eres tú, papá?» Y la radio difunde, quedamente, una vieja canción de los años sesenta. «De día puedo no pensar en ti, por la noche te maldigo...»

El opio lo vuelve todo más leve, evanescente, también los toques del campanario que dan la hora de la noche; solo las sombras parecen adquirir cuerpo y vida y cada movimiento, cada acto, aunque mínimo, parece diluido en un tiempo enorme.

—¿Eres tú, papá?

La sombra ahora tiene una forma clara y precisa porque se ha encendido de golpe la lámpara que tengo a mis espaldas. Es la sombra de un brazo alzado que empuña un cuchillo y el cuadro que tengo delante iluminado tiene ahora también la firma del autor, Liv Roggeveen, y la fecha de hoy, 7 de noviembre. Y son las 21.05. La hora de la noche. Mi hora.

LA ESTATUA DE NIEVE

Atravesó la gigantesca obra de construcción con paso apresurado, deteniéndose solo unos pocos instantes, casi preocupado, a observar la mole de la basílica completamente enjaulada por el andamiaje, envuelta en una especie de halo oscuro: la polvareda levantada por los miles de obreros que se ajetreaban sobre los entablados, de la cal y del yeso que flotaban en el aire denso y frío de aquel día de enero. El trabajo no se interrumpía nunca, ni siquiera en las jornadas más frías y grises. Su cúpula comenzaría a surgir, dentro de algún tiempo, del colosal cimborrio en la intersección de los dos brazos de las naves y del crucero, pero él la veía ya, terminada, dominando toda la ciudad, y más allá el mundo, con su linterna, grande como una iglesia, rematada por la cruz.

Soñaba a veces con ella, como si fuera el monte de la Transfiguración, circundada de una luz dorada, otras veces como un calvario de piedra desnuda sobre el que se cernían unos nimbos de tempestad. Y no había vez que aquel sueño no se viera estropeado por visiones de pesadilla: pensaba que aquella mole desmesurada se desplomaría, que la tierra no soportaría su peso. A veces le parecía sentir que aquella montaña de mármol le pesaba sobre el pecho y sobre el corazón y le aplastaba como a un insecto. Cansancio, miedo quizá, conciencia de haber proyectado, él, Miguel Ángel, florentino, la más grande de las maravillas del mundo. Ya veía el último día, cuando la cruz gigantesca de hierro colado fuera izada hasta allí arriba para consagrar el triunfo de Cristo en el mundo entero. ¡Y sin embargo cuántas miserias! ¡Cuántas envidias y maquinaciones, cuánto dinero que pasaba de mano en mano para corromper, favorecer, enriquecer a amigos y parientes de obispos, cardenales, canónigos y hasta el Papa! Era el precio a pagar a fin de que la gloria de Dios brillara en el mundo. ¿O la gloria de Miguel Ángel? ¡Cómo se echaba todo a perder, cómo se corrompía todo en manos de los hombres! En aquellos días recordaba con nostalgia los tiempos en que, aún mozo, crecía bajo la protección de Lorenzo el Magnífico, en su ciudad, todavía desconocido y sin embargo ya tocado por el dedo de Dios.

Vittoria. Bastaba su nombre para disipar las nubes, para calentarle el corazón, para liberarle de las angustias cada vez más recurrentes: la gloria efímera, el miedo del último día que se acerca y con él el juicio de Dios, el mismo que había pintado al fresco con furia apocalíptica en las paredes del fondo de la Sixtina...

Criatura dulce, mirada intensa y apasionada, velada a menudo de melancolía, voz armoniosa y leve en su ligero dejo romano. Se había enamorado enseguida, hombre ya maduro, desde el mismo momento en que ella le había invitado por primera vez a su casa acogiéndole en su cenáculo de nobles espíritus y le escuchaba pacientemente, discutía con él durante horas, sonreía, iluminando su vida. Un amor etéreo, espiritual, impalpable como el polvo de sus colores que flotaba en el aire cuando pintaba un fresco pero no por ello menos intenso y angustioso.

Aceleró el paso mientras el sol se ponía y bajó en dirección al Tíber impaciente de encontrarla y de entregarle, para su cumpleaños, un extraño dibujo de la Virgen que había hecho de joven y que volvió a encontrar por casualidad, rebuscando entre sus papeles. Era el cumpleaños de ella, pero muy pocos lo sabían porque Vittoria Colonna era persona esquiva y modesta y rehuía las celebraciones y fiestas, prefiriendo la seriedad de la discusión filosófica y el intercambio intenso de sentimientos e ideas. Salió a recibirle personalmente a la entrada y le saludó:

—Qué agradable sorpresa, Miguel Ángel.

—Os he traído un regalo: ¿no es por casualidad vuestro cumpleaños?

Vittoria se sonrojó y en aquel momento las mejillas se le tiñeron de rosa contrastando con el color aceitunado del encarnado, como en el estupendo retrato de Sebastiano del Piombo:

—¿Cómo lo habéis sabido?

—Tengo mis informadores.

Vittoria sonrió:

—Entrad, os lo ruego.

Y le indicó el camino hacia su biblioteca privada donde ardía un fuego vivo en la chimenea, reverberando una luz incierta en la estancia y en los retratos que colgaban de las paredes.

—¿Qué me habéis traído? No debíais haberos molestado.

Miguel Ángel desenrolló su dibujo sobre una mesa, mostrando una Madona dulcísima que amamantaba al Niño Jesús. Vittoria miró el dibujo rozándolo con sus largos dedos, como para acariciar la imagen.

—No conseguiría nunca pintar vuestras manos… —susurró—. Debo admitir a pesar mío que solo Leonardo…

Vittoria se volvió de nuevo hacia él:

—Vos habéis pintado la mano de Dios, Miguel Ángel.

Estaba tan cerca que podía sentir el perfume de sus cabellos, un vago perfume de violeta. Se topó con su mirada, sombría, brillante: sintió que aquel cuerpo y aquella alma era una sola cosa, una fuerza intacta e incontaminada. Un ligero sudor le perló la frente.

—¿Qué os pasa, Miguel Ángel?

—Nada, señora mía…, ¿os gusta mi regalo?

—Inmensamente. Y sin embargo…

—Hablad, os lo ruego.

—No sé por qué: justo en este momento me he acordado de otra obra vuestra de la que he oído hablar y que me ha visitado en sueños esta noche.

—¿Una obra mía? ¿Y cuál es?

Vittoria Colonna se apartó ligeramente y se sentó en un sillón, de tal modo que le miraba de arriba abajo como una niña.

—Hablad —repitió Miguel Ángel.

—Hace de ello muchos años: un día de invierno en Florencia. Erais muy joven: aquel día, dicen, cayó tanta nieve...

Miguel Ángel volvió la mirada hacia la ventana, a la débil luz del ocaso y repitió:

—Nieve...

Nevaba ahora, en efecto, pequeños copos blancos que el viento del norte hacía remolinear entre las paredes del antiguo patio.

—Ahora recuerdo —dijo el artista siguiendo con la mirada aquella danza maravillosa—. Sí, recuerdo...

—Una estatua de nieve —prosiguió Vittoria—. De una belleza incomparable..., una maravilla efímera que la tierra se bebió y la tierra disolvió...

—¿Cómo lo habéis sabido? —preguntó Miguel Ángel, volviéndose de improviso hacia ella—. Solo estábamos, Masso della Bella, que murió hace tiempo, y yo...

—Giorgio Vasari.

—En efecto, Giorgio Vasari. Era poco más que un niño con las mejillas enrojecidas por el frío. ¿Ha sido él quien os lo ha dicho?

Vittoria Colonna asintió con un gesto delicado de la cabeza.

Miguel Ángel no dijo nada, absorto como estaba en sus pensamientos, y el crepitar del fuego en la chimenea resonaba más fuerte en la habitación desierta, magnificado por el silencio profundo del invierno. El viento había cesado y la nieve caía ahora más lenta y en copos más grandes, blanqueando los setos y las estatuas del jardín; los copos orlaban la parte alta del recinto amurallado.

—¿Qué representaba aquella... estatua? —preguntó de pronto Vittoria.

—Una mujer. Una mujer... desnuda —respondió Miguel Ángel inclinando la frente.

—¿Quién era aquella muchacha? —preguntó Vittoria.

—¿Importa? Era... una mujer del pueblo a la que había visto un día bañarse en las aguas del Arno, y su imagen se había quedado grabada en mi mente: el esplendor de sus miembros, la delicadeza de sus formas... Aquel día me di cuenta de que solo la nieve sería digna materia para retratarla...

Vittoria se puso en pie y se le acercó. Había un ligero estremecimiento en su mirada, una excitación insólita y desconocida:

—Un día me pedisteis que posara para vos...

Miguel Ángel asintió gravemente:

—Y vos rehusasteis.

—Es un rito pagano y...

—Es arte. El arte es pureza absoluta. Es inocencia primigenia.

—Soy viuda, Miguel Ángel. ¿No podéis comprender mi pudor?

—Lo comprendo. Y os amo igualmente, del modo que a un hombre como yo le es posible amar a una mujer como vos.

—Sin embargo...

—¿Sin embargo qué?

—Cuando oí ese relato pensé que quizá podría posar para vos solo..., solo para una estatua de nieve, una forma milagrosa y efímera, un prodigio de vuestra generosidad capaz de dar vida a formas admirables, sabiéndolas destinadas enseguida a la destrucción. Sé perfectamente que, si fuera un mármol o una pintura, luego no tendríais valor de destruirlo y mi desnudez permanecería expuesta para siempre recordándome un momento de debilidad, quizá un pecado.

Miguel Ángel sintió que las lágrimas le brotaban de los ojos.

—¿Haríais esto por mí?

—¿Y vos? —preguntó Vittoria en un soplo.

—Con toda mi alma.

Vittoria asintió y comenzó a desatarse con lento gesto mesurado el manto de los hombros:

—Entonces, hacedlo —dijo—. Ahora o nunca.

Miguel Ángel corrió afuera al jardín iluminado por las linternas y comenzó a amasar febrilmente la nieve que recubría el suelo compactándola con una pala hasta crear una tosca forma aproximadamente humana. Luego se sacó del bolsillo interior del jubón una gubia que llevaba siempre consigo y se volvió hacia la puerta de la biblioteca: Vittoria se erguía detrás de los cristales, inmóvil y desnuda.

El artista fue presa de una emoción irrefrenable a la vista de aquella imagen con la que había soñado durante años, sin atreverse siquiera a imaginársela delante. Comenzó a esculpir la estatua con gestos delicados, suaves y mesurados, como si sus dedos acariciasen el cuerpo de su señora. Pero el cristal se volvió enseguida opaco por la diferencia de temperatura y de humedad entre las dos superficies y él se vio privado de la vista de su modelo. Sin embargo no se atrevió a pedir más: intentó continuar la obra recurriendo a su memoria, a la fuerza del amor que le grababa a fuego en la mente aquellas formas tan anheladas.

Aun así Vittoria comprendió y abrió la puerta exponiéndose a la fría noche invernal.

—¡No! —exclamó Miguel Ángel—. No, cubríos, os lo suplico.

Pero ella le detuvo con un gesto.

—Esta obra no valdrá menos para vos y para mí que aquellas que habéis inmortalizado en el bronce y en el mármol. Y yo quiero verla. Continuad. Quiero que continuéis.

Y él continuó entre lágrimas, contemplando el cuerpo de ella en el que se reflejaba el cálido fulgor de las llamas del hogar. Y cuando hubo terminado se quitó de en medio para que la modelo pudiera contemplar su propia imagen esculpida en el blancor inmaculado de la nieve. Vittoria yacía en el suelo, desvanecida. Él se arrodilló a su lado, la cubrió amorosamente y la puso en posición yacente al amor del fuego del hogar hasta que se recobró. Entonces se levantó y volvió delante de la puerta para contemplar su propia imagen.

Tenía aún los labios lívidos y las cejas húmedas de nieve disuelta.

—Es maravillosa —susurró con voz débil—. Gracias.

—Gracias a vos, señora mía —consiguió balbucear Miguel Ángel.

—Ahora marchad, os lo ruego.

El artista salió echando una última mirada a su obra maestra.

Pocos días después Vittoria cayó enferma para no recuperarse nunca más.

EL ALFARERO DE ACARNE

Dicen que vender vasos en Samos es la más imposible de las tareas, dado que en esta isla se producen desde siempre en cantidades ingentes y se exportan a todo el mundo conocido; pero también vender vasos de cualquier tipo en este período resulta más bien difícil. Sobre todo los artículos refinados y ricamente trabajados de mi taller, el más importante que hay en Cerámico, por más que mi casa se halle todavía a las afueras de la ciudad. Yo resido en Acarne, un suburbio de unos pocos miles de personas, porque me gusta más la paz y el verde del campo que la bulliciosa vida de Atenas. La ciudad está exhausta por los largos años de guerra, circula poco dinero, los mares están infestados de piratas y el comercio está parado. En resumen, se pasa hambre y las previsiones para los próximos tiempos no son buenas.

Me llamo Eufronios y la mía es una familia de alfareros desde hace al menos cinco generaciones. En casa conservo una colección completa de ejemplares que reflejan la evolución del estilo y de la técnica que se ha producido en nuestro arte durante más de cien años. Tengo los vasos que creaba mi tatarabuelo Eupites, llenos de figuritas estilizadas, negro sobre ocre, con hombrecillos que parecían hormigas porque se les representaba tanto en carros de guerra como a bordo de naves a punto de zarpar. El más hermoso que hizo lo utilizaron como urna para sus cenizas después de que fuera incinerado. Lástima: se trataba, dicen, de una pieza soberbia, con el cuello alto y estrecho, las asas pequeñas en el vientre panzudo, ligero como una pompa de jabón.

Luego el estilo cambió y en tiempos de mi bisabuelo Antenor se realizaron vasos de vivos colores, decorados con franjas de secuencias de animales y de monstruos fantásticos: grifos, sirenas, arpías, esfinges. En aquel tiempo los pintores ceramistas tenían horror al vacío y entre una figura y otra llenaban los espacios libres con toda suerte de motivos estilizados: flores, palmetas, animales marinos, patitos, esvásticas. El efecto de aquel abigarramiento era singular pero no carente de gracia y de una intrínseca animación. Pueden encontrarse todavía en las mansiones de los aristócratas que gustan de vanagloriarse de la continuidad de su poder y de su rango y se encuentran, obviamente, en mi casa, dado que entre los alfareros también yo me tengo por un *aristos*.

Mi abuelo Calicrates fue uno de los primeros en consolidarse en la gran innovación de la pintura en negro sobre un fondo natural de arcilla cocida: sus figuras eran extremadamente incisas y estaban bien planteadas, los rasgos anatómicos estaban perfilados con breves y rápidos trazos, las secuencias de tema mítico magníficamente narradas como en una representación teatral. Pero cuando era ya anciano, el estilo cambió de nuevo y los papeles se invirtieron: más que pintar en negro sobre un fondo natural, se pintó el fondo negro dejando libres solo los márgenes de las figuras, que de este modo resultaron del color de la arcilla cocida: ¡una innovación extraordinaria! Es evidente que el color encarnado de una figura humana es mucho más parecido al de la arcilla que al negro. Y así todas las figuras resultaron más naturales. Por otra parte, imaginemos una escena en la que se representa a unos helenos en actitud de comprar mercancías de los etíopes: ¿cómo se distinguirían unos de otros si todas las figuras fueran negras? No cabe duda de que la técnica de figuras rojas se asemeja mucho más a la realidad, mientras que el fondo negro las hace resaltar todavía más.

Luego vino mi padre, Onchestos, gran maestro mío y de muchos como yo: fue uno de los más excelentes pintores en el arte de las figuras rojas y el otro día, mientras entraba en el templo de Hefaistos en el ágora, me detuve a contemplar una de sus obras maestras: una gigantesca crátera con asas y volutas de dos codos de alto, uno de ancho, con escenas de la caída de Troya: ¡magnífica! Fue comprada y ofrendada al dios como presente votivo por Cimón, hijo de Milcíades, cuando era comandante supremo de nuestra flota.

Cuanto más la contemplaba, más orgulloso me sentía; quizá sea presuntuoso, pero en mi opinión no hay arte más sublime y refinado que la pintura sobre vasos. Se dirá: «¿Y los frescos de Zeuxis y de Parrasio, de Polignoto y de Protógenes en el pórtico Adorno?». Son hermosos, no cabe duda: pero pintar grandes imágenes sobre la bella y amplia pared perfectamente plana es una cosa, mientras que dar vida a figuras de mínimas dimensiones en la pared convexa de un vaso o en la cóncava de una copa es algo muy distinto: hay que saber previamente cuál será la distorsión provocada por las superficies, calcular el efecto de las superposiciones, las proporciones entre grande y pequeño, dar a cada personaje el justo valor; todo ello con dos únicos colores y sobre superficies abombadas.

Cierto que mi padre me las cantaba claras cuando hacía una chapuza, cuando no conseguía realizar lo que me pedía, pero yo le bendigo porque hoy puedo decir, sin temor a verme desmentido, que no hay otro pintor en todo Cerámico que esté a mi nivel. Y debo decir que mis comienzos no fueron nada brillantes: era un holgazán y una calamidad hasta el punto de que mi padre, para enderezarme, como decía él, me alistó entre los voluntarios que partían a la guerra. Un desastre: habría perdido el pellejo en ella de no haber sido por el noble Alcibíades, que mandaba mi destacamento. Estaba rodeado de enemigos a punto de arrollarme cuando él, advirtiendo el peligro que me amenazaba, acudió en mi ayuda y me puso a salvo mientras yo temblaba como un pinzón aterido. ¡Se lo agradeceré toda la vida!

Desde entonces senté la cabeza y me apliqué a mi trabajo con redoblado entusiasmo, ganándome una considerable reputación. Y he aquí mi obra maestra: el vaso pintado más grande que se haya realizado nunca: de la altura de un hombre y tan ancho que nadie que yo conozca tiene los brazos tan largos para poder abarcarlo.

Por el momento no es más que un dibujo: por un lado, el dibujo del vaso desnudo con su forma y dimensiones; por otro, el desarrollo en sentido horizontal de las figuras. ¿El tema? Una especie de ceremonia, un rito, se diría, celebrado en el interior de las cuatro paredes del hogar, no de un templo o de un santuario. Ha sido mi cliente quien me ha encargado este motivo y, a decir verdad, fue demasiado lejos en lo que a darme indicaciones se refiere. La composición y la posición de las figuras quería prácticamente definirla él, quería que hiciera el esbozo ante sus ojos y poco menos que guiar mi mano. Estaba a punto de decirle: «Ya puestos, ¿por qué no te haces tú mismo el vaso?». Pero he de admitir que el hombre fue tan convincente que se hizo perdonar la excesiva intromisión. Convincente en el sentido de que me ofreció una suma enorme si me comprometía a hacerlo hasta en sus mínimos detalles tal como me lo había pedido. Digamos, sin discutir. Diez minas son un montón de dinero, y yo me apresuré a cambiar el tenor de mis palabras. El trabajo es laborioso, pero ¿quién te da, hoy en día, diez minas por un vaso?

El hombre vino la otra tarde, cuando ya oscurecía, y estaba yo ordenando mi taller para cerrar con llave e irme a casa a tomar un bocado. Ahora es el tiempo de las habas tiernas y del queso de cabra y no veía la hora de volver a casa, cuando llega él, llama a la puerta y me dice:

—¿Es este el estudio del gran Eufronios?

—Lo es —respondo yo—, pero iba a cerrar. ¿Por qué no vuelve mañana?

—Porque mañana no tengo tiempo —me responde él.

—Amigo —digo yo—, como acabas de decir tú mismo, este es el estudio del gran Eufronios, que abre y cierra su taller cuándo y cómo le parece. No sé si me explico.

—Te has explicado muy bien —responde él sin inmutarse y sentándose en una silla después de haberle quitado el polvo con el faldón del manto—. Pero las cosas han cambiado. Necesito hablar contigo en este momento, concretar y, si llegamos a un acuerdo, pagarte un adelanto adecuado.

Y diciendo esto se saca una bolsa llena de cicecenos de plata y la vacía sobre mi mesa de trabajo. Enciendo una lucerna porque ya casi no nos veíamos y me siento. Aquellas monedas relucían que era una maravilla: brillantes y centelleantes, recién salidas de la ceca. Un verdadero espectáculo.

—¿Quién eres? —le pregunto.

—Esto carece de importancia —responde él.

—Mira, yo necesito saber con quién trato.

—Tú lo que necesitas es que se te pague por lo que haces. El resto no es asunto tuyo.

He dicho un poco más arriba que las cosas van mal y mis negocios todavía peor, pero la dignidad es la dignidad y no estoy dispuesto a transigir cuando alguien quiere pasarse de listo conmigo.

—Entonces —le respondo yo con rudeza—, si la cosa no es asunto mío, solo tienes que darte media vuelta y andando. Yo no sé qué hacer con tu dinero.

—No te sulfures —me responde—. El hecho es que mi nombre no te diría nada. Soy un intermediario comercial del Pireo: ayer vino a verme un hombre, me dio un dinero e instrucciones y me dijo que viniera a verte para hacerte este encargo: eso es todo. Yo tengo mi porcentaje: comprendí que no le gustaban las charlas y tampoco dejarse ver por ahí, por lo que tampoco yo he perdido tiempo contigo.

La explicación me pareció creíble, aunque poco clara: el mundo está lleno de gente extraña y uno tiene derecho a gastar su dinero como le plazca. En este punto digo yo:

—Está bien, como quieras. Trato hecho: dentro de tres meses entrego el trabajo y tú me pagas el resto de las diez minas.

—Cinco días —responde él.

—¿Qué has dicho?

—Cinco días.

—Bromeas —respondo yo—, en cinco días no consigo ni preparar siquiera el material en bruto.

—Lo necesito para dentro de cinco días. O lo tomas o lo dejas...

Y cuando me dispongo a responder añade:

—Y si lo entregas dentro del tiempo pedido, tengo órdenes de añadir una prima del diez por ciento.

—Puedo intentarlo, pero no sé si lo conseguiré.

—Por supuesto que lo conseguirás —responde él. Se levanta y se va, tal como ha llegado.

Yo me lanzo fuera lucerna en mano y grito:

—Eh, espera...

Pero ya se había largado. Miro aquí y allá por las oscuras y estrechas calles, pero había desaparecido, como tragado por la nada.

Aquella noche, por más que estuviera más bien cansado, no quise tomar el camino de casa, me fui en dirección al ágora, compré un pedazo de pan y un poco de queso de cabra a un vendedor ambulante y me volví a mi taller mordisqueando aquella frugal cena. Vino tenía en una ánfora todavía medio llena y me puse a bosquejar con un carboncillo la secuencia de las figuras a tamaño natural sobre la mesa de mármol. Un apunte y un mordisco de pan, un apunte y un mordisco de queso, o un trago de vino: la mejor cena que pueda haber cuando se apodera de ti una idea y te enamoras de ella, así de improviso. El carboncillo corría sobre la superficie plana de la mesa con naturalidad: de vez en cuando tiraba las migajas al suelo y luego proseguía.

Comenzaba a tener las ideas claras: sería una obra maestra aunque no tuviera más que cinco días de plazo.

Fuera reinaba un silencio irreal, en aquellas calles habitualmente resonaban llamadas de jóvenes que reían y bromeaban y se divertían con las mujeres públicas que hacían la calle detrás del pórtico Adorno. No habían quedado muchos jóvenes en la ciudad, y tampoco adultos. Casi todos habían partido a la guerra en Sicilia, contra Siracusa, la mayor aliada de nuestro mayor enemigo: Esparta. ¡Qué día aquel! La ciudad entera había bajado al Pireo para asistir a la partida de la flota: ciento cincuenta naves de batalla empavesadas de fiesta cada una con el estandarte de su navarca en popa, con las velas tensadas al viento mostrando la imagen de la lechuza, símbolo de la diosa Atenea y de nuestra ciudad. Los ancianos tenían lágrimas de emoción en los ojos; las mujeres agitaban miles de pañuelos para saludar a sus hijos, a sus maridos, a sus padres que zarpaban hacia una aventura gloriosa. Y ellos, nuestros guerreros, formados en la toldilla de las naves, resplandecientes en sus armaduras de hierro y de bronce, con los escudos brillantes cual espejos que centelleaban al sol con sus imágenes heráldicas que recordaban las gestas de los antepasados o los símbolos de sus familias. Luego, finalmente, las trompetas dieron la señal de partida: los remos descendieron al agua entre un rebullir de espuma y un resonar de órdenes imperiosas, mientras los tambores comenzaban a marcar rítmicamente la boga: un espectáculo que nunca olvidaré. Y en la nave capitana nuestros comandantes: Nicias y Lámaco y luego Alcibíades, el hombre que un día me salvó la vida en la guerra, el más apuesto joven y el más brillante político de nuestra ciudad. Despreocupado e inconformista, inteligente y refinado, gozador insaciable, curioso por toda experiencia, entusiasta de lo bello. ¡Cuántas veces le he visto pasar de noche con su cuadrilla acompañado por un enjambre de amigos y de muchachas hermosísimas! Por otra parte, le gustan tanto los unos como las otras, así como le gusta, dicen, experimentarlo todo en este mundo.

Le vi pasar de aquel modo también pocos días antes de que partiera la flota, con su magnífico manto a rastras que se ha puesto de moda en toda la ciudad, pero me quedé impresionado por el hecho de que entre las mujeres que iban con ellos había una con un barrigón tal que parecía encinta, pero de noche no se veía mucho, así que puedo también haber visto simplemente una sombra. De todos modos, no armaban el típico alboroto. Es más, iban casi circunspectos.

Yo trabajo de pintor ceramista y no me meto en los asuntos ajenos, voto cuando hay que votar, pero para ser honesto debo decir que no soy muy asiduo de la asamblea y no entiendo gran cosa de política, en especial en estos tiempos en que cada mañana surge alguien que pretende enseñar a todos cómo se gobierna la ciudad: zapateros remendones, vendedores de legumbres, mercaderes, todos creen saber más que los demás... Los tiempos de Pericles se han acabado: entonces la política sí era una cosa seria: la ciudad era poderosa y próspera, los enemigos no se atrevían a alzar la cresta, nuestra flota dominaba el mar y en la ciudad los artistas, los filósofos, los arquitectos, los poetas animaban las calles y las plazas con sus obras y enseñanzas. Todavía recuerdo lo que decía Pericles cuando se le preguntaba cuáles deben ser las cualidades de un hombre de Estado: «Saber lo que hay que hacer, saberlo explicar a la gente, amar a la propia patria». Palabras simples y eficaces. Pero ¿quién hay ahora en Atenas capaz de hablar con tal fuerza y claridad?

En cuanto a mí, no me he ido porque la ciudad, en pleno esfuerzo bélico, no puede permitirse quedarse sin el exponente más importante de sus exportaciones. Y así todos los alfareros y pintores ceramistas más hábiles y conocidos han quedado exentos de prestar el servicio militar. Yo junto con ellos, naturalmente.

De todas formas, el día después de aquella extraña noche el espanto cundió por la ciudad. A las primeras luces del día, en efecto, los panaderos que eran los primeros en levantarse hicieron un descubrimiento desconcertante: todas las efigies de Dioniso que adornaban la ciudad habían sido mutiladas. Las efigies que adornan las plazas y los cruces de calles de la ciudad son pequeños pilares de base rectangular rematados por un busto del dios, pero en la parte delantera del pilar, justo a la altura adecuada, sobresale el miembro erecto de Dioniso, símbolo de fertilidad: las mujeres estériles que pasan por la calle lo acarician y así se quedan embarazadas, al menos eso es lo que ellas creen. Pues bien, precisamente eso es lo que les habían roto de un buen martillazo.

La ciudad se sumió en la consternación: semejante sacrilegio, prácticamente la víspera de la partida, traía mala suerte, era de mal agüero. Pero ¿quién podía haber perpetrado tal acción? Los magistrados lanzaron enseguida a sus informadores y, a decir verdad, vinieron a verme a mí para hacerme preguntas. Es sabido que la luz está encendida en mi taller, muy a menudo hasta entrada la noche, y por tanto podía haber visto algo.

¡Pues sí! Si uno lleva a cabo una acción semejante no lo hace ciertamente al filo de la medianoche: hay demasiada gente rondando por ahí. Lo hace antes del amanecer, cuando todos duermen y no hay nadie precisamente por las calles. En cualquier caso, por lo que me han contado, alguien ha mencionado el nombre de Alcibíades, el joven de gran apostura, el sobrino de Pericles, el discípulo de Sócrates: ¿qué otro, si no él, podría haber llevado a cabo una bravata semejante? Despreciador de las tradiciones, desenvuelto, inconformista, temerario, amoral. Pero no hay ni una sola prueba, al menos esto es lo que he oído decir. Por otra parte, digo yo, ¿cómo se puede calumniar a una persona que es también un jefe político aparte de un oficial de alto rango, miembro del alto mando de la expedición contra Siracusa? ¿Cuál será la moral de las tropas si saben que están mandadas por un hombre que no tiene ningún respeto por los dioses?

Por el momento no hay nada concreto contra él, la expedición partió igualmente y él con los demás, pero en la ciudad gravitaba una sensación de profundo desconsuelo, una especie de presentimiento de desventura a pesar de los grandiosos ritos propiciatorios que habían acompañado la partida de la flota, a pesar de la conciencia común de que nuestra ciudad era la mayor potencia del mundo conocido, que nuestras naves no tenían rival y que nuestro ejército era el más numeroso y el mejor equipado.

En este momento nuestra magnífica armada está ocupada en establecer una base en Catania, una ciudad aliada nuestra aunque a mí me parece que estamos perdiendo el tiempo, pero yo soy un ceramista y no un general, y mi parecer no vale un pitoche.

Y he aquí mi vaso, la obra maestra de Eufronios, hijo de Onchestos: el material en bruto está listo, ejecutado por el mejor artesano de Cerámico, un tal Apolodoro, un emigrante de Mégara al que recogí yo mismo en mi taller porque pasaba hambre. Luego adquirió experiencia y abrió un taller por su cuenta. Nadie sabe preparar la arcilla como él, y este vaso gigantesco es ligero como una pompa de jabón, equilibrado como un nivel de albañil, y sus curvas son más suaves y perfectas que las del trasero de Afrodita. Un talento natural, una predisposición a la perfección que es un verdadero regalo de los dioses.

Y ahora me toca a mí: ha llegado el momento de que yo extienda la pintura y dé comienzo a la composición figurada; no faltan más que tres días para que venza el plazo, luego se presentará ese tipo con cara de enterrador que me preguntará: «¿Has terminado ya?».

Helo aquí, pues: la primera franja es una simple decoración en el cuello, un detalle sobre el que mi cliente me ha dejado completa libertad: «Pon lo que quieras», me dijo. Y yo he elegido un collar de ovas y palmetas rematadas por una secuencia de olas marinas estilizadas, lo que los del oficio llamamos *kyma*. Luego viene el tema de la primera franja decorada, que cubre exactamente toda la vuelta del vaso.

Fuera está lloviendo, una llovizna escasa de finales de verano que trae más bochorno que refrigerio, y estoy bañado en sudor. Estos días he despedido a mis aprendices, con un pretexto, aun al precio de retrasar todos mis trabajos ya en curso de ejecución, pero quiero estar solo mientras realizo este objeto.

Todavía hay luz suficiente para trazar al menos las figuras de la primera franja, y aunque fuera a sorprenderme la oscuridad siempre podré completar esta parte de mi trabajo a la luz de las lucernas. No sé por qué me viene siempre a la mente esa noche y Alcibíades con ese grupo de jovenzuelos cruzando la oscuridad casi en silencio: ¿adónde iban? ¿O de dónde venían? Es verdad que fue justo después de esa noche cuando encontraron todas las efigies de Dioniso con el pájaro roto, pero quién sabe cuánta otra gente había rondado de noche, cuántos pequeños delincuentes o, peor aún, enemigos disimulados andan por ahí espiando o sonsacando noticias.

Mejor ponerse al trabajo y no pensar más en ello. Pues sí, basta con trasladar las figuras de la superficie plana a la curva..., un juego de niños para alguien como yo, pero cuánto tiempo, cuántos sacrificios, cuántos pescozones de mi padre... He aquí el pequeño cortejo que va tomando forma, y delante de todos dos jovenzuelos con una antorcha en la mano que hacen de luces por la calle anochecida. Detrás va un séquito de jóvenes y muchachas y también algunas «compañeras», de las más hermosas que pueda imaginarse, ha dicho mi cliente. Tal vez pensaba en alguna en particular. ¿Friné, quizá? Y Mirina, probablemente. Es cierto que cuando Friné baja al Pireo una vez al año para bañarse desnuda, está allí toda Atenas para verla... Y luego un personaje con la cabeza cubierta..., eso es..., que sostiene entre las manos un recipiente envuelto en un paño. Extraño, ¿no?

El momento más delicado en el arte de un pintor ceramista como soy yo es justamente este: cuando se trazan las figuras en la superficie, pero no está todavía el fondo que las delimita y poco menos que les devuelve sus proporciones. Hay que imaginar el trabajo terminado, la secuencia de las escenas, la preparación de las superficies, el equilibrio entre llenos y vacíos. Son estas relaciones y estas proporciones las que hacen insuperable el arte de los ceramistas atenienses. Cierto que el tiempo pasa deprisa cuando se trabaja con pasión, se oye ya el toque de trompeta del primer turno de guardia en las torres de las murallas. Dentro de poco se oirá el paso cadencioso de la patrulla de arqueros escitas que inspeccionan las calles mandados por nuestros oficiales..., ya... ¿Y cómo es que esa noche en que las efigies de Dioniso fueron mutiladas nadie vio nada? ¿Es posible que semejante sacrificio pudiera llevarse a cabo sin que nadie notara nada? En el fondo se trata de un gran número de efigies: casi podría decirse que hay una por cada cruce de calle, y las patrullas andan de un lado a otro durante toda la noche. Pero...

Y ahora hay que atacar la segunda franja: más larga que la primera, y que habrá de ocupar también toda la parte posterior del vaso. Una elección que me desequilibra la composición..., no sé por qué ese hombre me ha pedido que procediera de este modo. Por otra parte, es él quien paga y yo obedezco sin chistar. Eventualmente podría pintar una imagen en la parte posterior del vaso a la altura de la primera franja..., quizá una herma, una imagen de Dioniso con su miembro bien erecto...

La segunda franja, decíamos... ¡Oh, poderosos dioses! El hombre con el recipiente... He aquí lo que era esa especie de protuberancia inexplicable sobre la panza de una de las figuras que seguían al pequeño grupo aquella noche... No era una mujer en estado: era un hombre que escondía un vaso debajo del manto. Pero ¿por qué? ¿Y por qué la escena que estoy pintando se asemeja tanto a esa pequeña y silenciosa procesión? Un asunto curioso en el que se mezcla el arte con extraños acontecimientos cuyo sentido se me escapa. La pequeña comitiva entra ahora en una casa que tiene delante un peral y está vigilada por un gran perro. En este punto he de trazar una separación que indique la puerta de entrada. En la otra parte, se desarrolla la escena siguiente. El hombre con el rostro tapado descubre el objeto que llevaba escondido debajo del manto, un vaso bastante ancho con un tapadera como la de una gran copa, y escancia vino a todos cuantos le alargan sus copas para beber...

Hoy es el cuarto día y he llegado a mi taller temprano. Filis, la esclava del panadero, ha llegado con una hogaza todavía caliente rellena con tocino y olivas, y yo me he servido un vaso de vino de mi ánfora. Una buena manera de empezar el día. Dentro de poco pasará Frixos, el mendigo, a pedir limosna, y luego la vieja Gliqueria a hacer la limpieza con su escoba. Ayer por la tarde, mientras cerraba el taller y me dirigía hacia casa, oí unas voces muy acaloradas procedentes de la plaza. Me dirigí hacia allí y vi a un amigo mío, un joven oficial de la guardia de vigilancia, que discutía acaloradamente con otros dos o tres individuos. Habían llegado en aquel momento del Pireo y querían hablar con el arconte.

—¿A estas horas? —preguntó el oficial, un muchacho de Acarne, mi barrio—. Pero estáis locos. El arconte duerme a pierna suelta y yo no pienso despertarle ni en sueños.

—No hace falta que le despiertes —dijo uno de los tres—, ya lo haremos nosotros.

—Pero ¿se puede saber quiénes sois y qué queréis? Yo no os dejo ir a ninguna parte si no me decís quiénes sois.

Dicho esto desenvaina la espada y se interpone entre ellos y la casa del arconte, que se alza a no mucha distancia.

—Enfunda ese acero —le dice uno de los tres, uno con el pelo y la barba entrecanos que me parecía haber visto otras veces frecuentar la zona del Pireo. Luego los tres se acercan y comienzan a parlotear en voz baja. En ese momento no consigo ya comprender una sola palabra, pero veo que el oficial les acompaña hasta la puerta de la casa del arconte, y acto seguido da una voz al guardián, pide que le abran y se introduce en el interior.

En aquel momento ya sentía mucha curiosidad por saber cómo podía acabar la cosa y me quedé ahí, sentado en un banco, en espera de que pasara algo. Entretanto se habían encendido luces en el interior de la casa y parecía que hubiera un gran trajín. Pasa un buen rato, hasta que oigo resonar desde las murallas la llamada del segundo turno de guardia, luego, por fin, salen primero los tres misteriosos personajes que luego desaparecen en el dédalo de callejuelas que se extienden a los pies de la Acrópolis, y por último mi amigo el oficial que se une a su patrulla que le espera a poca distancia con las armas en posición de descanso.

—¿Eres tú, Anticles? —le digo mientras pasa por delante de mí sin reconocerme.

—¡Eufronios! ¿Qué haces tú por aquí a estas horas sentado en un banco en medio de la plaza desierta?

—Estoy tomando el fresco —le respondo yo, al no encontrar nada mejor que decir—. Pero dime, ¿qué está pasando? ¿Quiénes eran esos que antes discutían tan acaloradamente?

Anticles baja la cabeza:

—Oh, nada..., querían ver al arconte.

—¿A estas horas?

—A estas horas, sí.

—Debe de tratarse de algo muy importante, pues nadie se atrevería a molestarle a estas horas de la noche.

—Importante, sí.

—¿Problemas?

—Y gordos.

—¿De Sicilia?

Anticles se encoge de hombros.

—¿Qué pasa, no te fías de mí?

—Se trata de cosas reservadas y no sé...

—Siendo así, dejésmolo correr, pero puede ser que también yo tenga cosas reservadas que podrían interesarte..., algo importante si no estoy equivocado, pero si no tienes ganas de charlar un poco podemos irnos a dormir. Por lo menos yo, no sé tú...

Anticles parece impresionado por mi afirmación:

—El tribunal supremo ha decidido incriminar a Alcibíades...

—¿No lo dirás en serio?

—Claro que sí.

—¿Y de qué?

—Sacrilegio.

—Apuesto a que es por el asunto de las hermas de Dioniso.

—Eso mismo.

—El delito de sacrilegio está castigado con la pena de muerte.

—En efecto.

—Y por tanto no falta quien quiere aguarle la fiesta. Demasiado joven, demasiado apuesto, culto, demasiado valiente.

—Demasiado presuntuoso, demasiado arrogante... —continuó Anticles.

—Será eso, pero volvamos a esos tres. ¿Qué querían?

—Ya te lo he dicho, hablar con el arconte. El jurado popular ha decidido incriminar a Alcibíades y ha enviado una rápida nave a llevarle la comunicación a Sicilia. En el mismo instante en que reciba el comunicado pierde su grado de estratega y deberá regresar de inmediato para defenderse ante el tribunal.

—Comprendo, ¿y entonces?

—Nada, esos tres son oficiales del tribunal que partieron de Sicilia inmediatamente después de que Alcibíades recibiera el comunicado para hacer saber al arconte que ha decidido presentarse.

—¿Y cuándo llegará?

—Pasado mañana, o al siguiente a más tardar; depende del tiempo que haga.

—Pasado mañana...

Me pongo a reflexionar. Era precisamente el día siguiente a aquel en que vencía el plazo de mi encargo, en que se pasaría ese individuo del Pireo a buscar su vaso.

—Pero ¿sabe Alcibíades de qué se le acusa?

Anticles baja la cabeza.

—No lo sabe. ¿No es así?

—No exactamente. Por lo que he podido comprender, le han dicho que ha sido llamado para que preste declaración por el asunto de la mutilación de las hermas de Dioniso.

—Para prestar declaración contra sí mismo.

—Esto no lo han especificado, creo.

—Ya.

—Diría que también tú tienes cosas que contarme.

—Es cierto, pero no ahora. Estoy todavía indagando. Además, he de terminar de pintar un vaso para un cliente del Pireo. Luego te diré lo que pienso y qué he conseguido saber.

—¿Y cuándo terminarás?

—Mañana. Mañana al atardecer. Será entonces cuando venga ese individuo a recoger el vaso y deberás estar tú también presente, bien escondido y camuflado, se entiende, no con todo este armamento que llevas encima.

—Cuenta conmigo. Estas historias me intrigan.

—Sin contar que puedes ponerte en evidencia a los ojos de la autoridad.

—Si he de serte sincero, la cosa no me desagradaría.

—No hay nada de malo. Entonces, hasta mañana por la tarde, al toque del primer turno de guardia. Pero no entres en mi taller: quédate apostado fuera y mira si consigues reconocer al hombre que salga llevando un gran vaso pintado. Seguro que lleva con él unos siervos y un carro: se trata de un objeto de considerable tamaño.

—Así lo haré. Entonces, hasta mañana.

—Hasta mañana, Anticles, y que tengas una buena guardia.

Así me he despedido de él y estoy seguro de que esta tarde (es ya el quinto día en que confío a un breve diario estos apuntes) será puntual como la muerte. Por otra parte, ya no falta mucho, es cuestión de un par de horas: debe de estar ya escondido en medio de los mostradores de los vendedores de barniz y no se perderá ni una fisonomía ni un bisbiseo: le conozco bien.

Y he aquí mi obra maestra: la tercera franja está terminada, se extiende por ambas caras: en la primera se ve al pequeño grupo, después de entrar en casa, sirviéndose con las copas directamente del vaso apoyado ahora sobre un pedestal: es negro, pero está todo él decorado con un manojo de espigas de oro, una verdadera maravilla. Uno de los personajes tiene el rostro cubierto con el manto, pero del cuello le cuelga una especie de medallón con la imagen de una espiga de trigo: un símbolo que adorna ya el misterioso vaso y que hace pensar en los misterios de la diosa Deméter de Eleusis.

En la franja posterior del vaso hay la escena de una orgía con danzarinas desnudas que bailan al ritmo de crótalos y tamboriles, tañedores de *aulòs*, jóvenes y muchachas que se ayuntan de todos los modos que la fantasía puede imaginar, incluidos los que practican las prostitutas en los burdeles. Todos están desnudos en esta última escena, unos de pie, otros echados en triclinios, muchos coronados de espigas y todos con el rostro al descubierto. Solo el personaje con el colgante al cuello está cubierto con la clámide y los ojos son la única parte visible de su rostro.

Que Zeus me fulmine si comprendo de qué se trata. Lo único que sé es que debajo debe de esconderse algo gordo: esta pintura representa un acontecimiento muy concreto, estoy convencido de ello. El motivo ornamental inferior que separa el cuerpo central del vaso de su pie lo he realizado con un manojo de espigas, para seguir con el tema, motivo que no desentona en absoluto con el superior, es más, crea una especie de agradable contraste.

El horno está listo, a la temperatura adecuada, la de las brasas al rojo blanco, el esmalte está extendido; ahora tiene el color gris oscuro de la arcilla cruda depurada, pero bastará con una media hora para que tome su color negro y para que sea absorbida convirtiéndose en un todo con la superficie inferior volviéndose así indeleble durante los siglos y milenios venideros.

He invertido la clepsidra hace un rato y espero confiado el caer lento y continuo de los pequeños granitos de arena finísima. El mío es un instrumento de precisión, el mismo que se utiliza en los tribunales para contar el tiempo asignado a los imputados para pronunciar su alegato de defensa. Arena líbica: he ahí el secreto: es tan fina y seca que se desliza con un movimiento perfecto, constante y continuo como el agua. He hecho este gesto miles de veces, y sin embargo me siento presa de una extraña excitación: no tengo tiempo para cambios de parecer, ni para remediar eventuales errores: si hubiera algún defecto en el empaste, o alguna intrusión que ha escapado a la depuración, podría producirse una raja: la obra se perdería irremediablemente y mi cliente casi seguro que se pondría furioso. He de confesar que me da un poco de miedo, con esos ojos hundidos y esas ojeras oscuras: nunca he creído que sea un intermediario del Pireo. ¡Por todos los dioses, cuando te mira fijamente parece que te hurgue dentro de las entrañas!

El tiempo se ha cumplido. Abro el horno y ahí está el milagro..., sabía que sería una maravilla, lo sabía... Perfecto, negro y liso, brillante y uniforme en cada una de sus partes, ¡y las figuras! Una secuencia formidable, un movimiento rítmico, una composición poderosa y equilibrada; y la última luz de la tarde le da un dorado maravilloso, unos reflejos mágicos. Queda el tiempo justo para dejarlo enfriarse y poder contemplarlo cómodamente: es una criatura mía y está a punto de dejarme quizá para siempre.

Llaman a la puerta: debe de ser él.

—Adelante.

Es él, en efecto, y parece cada vez más un ser huraño.

El vaso preside mi mesa de trabajo y yo dejo que muestre todo su esplendor a la última luz del crepúsculo.

—Buen trabajo. Ni que decir tiene.

—Gracias.

—Y ejecutado justo a tiempo.

—¿A tiempo de qué?

El hombre vacila un instante. Quizá he hecho una pregunta que no esperaba.

—A tiempo para la entrega.

—Ah, claro.

—Y aquí tienes el resto. —Derrama sobre la mesa la bolsa con el resto de las diez minas. Luego añade una más haciendo tintinear uno sobre otro seis decadracmas de plata recién acuñados—: Dijimos el diez por ciento más por la entrega a tiempo y por la excelencia en la ejecución: me parece que ambas condiciones se han dado.

—Gracias de nuevo, amigo.

—Entonces, me voy. Adiós.

—Adiós y buena suerte.

El hombre hace una seña asomándose a la puerta. Entran dos siervos, envuelven el vaso en un paño de lana y luego lo apoyan dentro de una canasta llena de paja que cargan sobre un carro. Dan una voz al mulo y andando. El hombre de las ojeras oscuras no se vuelve siquiera para mirar atrás y yo estoy allí, derecho como un palo, delante de la puerta de mi taller con las manos sobre la panza pensando.

—Buena idea la tuya —dice una voz a mis espaldas.

—Anticles. ¿De dónde sales?

—¿Sabes quién es ese?

—Ha dicho que era un intermediario del Pireo.

—Es un sacerdote del santuario de Deméter de Eleusis.

—He ahí el porqué de todas esas espigas.

—¿Qué espigas?

—Te lo explicaré en otro momento.

—Mejor. Tengo que ir tras él para conocer el resto de esta historia.

—Vamos. Yo permaneceré en todo momento aquí, no me moveré. Creo incluso que dormiré en el taller. Preparé un camastro mientras trabajaba en ese vaso.

Desaparece. Quién sabe cuándo le veré.

Y sin embargo ha vuelto. Al menos, pienso que es él. ¿Quién puede ser si no el que me desvela a estas horas?

—¡Eufronios! ¡Eufronios! Abre, soy Anticles.

—Un momento, ya voy.

Es él. Esta vez armado hasta los dientes y con el yelmo bajo el brazo:

—¿Qué pasa, ha hecho irrupción el enemigo en la ciudad?

—¿Tienes algo de beber?

—Un vaso de vino.

—Dámelo y tómate uno tú también, lo vas a necesitar.

—Eh, calma, ¿qué pasa?

—Es como te dije: ese hombre es un sacerdote del santuario de Deméter de Eleusis.

—Comprendí enseguida que no podía ser un intermediario comercial del Pireo. ¿Y, entonces, qué?

—¿Sabes qué era la escena que te hizo pintar en el vaso?

—He pensado en ello varias veces, pero no he conseguido comprender.

—Es un acta de acusación. Para Alcibíades. No tienen ninguna prueba de la mutilación de las hermas, pero cuentan con el testimonio de un crimen todavía más grave: la profanación de los misterios eleusinos.

—Ve despacio, pues no consigo seguirte.

—Se trata de lo siguiente: Alcibíades tiene enemigos implacables en la ciudad que quieren que sea desautorizado e incluso verle muerto. Ahora han intentado hacer correr la noticia de que fue Alcibíades quien mutiló las hermas de Dioniso, pero Alcibíades tiene en el jurado a varios amigos de un cierto peso, y estos han exigido pruebas irrefutables. En el examen de los hechos los acusadores no han podido presentar más que vagas conexiones. Es más, existe la sospecha de que fueron ellos quienes perpetraron la fechoría para luego poder inculpar a Alcibíades. Pero el jovenzuelo les ha dado otros motivos para acusarle. Alcibíades, cosa que no tiene nada de extraño, se inició en los misterios eleusinos, un ritual muy secreto, como bien sabes, que de ningún modo es lícito revelar, so pena de muerte.

—Pero ¿él qué habría revelado?

—Nada, pero ha hecho una cosa aún peor: parece que celebró una parodia de los misterios en su propia casa, que además habría degenerado en una orgía.

—Si lo hizo, merece morir... Pero no consigo comprender qué tiene que ver mi vaso..., ¿por qué me lo encargaron con esas escenas...?

—Lo que le ha delatado ha sido su desmesurada curiosidad. Escucha ahora lo que voy a decir y luego olvídalo al instante: es una patata caliente, se juega uno el tipo solo de pensar en ello. Pues bien, hay una sustancia que se hace tomar a los iniciados en el momento en que han de entrar en contacto con la divinidad, una sustancia cuya composición nadie conoce pero de efectos extraordinarios. Un secreto que los sacerdotes de Deméter se transmiten de generación en generación...

—Me voy a servir otro vaso de vino…, creo que lo necesito.

—Así pues, Alcibíades consiguió sustraer una cierta cantidad de esa sustancia y luego la experimentó con un grupo de amigos en su propia casa…

—El hombre con un vaso debajo del manto…

—¿Cómo dices?

Tengo nítida ahora la imagen evocada por mi amigo Anticles: vuelvo a ver al pequeño cortejo silencioso que atraviesa las oscuras calles de Cerámico en dirección a…, ya…, precisamente la casa de Alcibíades está por esa zona…

—¿Cómo has dicho? —repite Anticles con insistencia.

—Déjalo correr. Es solo una sensación. Pero dime, ¿qué tiene que ver mi vaso con todo esto? ¿Qué significado puede tener?

—Un sacerdote de Eleusis no puede testificar directamente y tampoco entrar en el tribunal para un asunto penal que tenga que ver con los misterios. Ha elegido, por tanto, un mensaje figurado para acusar a Alcibíades.

—La secuencia pintada en mi vaso.

Exactamente.

—Pero Alcibíades no es reconocible de ningún modo.

—Y en cambio, lo es. ¿No has pintado un personaje con un colgante al cuello con una espiga?

Dioses del cielo, ¿cómo puede saber un muchacho todas estas cosas?

—Lo he pintado —tuve que admitir—. ¿Y, entonces, qué pasa?

—El tribunal ha tenido noticia de que Alcibíades lleva al cuello ese talismán y que solo él tiene uno así. El arconte *basileos* ha recibido en obsequio el vaso esta misma tarde acompañado de una carta: le bastará con sacar las debidas conclusiones y así podrá acusar a Alcibíades apenas desembarque en el Pireo y emitir una sentencia de muerte en un tiempo muy breve. Por si fuera poco, se quedará como regalo con tu vaso que vale, supongo, un patrimonio. En otras palabras, los sacerdotes de Eleusis, al no poder testificar directamente para no comprometer el secreto de los misterios, han decidido hacer llegar una imagen al arconte, la imagen realizada por tu maestría, y así será como si el arconte hubiera asistido en persona a la profanación de los misterios. ¿Me explico?

—Por supuesto. Pero ¿puede un vaso ser una prueba?

—No, pero ese colgante que lleva al cuello sí. Bastará con que Alcibíades ponga pie en tierra en el muelle del Pireo. Será cacheado y, si se lo encuentran encima, será el fin para él. Y, por lo que yo sé, no se separa nunca de él. De todos modos, es casi seguro que también el arconte *basileos* es un iniciado en los misterios y por tanto Alcibíades no tendrá escapatoria, creo yo.

—Ya. Por otra parte, si ha hecho lo que dices...

—Es cierto, pero, si no le conozco mal, él no quería ofender a los dioses, ni profanar los misterios, lo único que quería era comprobar si esa poción producía efecto también fuera del santuario. Lo demás, lo que ocurrió luego dentro de las cuatro paredes de su casa, era imprevisible... ¿Comprendes lo que quiero decir?

Lo comprendo perfectamente, ¡demonios!, y me molesta sobremanera que me hayan embaucado. Y ese dinero que me han pagado... me parece que es el precio de su vida. Maldición, maldición, no es esta la finalidad para la que yo creé esa obra maestra, el más hermoso vaso que nunca haya pintado. He creado la prueba para mandar a la muerte a un hombre. Mis reflexiones se han visto interrumpidas de repente por la voz de Anticles:

—¿En qué piensas?

—En nada. Solo sé que en una ocasión Alcibíades me salvó la vida en la batalla, mientras que yo he proporcionado el medio para destruir la suya.

—No podías saber...

—No, pero eso no cambia nada.

—Yo tengo que irme... Tal vez no hubiera tenido que decirte nada, pero me pediste que indagara sobre ese hombre y lo he hecho.

—Descuida. Solo puedo sentir agradecimiento hacia ti.

—Entonces, adiós..., no te atormentes: el mundo es lo que es, y no podemos hacer nada.

Anticles está ya en la puerta y se pone el yelmo para reanudar su servicio de ronda en torno a las murallas. De pronto se me ocurre una idea:

—Espera.

Anticles se vuelve hacia mí.

—¿Dónde podría estar a esta hora?

—Se estará acercando al cabo Sunion, pero las naves esperarán al amanecer para doblarlo: de noche es demasiado peligroso debido a los arrecifes que afloran.

—¿Las naves? ¿Porque son más de una?

—Sí. No había un camarote para él en la nave de guerra que le mandaron, y él está acostumbrado a viajar cómodamente. Pidió zarpar con su nave y le fue concedido, pero no te hagas ilusiones, es vigilado de cerca y las dos unidades navegan en estrecho contacto, prácticamente al alcance de voz.

—Comprendo.

Anticles ha salido y yo sigo rumiando mis pensamientos. Le controlan de cerca —ha dicho—, pero de noche es más fácil cortar la cuerda. Si estuviera de verdad a la vista de Sunion, yo... Se me acaba de ocurrir una idea: hay todavía brasas en mi horno. Era una señal que habíamos convenido en tiempos de guerra..., la señal de peligro que conocíamos solo en nuestra unidad: los ojos de la lechuza se abren y se cierran varias veces por la noche. Salgo gritando a Anticles que está ya al fondo de la calle.

—¡Espera, espera!

—¿Qué pasa ahora?

—Necesito que me hagas un favor.

—¿De qué se trata?

—Necesito dos escudos.

—¿Dos escudos? ¿Y qué piensas hacer con ellos? Tú estás exento del servicio militar.

—Escucha, no te estoy pidiendo dos espadas o dos lanzas, sino dos escudos. Con los que no se hace daño a nadie.

—Sí, pero se trata de una cosa catalogada y registrada. No puedo sacarlos de los almacenes sin firmar, y cuando se descubra su falta vendrán a preguntarme...

Me saco un puñado de monedas de plata y se las pongo en la mano:

—Con esto tienes para cubrir tus necesidades personales por un par de meses. Los escudos te serán devueltos lo antes posible. ¿Aceptas?

—Mañana los tendrás.

—Mañana no. Ahora. Y los quiero de bronce, nuevos y flamantes.

—Pero ¿qué pretendes...?

Le dejo caer en la mano alguna otra moneda.

—Está bien. ¿Dónde los quieres?

—Aquí detrás, cerca de las caballerizas.

Anticles se aleja y yo me voy al establo: engancho el caballo al carro, lleno de brasas una orza, las cubro de cenizas, y ato la vasija a un lateral, cojo la manta de mi camastro, luego saco el mulo y salgo; espero con impaciencia. ¡Aquí llega, por fin! Va a caballo, y de los dos ijares del animal cuelgan dos objetos envueltos en un paño.

—Aquí tienes lo que me has pedido. No quiero saber qué uso vas a hacer de ellos, pero no crees problemas, por favor. O me pedirán cuentas a mí.

—Descuida. Nadie advertirá nada.

El cabo Sunion de noche es una maravilla y el santuario de Poseidón es un blanco fantasma bajo el cielo estrellado. No hay nadie: dos guardianes duermen en sus yacijas debajo del pórtico. El viento sopla bastante fuerte y el susurro de las copas de los pinos y de las encinas cubre el leve ruido de mis pasos. Sí, este es un buen sitio y bien visible. Quito las envolturas de los escudos. Magnífico: son nuevos y flamantes tal como había pedido y brillan como el oro. Los sitúo a corta distancia el uno del otro, apuntalados de tal modo que la parte cóncava esté mirando al mar. Luego derramo en el suelo delante de cada uno de ellos las brasas que he traído de mi horno y enciendo dos fuegos con leña seca de espino albar. Unas llamas claras, muy luminosas, se alzan muy pronto y hacen resplandecer los escudos. Si Alcibíades está allí en el mar, tendría que verlos resplandecer en la oscuridad como..., ¡como los ojos de una lechuza! He fijado ahora dos palos en el suelo y he apoyado en ellos mi manto..., precisamente como en tiempos de guerra..., cuando hacía las señales... Sí, me parece ver unas luces allí abajo: ¿serán las dos naves que llevan a Alcibíades? ¿O tal vez solo unos pescadores sorprendidos por la noche aguas adentro del promontorio? En este momento la cosa tiene bastante poca importancia. Apunta el amanecer. Ahora cubro los dos fuegos con el manto, luego lo levanto y a continuación los cubro de nuevo... y otra vez. Los ojos de la lechuza que se cierran tres veces: «¡Peligro! ¡Peligro!».

Dejo pasar unos instantes y luego repito la señal y me parece que una de las dos luces en el mar se apaga. Quizá ha sucedido lo que quería o tal vez no, pero al menos he hecho lo que el ánimo me dictaba. Ya es hora de que vuelva a casa a devolver los dos escudos a Anticles antes de que alguien advierta su desaparición y a reanudar el trabajo en mi taller.

Han pasado siete días desde que aquel forastero entrara en mi taller para encargar el vaso y no se ha sabido nada más de él. Pero una cosa es cierta: una de nuestras naves de guerra procedente de Sicilia ha echado el ancla en el Pireo hace seis días. Sola. La otra, evidentemente, ha zarpado mar adentro, y en cualquier caso se ha perdido su rastro. Y como suele decirse: «Ninguna noticia, buena noticia».

[illegible]

[illegible]

[illegible]

[illegible]

TURNO DE NOCHE

Me llamo Jacques Lafitte y he escrito estas pocas páginas por una extraña forma de sugestión o de presentimiento: una de esas situaciones en las que uno piensa, o se hace ilusiones, de vivir un momento importante, fundamental e irrepetible. Falta media hora para la medianoche del año 2000 y estoy contento de estar de servicio para el turno de noche cuando la mayor parte de mis semejantes se prepara para la barahúnda del fin del milenio: fuegos artificiales, convulsos bailes de borrachos, como cubas, cachivaches estampados desde las ventanas a las calles atestadas de papeluchos y botellas vacías. Una especie de frenesí, de psicosis general por un festejo totalmente carente de sentido, hasta del sentido del temor milenarista, absolutamente desprovisto de todo fundamento.

Todos han tratado de crear un poco de suspense, de expectativa catastrófica: películas de Hollywood sobre asteroides asesinos; virus exterminadores; gigantescas olas oceánicas; erupciones volcánicas; agujeros en la capa de ozono; colapso informático; hasta improbables invasiones de extraterrestres. Para no hablar de los libros: maldiciones faraónicas; profecías de Nostradamus y de Malaquías; desvaríos de magos, videntes, sensitivos y cabalistas. Nada que hacer: nadie cree en ello. Esta humanidad es tan cínica y devoradora que no consigue ya siquiera tener miedo, construirse una pesadilla decente y creíble por la que experimentar al menos una considerable, accesible dosis de inquietud.

Por otra parte, ¿cómo podría hacerlo? Se están sentados a la mesa para cenar y tienen puesto el televisor con escenas en directo de mujeres y niños hechos pedazos en los pueblos de Argelia, cientos de miles de seres humanos torturados y asesinado en pueblos y ciudades de Bosnia y de Kosovo, Afganistán, Timor, Chechenia, Zaire y en quién sabe cuántos otros lugares que ahora no recuerdo. Aceptan como noticias rutinarias que los niños del Tercer Mundo se vean obligados a prostituirse con turistas del sexo o a esconderse en las cloacas de Río de Janeiro para escapar a los cazadores de *meninos da rua*. Les parece normal que los desheredados de la fortuna del Tercer Mundo puedan ser utilizados como donantes de órganos para trasplantar a viejos riquísimos y pusilánimes que no tienen el valor siquiera de aceptar la cita natural con la muerte.

¿Por qué habría de tener miedo la gente de un banal, inocuo, inofensivo fin de milenio? ¿O por qué habría de pensar que el próximo milenio puede ser mejor que el anterior, con todo yéndose a hacer puñetas; con un aire cada vez más irrespirable; un clima enloquecido; una naturaleza agonizante; un océano envenenado; una civilización sin fe y sin la luz de la razón?

El año 2000, además, no es siquiera el comienzo del nuevo milenio, sino solo el inicio del último año del viejo: una celebración carente por completo de razón de ser, o mejor dicho, solo justificada por ese doble cero que no aparece en las fechas desde hace novecientos noventa y nueve años: ¡pues menuda ocasión!

Mejor el turno de noche, me he dicho, y cuando el director de la central me ha llamado a su oficina con cara de circunstancias para pedirme un gran sacrificio, no podía siquiera imaginar que fuera a hacerme un gran favor. Se ha puesto en pie y ha venido a sentarse a mi lado como para ponerse generosamente a mi nivel y me ha dicho:

—Jacques, sé que voy a pedirle un gran sacrificio, pero, teniendo en cuenta que no tiene usted familia..., es decir, no la tiene ya (¿quién le habrá dicho que mi mujer me plantó por un *couturier* italiano y que se llevó con ella a mi única hija?)..., sí, en vista de ello, he pensado que quizá aceptaría hacer este turno de noche...

Y cuando yo me disponía a aceptar con entusiasmo me ha quitado la palabra de la boca y ha proseguido diciendo:

—Mire, quiero que sepa que esto se traducirá en unas vacaciones suplementarias y en una gratificación especial..., sé que usted también tendría derecho, pero verá, Fournier ha estado de turno para las vacaciones de Navidad, Müller me ha traído un certificado médico, no hace falta ni que lo diga, yo también sé que es un incapaz, pero ¿qué puedo hacer? Ferretti estuvo de turno el año pasado cuando usted estaba de vacaciones en Saint-Tropez con su mujer. Lo sé, podría quedarme yo, pero, mire, mi mujer me viene pidiendo desde hace años que la lleve a cenar al Maxim's de París para el fin de año del 2000 y como hice la reserva desde hace tiempo...

He tenido que entrar en el juego y fingir que aceptaba a regañadientes, solo porque me lo pedía él y además porque, sí, en el fondo, ¿qué tenía que perder en vista de que no tenía tampoco una familia, o mejor dicho, no la tenía ya? Es más, en ese instante le he dicho:

—Si he de serle sincero, señor director, estas no me parecen a mí unas buenas razones, quiero decir, por el hecho de que yo no tenga oportunidad de pasármelo bien mañana por la noche, pero en vista de que la cosa, si no he entendido mal, está ya hecha, por esta vez pase, es más, a fin de cuentas estoy contento de que al menos ustedes se lo pasen bien. Yo celebraré el verdadero fin del milenio el próximo año.

—Por supuesto —ha respondido él—, esto está fuera de discusión y yo se lo garantizo desde este mismo momento.

He salido más contento que unas pascuas y aquí estoy, para el turno de noche.

Una noche tranquila, debo decir, al menos en esta zona, en medio de este bosque de abetos apenas agitados por un ligero viento de poniente, casi un suspiro... Se oye, de vez en cuando, el reclamo del autillo y del búho que va dando vueltas en busca de algún ratón campestre. He oído también al mochuelo: un reclamo largo y triste, casi un lamento: provoca cierto estremecimiento si uno está solo y con el ánimo un poco decaído, cuando, por el contrario, no es más que el reclamo para la hembra, para quien se supone que en su lenguaje debe de tener un sonido festivo y en cualquier caso seductor.

Ahora, en este preciso momento, el bosque de aquí alrededor está silencioso: únicamente se oye el zumbido del reactor y el soplo de las turbinas que giran a todo gas. Hace falta mucha energía esta noche: metrópolis enteras con todas las luces encendidas, fiestas, espectáculos, verbenas, conciertos, y luego, la maravilla de las maravillas: a medianoche en punto una gran parábola en órbita alrededor de la Tierra será herida por un proyector de rayos láser a una altísima potencia emplazado sobre el Mont Blanc y se iluminará como una segunda luna: el triunfo de la tecnología puesto al servicio del derroche y de la estupidez humana. ¡Qué gran resultado!

Pero el director estará contento: a estas horas está sentado a una mesa de Maxim's con su esposa, degustando su plato favorito: pastel de pato con Château Mouton Rotschild y se dispondrá a descorchar el Dom Perignon para el brindis bimilenario. No cabe duda: está visto que he nacido para hacer favores a mis semejantes y hacerles felices. Tan cierto es que hace tres horas, cuando ha venido a verme Michel Duboch del control de seguridad y se ha sentado en mi oficina resoplando le he preguntado:

—¿Qué pasa, Duboch? Te veo alicaído.

—Pero ¿qué quieres? —me ha respondido—, me toca estar de servicio cuando todos se lo están pasando bomba, justo esta noche que había conseguido una cita con una chavala que me cae de bien..., una preciosidad, te lo aseguro. Pero ese hijo de puta de Müller se ha hecho el enfermo y por tanto me toca mandarlo todo a hacer puñetas y pasar el fin de año en este sitio de mierda jodiéndome hasta las seis de mañana por la mañana. Y ella encontrará a algún otro que le alegre esta noche.

—¿Eso es todo? —le he respondido. Y en ese momento he tenido una feliz inspiración, una de esas ideas que se le encienden a uno en la cabeza en los momentos de gracia—: Mira, no hay ningún problema. Si crees que estás todavía a tiempo de darle un telefonazo, dile que estás libre como el viento y que se prepare para una noche loca.

—Ya, ¿y si el jefe mañana se entera, qué? Y además, lo sabes mejor que yo, son cosas delicadas: el panel de control debe estar bajo observación continuamente…

—¿Y cuál es el problema? Rochat está abajo en la zona de almacenamiento de residuos cruzado de brazos, ya que Ferretti está de permiso y sin él no se puede adelantar el trabajo. Le paso al panel de control y tú quedas libre.

—No, oye…, no me parece que el horno esté para bollos…

—El jefe no se dará cuenta de nada. Ya te ficho yo la tarjeta de salida mañana por la mañana y será como si hubieras estado presente toda la noche. Ya te lo he dicho, Rochat está abajo sin mover un dedo en medio de todas esas pilas de bidones y sin Ferretti antes de dos días no puede mover ni un cenicero. Hazme caso, Rochat ha sido subdirector durante tres años, es el mejor técnico con que contamos aquí dentro, no hay nada que temer. En cualquier caso, oye, haz lo que creas mejor; pero por mí no hay ningún problema, y la verdad es que me parece un crimen que te pierdas una oportunidad así. Te deseo que vivas el mayor tiempo posible, pero dudo que consigas celebrar otro fin de milenio, y aunque lo consiguieras, mucho me temo que tu chica en ese momento no estaría tan lozana y atractiva.

Duboch no esperaba otra cosa:

—¿De veras crees que puedo? Oye, hagamos una cosa, yo telefoneo: si ella todavía está acepto tu ofrecimiento, si no paciencia, quiere decir que a medianoche me bajo y nos tomamos una copa juntos.

—El teléfono está allí —le digo.

Él coge el auricular, marca el número y deja sonar uno, dos, tres, cuatro… Por la expresión desconsolada de su mirada comprendo que la llamada ha llegado tarde, luego de improviso la veo iluminarse:

—¿Eres tú, Sylvie? —dice—. Sí, soy yo. Hay un cambio de programa: no estoy ya de servicio y si te parece puedo pasar a buscarte dentro de una hora. ¿Qué me dices...? ¡Magnífico..., entonces, ponte guapa y prepárate para ponerte en órbita! Estaré allí dentro de tres cuartos de hora como mucho, el tiempo de darme una ducha y de cambiarme. —Luego, vuelto hacia mí, añade—: ¿No es un tesoro? No había aceptado ninguna otra invitación y se preparaba para ver una película en la tele.

—¿A qué esperas, entonces? Vamos, mueve ese culo antes de que cambie de idea. Vamos, vamos, ya me encargo yo de llamar a Rochat.

Así es cómo ha ido la cosa. Duboch se ha ido, Rochat sigue abajo en el almacén de residuos sin mover un dedo y yo he desconectado el sistema de enfriamiento del reactor principal, Ignitor IV. El más potente generador nuclear del continente está en este momento subiendo de revoluciones, pero nadie se dará cuenta porque he desactivado también el sistema de alarma. Y cuando se den cuenta el núcleo estará ya en fase irreversible de fusión. Todavía me queda tiempo de enviar vía fax estas pequeñas notas a mi jefe a Maxim's y a la primera cadena de televisión nacional donde están transmitiendo la gran velada en directo. Pensarán que se trata de una broma de mal gusto y en cambio la detonación será tal que hará que se colapsen todos los sistemas de energía y de comunicación de gran parte del continente en una reacción apocalíptica. Si los cálculos no me fallan, exactamente a medianoche en punto. Alguien podría pensar que estoy estropeando una bonita fiesta, pero, a fin de cuentas, digo yo, ¿no será ese poco de estremecimiento de fin de milenio que todos buscaban?

¡Pum! *Happy New Year!*

LA ESPADA DE ORO

No hay que dejarse dominar nunca por la presunción de saber suficiente, ni siquiera cuando se ha pasado una vida entera estudiando, cultivando la mente y ampliando las experiencias. Siempre llega el momento en que uno debe agachar la cerviz y admitir que ha sido un tonto o cuando menos un desconsiderado, y esto suele suceder precisamente en el momento en que uno está más seguro de sí mismo.

A lo que me refiero, a decir verdad, es a un momento de estancamiento. Soy arqueólogo: acababa de terminar una campaña de excavación sin ningún resultado particularmente emocionante y trataba de hilvanar un informe presentable y sobre todo publicable cuando, un martes por la noche del invierno pasado, sonó el teléfono.

—No me conoce usted, profesor —dijo una voz desde el otro lado del hilo telefónico—, pero yo le conozco bien a usted: he leído todo lo que ha escrito y estoy absolutamente convencido de que es usted el único que puede resolver mi problema.

—A decir verdad —respondí—, soy un desastre cuando se trata de resolver problemas, pero diga, le escucho.

—Soy Righi, perito mercantil, jefe de sección de la sede turinesa de la Seguridad Social, y soy un apasionado de las armas antiguas, por eso tengo muchos conocidos entre los restauradores y también entre el personal directivo de las colecciones reales. La otra noche estuve en el café de via Lamarmora con el doctor Frabetti, director de la sección clásica de la colección Emanuele Filiberto, y me di cuenta de que se moría de ganas de decirme algo, pero que en aquel momento tenía ciertas reservas.

»Finalmente, como tenía más ganas de confiarse que yo de saber, me contó una historia increíble. Se presentó en su taller de restauración un extraño personaje con una bolsa de cuero en bandolera y le pidió que le hiciera una limpieza y valorara una espada antigua que era propiedad de su familia desde hacía tiempo, porque había decidido venderla.

»Frabetti acepta, el hombre abre la bolsa y aparece un objeto de increíble belleza: una espada muy antigua... ¡de oro macizo!

—Bromea usted..., no es posible.

—Eso mismo me dijo Frabetti, y he de creerle dado que le tengo por un estudioso muy serio y por un técnico de excepcionales facultades. El propietario de la espada dice tener un cliente extranjero que quiere comprarla y desea que Frabetti le haga una *expertise*, pero él no se ve con ánimos: es una tipología que no conoce y además quisiera evitar que el arma acabara en el extranjero. Yo tengo una fotografía de la que he sacado una fotocopia, por el momento. Pensaba mandársela por fax y ver qué piensa usted de ella.

—Oiga —respondo yo—, un fax de una fotocopia de una fotografía se parecerá al original como yo a mi foto del día de la Confirmación, pero si por el momento no tiene nada mejor mándemela.

Poco después observaba ansiosamente la fina lengua de papel térmico que salía lentamente por la ranura del fax: la punta, primero, luego la espiga y finalmente la empuñadura. Me quedé mirándola encantado: de ser auténtica, su valor sería inestimable. Poco después sonó el teléfono de nuevo:

—Soy yo de nuevo, profesor. ¿Qué me dice?

—¿Qué quiere que le diga?..., está todo negro, la definición es pésima, los contornos de las figuras son inciertos, pero...

—¿Pero...?

—Pero si es auténtica, entonces se trata de arte celta más que antiguo..., diría que del siglo I antes de Cristo o del posterior..., norte de Europa..., tal vez las Islas Británicas..., no sé, Escocia o Irlanda..., no podría afirmarlo con exactitud.

—¡Fantástico!

—Pero, escuche, no me consta que se haya encontrado nunca una espada de oro macizo: casi siempre los objetos de oro de la Antigüedad solo están chapados, y además en una espada no tiene mucho sentido... Debe tratarse, sin duda, de una espada ceremonial, pero también en tal caso... No sé, estoy muy perplejo e inseguro. Son solo impresiones, consideraciones con escasa base documental.

—Comprendo, pero con esto me parece que tenemos una hipótesis sobre la que trabajar.

—En teoría, porque sin ver el original nos quedamos en simples especulaciones.

—Ya..., de todos modos, mire: lo primero que pienso hacer es enviarle una fotografía propiamente dicha, y ya sobre ella podrá hacerse una idea más exacta, luego veremos si es posible llegar a ver el original.

Nos despedimos así y yo tuve aquel fax sobre mi mesa durante varios días. Por un lado, aquel objeto me tenía muy intrigado y por tanto hojeaba mis catálogos de colección, pasé docenas y docenas de diapositivas en busca de cotejos tipológicos, pero, por otra parte, algo dentro de mí me decía que aquello no podía ser verdad: tres kilos y medio de oro puro, ¿de dónde? Ni en la tumba de Tutankhamon se había encontrado un arma tan valiosa.

Righi vino en persona a traerme la foto: ¡una gran estampa a color de 18×24 que reproducía el objeto con gran detalle y precisión, espectacular, clamoroso! El impacto visual era tal que dejaba sin respiración, y a duras penas pude disimular mi excitación.

—¿Qué le parece?

—Ni que decir tiene que son palabras mayores...

—¿Es auténtica, según usted?

—Por la fotografía se diría que sí, pero solo el examen directo del objeto podría proporcionarme la certeza de que así es. Es verdad que, si es una falsificación, es obra de una persona más bien culta, es más, cultísima..., pero ¿seguro que es de oro?

—Tan seguro como que yo estoy aquí —respondió Righi—. Frabetti es un genio en su campo y además, cualquiera puede comprobarlo, basta con un poco de cloro: si el metal se vuelve rojo es que es oro, de lo contrario es alguna otra cosa.

—¿Se sabe dónde está ahora este objeto?

—En el extranjero. En un banco. Y mucho me temo que esté a punto de emprender el vuelo, cosa que quisiera impedir a toda costa: esa maravilla debería quedarse en Italia. Me pregunto una cosa: si es de procedencia nórdica, ¿cómo es que se encontró aquí?

—Es difícil de decir: mientras no sepamos si proviene de aquí, no conoceremos el contexto, pero si fue encontrada en Italia, digamos en una excavación clandestina, podría ser parte de un botín de guerra, por ejemplo. Obviamente se trata de puras especulaciones, castillos en el aire, por ahora.

Righi se fue, pero me llamó algunos días después.

—Hay un comprador, un escocés. Pero el propietario pone dificultades: para iniciar una negociación habría que saber cuál es el valor del objeto, pero es reacio a enseñarlo, pues teme que puedan requisárselo..., se hace representar por un abogado a quien he conseguido conocer por medio de Frabetti, le he hablado de usted...

—Ah —le interrumpí un poco cortado.

—Me he permitido...

—¿Qué?

—Bien, le interesa mucho la idea de que usted pueda hacerle una *expertise*, valorar el objeto, así ellos tendrán una base sobre la cual empezar una negociación de compra.

—Pero yo no puedo prestarme a una operación de este tipo: se trata de un delito, exportación clandestina de objetos arqueológicos..., siempre y cuando se trate de un objeto auténtico.

—Estoy de acuerdo, pero mientras tanto se establece el contacto y luego... el comer y el rascar todo es empezar...

—Pero, según usted, ¿de veras tanta prisa tiene ese individuo?

—Sí..., el cliente quiere cerrar el negocio sin falta antes de que acabe mil novecientos noventa y nueve.

—¿Por qué?

—Esto no lo sé... Entonces, ¿qué hago?

Le dije que fijara la cita y dos días después me presenté a la salida de la estación de peaje de la autopista de Fidenza como en una típica escena de novela de espías. El abogado era un tipo pintoresco, medio aventurero, medio abogado de tres al cuarto que evidentemente trataba de sacar su buen porcentaje de un negocio que se anunciaba multimillonario. Traté de hacerle ver que lo mejor era denunciar el hallazgo a la superintendencia si era cierto que podían probar su propiedad. El Estado presentaría una opción de compra en igualdad de precio con el comprador extranjero: tendrían así la *expertise* gratis de un inspector y todo se haría a la luz del sol. Si el Estado ejercía su opción, no se perdería una lira y por añadidura ese objeto se quedaría en Italia.

El hombre recelaba, decía que luego el Estado se quedaría con la mitad del valor en impuestos, que su cliente no se fiaba. Al final, de todos modos, pensó que lo mejor era un encuentro directo y así, al cabo de algunos días, hubo un encuentro en la cumbre en casa de Righi, en Castiglione delle Stiviere.

El primer encuentro fue una desilusión: me esperaba un tipo un poco especial, una especie de traficante sospechoso, pero en cambio tenía el rostro más apuesto de caballero que se pudiera imaginar, se llamaba Alfredo Gabaldo y tenía una fábrica de contramarcos metálicos en Brianza. Me contó una extraña historia de un tío suyo que había ido a trabajar a Friuli y se había traído de allí a casa la espada cuando era todavía un niño.

—¿En qué parte de Friuli? —pregunté yo.

Nombró un pueblecito de la zona de Aquileya.

«Tierra legionaria —pensé—. Podría tener sentido.»

Traté de convencerle de todos modos para que siguiera la vía legal, pero no hubo nada que hacer. Nos despedimos sin de hecho concretar nada, pero me acompañó por la carretera hasta mi coche y charlamos un poco de todo. De vez en cuando miraba a mi alrededor, para cerciorarme de que no me seguían, y luego me echaba a reír para mis adentros: ninguno de nosotros dos reunía las características de un personaje de novela negra. Antes de arrancar me pidió el número de teléfono y al día siguiente me llamó personalmente para fijar una cita a solas.

Nos encontramos a la salida de la estación de peaje de Piacenza en dirección al enlace para La Specia y nos sentamos en un pequeño local delante de un café y de un cenicero que no tardó en llenarse de colillas porque Alfredo Gabaldo fumaba como un carretero y de vez en cuando yo le pedía también un pitillo, porque me sentía un poco nervioso e incómodo.

—Oiga —me dijo en un momento dado—, es inútil que siga predicando: no se la pienso entregar al Estado porque la policía fiscal me ha arruinado un par de veces por un quítame allá esas pajas, por irregularidades de forma en mi comercio: no me fío de ellos. Ahora bien, ¡basta ya de charlas! Yo le garantizo mil millones de liras en una cuenta anónima en el extranjero si usted me hace la *expertise* y me dice lo que vale ese objeto.

—No hay necesidad de ningún dinero: le hago la *expertise* de viva voz, ahora mismo y gratis: si esa espada es auténtica, es arte celta del siglo I después de Cristo, de procedencia nórdica, probablemente Irlanda o Escocia. ¿El valor? Repito, si es auténtica no tiene precio, porque no hay ninguna otra en el mundo de estas características. Digamos no menos de diez millones de dólares.

—Dieciocho, diecinueve mil millones.

—Lira más, lira menos.

—Póngamelo por escrito, firme y le garantizo el cinco por ciento en una cuenta en el extranjero.

—Nada que hacer. Mis hijos no pasan hambre y mi reputación vale mucho más.

—¿Cuánto?

—No está en venta.

Continuamos con la esgrima verbal alejándonos y reencontrándonos varias veces: estaba convencido de que era el hombre que le convenía y que podía fiarse de mí porque no era alguien que se dejara comprar; yo quería convencerle de que pidiera una inspección a la superintendencia. Un día fue precisamente el superintendente quien me llamó, un viejo amigo y compañero de estudios de la universidad.

—Oye, me consta que te has metido en cierto lío y que frecuentas a gente extraña.

Comprendí enseguida a qué se refería:

—¿Y tú qué sabes?

—Los *carabinieri* del grupo especial andan tras los pasos de un tipo desde hace algún tiempo y por eso saben que tú estás implicado de algún modo. Quítate de en medio, déjalo correr. Haz caso a un amigo.

—Yo lo único que estoy tratando es descubrir de qué se trata exactamente y de convencerles de que entreguen el botín. Hazme el gran favor de decirles a esos muchachos que me dejen en paz, y no me rompan las pelotas. ¡Demonios!, estoy trabajando para vosotros, ¿no?

—Sí, pero ellos están acostumbrados a no fiarse de nadie y por tanto déjalo todo y vuelve a ocupaciones más tranquilas: es un juego demasiado peligroso.

Me di cuenta de que no tenía elección: telefonée a mi hombre y le dije que no podía hacer nada más por él y que, al no haber logrado convencerle de que solicitara una inspección de la superintendencia, no tenía ya motivo para ocuparme de aquel asunto. No tuve más noticias suyas por un tiempo, hasta que un buen día fui a un congreso internacional que se celebraba en Trieste: Gabaldo estaba allí, en la cafetería del palacio de congresos, y se acercó a mí.

—¿Quiere verla? —preguntó.

—¿El qué?

—La espada.

—Bromea. ¿No dijo que estaba en el extranjero?

—En efecto, podemos llegar en tres cuartos de hora. Portorose.

Asentí. La tentación era demasiado fuerte y acepté. Le dije que me esperara en la primera estación de servicio de la autopista y que le alcanzaría con un taxi. Estaba en el colmo de la excitación: desde que no me ocupaba ya de aquel asunto no hacía otra cosa que pensar en él, e incluso cuando cerraba los ojos el resplandor de aquella espada de oro me cegaba. Llegamos a la ciudad croata hacia media tarde, entramos en un banco alemán y bajamos al sótano. El corazón me latía aceleradamente mientras el empleado abría la cámara acorazada y luego la caja que contenía el valioso resto arqueológico.

—¿Qué me dice ahora? —dijo mi acompañante.

Tomé mi pequeña lente del bolsillo y examiné la espada milímetro a milímetro.

—¿No es una maravilla? —preguntó de nuevo Gabaldo.

—Es falsa. Y no es siquiera de oro. Diría que una aleación, que lo imita bastante bien.

—¿Qué? No es posible.

—Claro que es posible. Es falsa, tengo una seguridad del noventa y nueve por ciento.

Gabaldo se dejó caer contra el respaldo de la silla, pálido y sudoroso mientras yo, más desilusionado que él, le desgranaba todos los aspectos y las características que me habían llevado a ese veredicto. Seguía diciendo:

—No es posible…, no es posible.

Aquella misma noche telefoneé a los *carabinieri* y al superintendente comunicándoles mi conclusión y diciendo que podían dar por cerrado también el caso. Entregué asimismo la fotografía que fue incluida en los autos y archivada. Al día siguiente, llamé a Frabetti a Turín:

—Lamentablemente es falsa —le dije—. La he visto y no me cabe ninguna duda.

Siguió un largo silencio.

—Y tampoco es de oro —añadí.

—Es de oro, profesor, es de oro —dijo Frabetti, y continuaba repitiendo—: Es de oro..., es de oro. Y es auténtica, se lo juro... Está cometiendo un error. Un hombre como usted, ¿cómo puede cometer un error semejante? Hemos de impedir que salga de Italia...

Con un pretexto di por terminada la conversación que de lo contrario habría podido volverse embarazosa: estaba totalmente convencido de lo que decía y no iba conmigo imponer de modo excesivamente drástico mi punto de vista a mi interlocutor. No pensé más en ello y en los meses siguientes me dediqué a otras actividades. Pero una noche de invierno, entre Navidad y Año Nuevo, mientras recogía mis papeles para ir a refugiarme en mi casa de campo de Maremma, lejos de las locuras del fin del milenio, sonó el teléfono: era de nuevo Frabetti.

—Quería desearle un buen año, profesor y... si me permite, quería pedirle su parecer sobre la inscripción... Sabe, no tengo experiencia en epigrafía.

—¿De qué inscripción me habla, Frabetti...? No comprendo.

—Pero ¿cómo...?, la que está grabada en la hoja, justo debajo de la guarnición..., no me diga que no la vio.

—No hay ninguna inscripción, Frabetti, examiné la pieza con la lente centímetro a centímetro.

—Se le debió de pasar por alto: había tres letras que yo interpreto como KLG. Si tiene correo electrónico, le mando la imagen como archivo a mi mensaje.

Poco después examinaba, asombrado, el detalle con la inscripción: epigráficamente intachable. Pero ¿cómo era posible? Yo no la había visto en ningún momento. Comencé a tratar la imagen en el escáner y, paso a paso, salieron las sombras de otras letras K LGAK S: ¡KALGAKUS! El mítico héroe escocés de la resistencia contra la ocupación romana. Pero, entonces, ¿qué había visto yo en el sótano de aquel banco? Una terrible sospecha se abrió paso en mi mente: las espadas eran dos y mientras yo, las fuerzas del orden y las autoridades legalmente constituidas corríamos detrás de la falsa, la pieza auténtica había desaparecido. Una puesta en escena formidable y aquel hombre un actor formidable..., pero ¿quién era en realidad? No conseguí ya dar con él, ni tampoco con Frabetti. El último día del año, mientras leía el *Corriere della Sera* en mi casita de Maremma, reparé en un suelto al final de la página de cultura:

«Sir Angus MacInroy, gran defensor del movimiento nacionalista escocés, anuncia la recuperación de una valiosísima reliquia del héroe Kalgakus. Está prevista la construcción de un santuario y grandes manifestaciones por la independencia escocesa».

Siempre he pensado que el material arqueológico puede ser más explosivo que un residuo bélico, y esta historia me convence todavía más de ello, aunque no hacía falta. Y ahora, ¿qué sucederá?, o, como se dice por aquellas latitudes, *What next*?

EL EPIGRAFISTA

Siempre he sostenido que los mayores descubrimientos se hacen allí donde todo parece claro y definitivamente establecido, donde nadie echa ya una mirada o propone una hipótesis de duda, donde la bibliografía está cerrada. Un volumen entero del *Corpus inscriptionum latinarum* lleva por título *Falsae* y recoge todas las inscripciones latinas que la crítica epigráfica ha considerado carentes de toda autenticidad. Es increíble cuánta gente se divertía en la Edad Media y sobre todo en el Renacimiento falsificando inscripciones latinas con los más dispares propósitos. El más frecuente de los cuales es el de situar en un lugar preciso (normalmente el país natal del falsificador) un gran acontecimiento histórico como el paso del Rubicón o la estipulación del segundo triunvirato. Casi siempre, de todas formas, la falsificación tiene una razón de ser, un *cui prodest** en razón del cual alguien se ha tomado la molestia de elegir una lápida de mármol o de bronce y hacer esculpir en ella un texto epigráfico. En el presente caso no.

He aquí la falsa inscripción, más imposible, falsa en el excesivo distanciamiento de las dos iniciales D M (*Diis Manibus*, «A los Manes»), falsa en el formato y en el estilo de las letras

* Séneca, *Medea*: *Cui prodest scelus, is fecit* [«A quien beneficia el crimen, ese lo cometió»]. *(N. del T.)*

capitales, en el trazo de las líneas, falsa en su evidente falta del más mínimo sentido común...

Y sin embargo el texto en toda su evidente falsedad posee una poderosa apariencia de enigmática verdad.

Aelia Laelia Crispis, ni hombre ni mujer,
ni andrógino ni muchacha, ni joven ni vieja,
ni casta ni meretriz, ni púdica, sino todo a la vez...

No es posible que se trate de un fantasma, de una pura invención: siempre he pensado que había una persona de verdad detrás de este rompecabezas en mármol.

Hoy ha fallecido de improviso mi profesor de epigrafía: su vida truncada por un ictus que ha borrado de golpe en su cerebro el inmenso catálogo de inscripciones falsas y auténticas que él podía citar de memoria en cualquier momento. Se ha perdido en un instante la extraordinaria habilidad para completar las lagunas abiertas por el tiempo y por los vandalismos en los mármoles y en los bronces. Todo perdido. Tenía setenta y siete años y era profesor emérito desde hacía cinco, un cargo que le permitía todavía frecuentar el instituto donde había sido el indiscutido amo y señor durante tantos años, donde había dado clases a generaciones enteras de estudiantes sobre cómo hay que leer una inscripción latina, sobre cómo se completa y sobre cómo se publica. Era un hombre poderoso e importante, incluso después de haberse retirado y haber colocado en la cátedra a todos sus discípulos, excepto a mí. No es que fuera yo el peor de todos. Pero me había prometido que esta vez sería mi turno, ¡por fin!

Prometido propiamente no, digamos que me lo dio a entender, que es como decir prometido porque una media palabra suya era como una declaración escrita y un levantamiento de acta. Maldición, maldición... ¿Por qué he de tener tan mala pata? ¿Y qué puedo hacer ahora, ir a ver a los miembros de la comisión de las oposiciones para titular y decirles que el profesor Cassanelli estaba decidido a defender mi candidatura?

Y con todos estos contratiempos y problemas me pregunto, a pesar de todo, por qué me encuentro en el museo medieval delante de la inscripción de Aelia Laelia como si él me hubiera llevado de la mano.

No quedamos buenos amigos porque tenía un carácter difícil y sombrío y habíamos discutido acerca del enfoque que había que dar a mi curso. Yo le había dicho que eso era responsabilidad mía, que sabía lo que hacía y que no tenía necesidad de consejos de nadie. Él, por el contrario, seguía tratándome como a un alumno, peor aún, como a un bisoño que no sabe siquiera consultar un fichero en la biblioteca. No obstante, tengo casi la certeza de que quería reparar el haberme tratado de manera tan brusca y descortés, que quería hacerme una revelación importante. Pero ¿cuál?

Estoy evidentemente impresionado por su desaparición y por la manera en que nos despedimos hace solo dos días en la puerta de su despacho..., por el hecho de que dentro de unas horas estaré presente en su funeral.

Cierto que, si realmente en el más allá se nos revela la verdad en todo su esplendor, será fácil para él ver la solución del enigma, quizá él conozca perfectamente la identidad del personaje que un tal Achille Volta, gran maestro de la Orden de los Caballeros Gozadores había querido inmortalizar en aquella inscripción quizá burlona, quizá cargada de auténtico misterio. Pero ¿qué puedo pensar yo? La Orden de los Caballeros Gozadores no podía ser más que una asociación de goliardos que vivían dedicados a una vida crapulosa, al vino y a todo tipo de orgías y bacanales. ¿Y quién podía ser Aelia Laelia sino un objeto ambiguo e inquietante de placer, doble y replicante, rostro oculto detrás de una máscara, cuerpo enfermo, indefinible y quimérico: hembra, varón, andrógino, muchacho y muchacha, un ser admirable y monstruoso, un ángel de carne diabólica, capaz de montar y de yacer debajo al mismo tiempo, de entregarse y de negarse a un tiempo, de gritar de excitación y de desesperación, de amar el odio, de odiar el amor. Y por último de morir tras una inscripción verdadera y falsa, simple y absurda, letra burlona y elusiva.

Es extraña la sensación que estoy experimentando: melancolía mezclada con una intensa excitación como si tuviera que ir a una cita decisiva, como si me dispusiera a encender una vela delante del santo patrón de los epigrafistas. Y las palabras grabadas en la inscripción que tengo delante parecen desaparecer y reaparecer, con manchas, lagunas, como en una pantalla catódica que está a punto de agotarse. Es el exceso de concentración, dicen, una sobrecarga del lóbulo parietal izquierdo del cerebro, una zona que puede provocar alucinaciones igual que un pantano libera miasmas y fuegos fatuos. Ahora haré de tripas corazón e iré a San Francesco a asistir al funeral del profesor Cassanelli, aguantaré a esos pozos de ciencia de los glosadores, y me parecerá asistir a mi propio funeral: siempre es así últimamente. Cuando voy a un funeral, en realidad sigo mi propio cortejo fúnebre. No soy más que un fantasma: soy yo quien está dentro del ataúd. ¿No es, en el fondo, una simple cuestión de tiempo? Es probable que no saque la oposición a la cátedra y, honestamente, de no haber muerto él no puedo jurar que apostara por mí. De todas formas, sin él, como se dice en la jerga académica, sin la cabeza que me sostenga, soy carne muerta: los otros titulares se repartirán los despojos y destinarán los puestos disponibles a sus alumnos: es la ley no escrita de nuestro mundo.

Cassanelli me apreciaba sin convicción y en cualquier caso no consideraba que fuera capaz de dedicar toda mi vida y todo mi ser, que en definitiva viene a ser lo mismo, a la epigrafía tal como él había hecho, al menos con miras a una oposición a cátedra. Aelia Laelia. Hasta el nombre parecía equivocado.

Camino en medio de la neblina de noviembre, paso por la calle como una rama en la corriente de un río fangoso: así es cómo me acerco a mi cita.

Los pináculos de San Francesco se pierden en la niebla densa cual cimas montañosas entre nubes bajas y cargadas de lluvia. Llega el coche fúnebre, negro y resplandeciente, cubierto de coronas de flores. Descargan otras coronas de un furgón que sigue de cerca y las disponen a los lados del féretro. La celebración corre a cargo del arzobispo, de quien el profesor era íntimo amigo, una amistad que quizá pueda favorecerle en el más allá. *De profundis*, Aelia Laelia: ¿de qué profundidades de mi memoria has surgido? ¿Cómo es que tu inscripción, desde siempre en el limbo de las inscripciones falsas, ha salido a la superficie, flotando en mi subconsciente como el cadáver de un suicida? No lo recuerdo, al menos ahora. En este momento estoy muy ocupado en leer las inscripciones en las cintas violetas que cuelgan de las coronas de flores. Deformación profesional. Son epígrafes estas también.

ACHILLE VOLTA, EN NOMBRE DE LOS EX ALUMNOS
DEL CURSO DE 1981

Pienso que la depresión es como una droga: te hace ver lo que no existe. A mi lado está Ornella Sabatini, una colega de la universidad de Pavía que se suena la nariz ruidosamente tanto por la emoción como por el resfriado. Le pregunto:

—Ornella, ¿qué ves tú en esa cinta, no, esa no, esa otra de la izquierda, en la de la corona apoyada en la columna?

—Veo que dice «Achille Volta, en nombre de los ex alumnos del curso de 1981». ¿Por qué, le conoces?

—Por supuesto —respondo—. Le conozco, sí. Es el gran maestre de la Orden de los Gozadores.

Ornella Sabatini me mira con una expresión compasiva y se suena de nuevo la nariz, ruidosamente. Gracias, profesor, querido viejo profesor Cassanelli, arisco benefactor que me coloca en la cátedra *post mortem* como un hijo póstumo. Seré el que resuelva el enigma de Aelia Laelia. Venceré por méritos propios, por pundonor, saldré del anonimato; el violín que toco como aficionado voluntarioso no será ya mi único pasatiempo. Me ofrecerán entrar en los círculos más exclusivos de la ciudad y finalmente tendré también yo investigadores que colocar como asociados y asociados que ascender a titulares a cambio de duras prácticas cuyos tiempos y formas estableceré yo.

Salgo deprisa de la basílica olorosa a incienso y me acerco a los de la funeraria:

—¿Quién ha confeccionado las coronas?

La respuesta me lleva hacia un autobús que recorre el centro urbano y luego se adentra en la periferia sur cada vez más neblinosa, hacia San Lázaro. No tengo carnet de conducir, no lo he tenido nunca. A lo sumo consigo ir en bicicleta: no podría dominar nunca un automóvil, correr a cien por hora estando sentado. Ahora recuerdo. Encontré una foto de la inscripción sobre una mesa del instituto. El día 16 de octubre de este año de gracia de 2003, mi cuarenta y cuatro cumpleaños. He aquí cómo ha comenzado mi caza del misterio. Creo que antes de mí lo intentaron docenas de investigadores que publicaron toda clase de desvaríos y los únicos estudiosos serios la dieron por falsa. Error. Una falsificación posee su propia verdad, una razón de ser: en cuanto falsedad es auténtica. Me bajo en la parada de las Due Madonne. ¿No es un nombre curioso? ¿No es extraordinariamente ambiguo? Todos saben que Virgen solo hay una.

Aunque es difícil creerlo, no tengo siquiera un móvil y las cabinas de teléfono se han convertido en una verdadera rareza, en piezas de museo. No sé por qué pero debo saber dónde estaba el profesor Cassanelli el 16 de octubre y podría saberlo telefoneando a Osvaldo Cuomo, el secretario del departamento, su fiel, silencioso y devoto colaborador, su sombra. No estaba en el funeral y por tanto debe de estar indispuesto y en casa. Quizá una gripe, quizá su asma cardíaca. He ahí una cabina, y tengo la moneda que me permitirá hacer una llamada urbana.

Cuomo responde con una voz extraña, casi ausente. Es más, no responde, pregunta a su vez:

—¿Por qué quiere saberlo?

No me había preparado para la respuesta:

—Porque no recuerdo haberle visto en el instituto ese día

y la cosa me pareció extraña. Estoy... estoy tratando de reconstruir sus últimos días de vida: es una cuestión personal.

Cuomo guarda silencio durante unos instantes, luego dice:

—Fue a ver a su hermana monja que se iba al día siguiente a África. Me dijo que pasara a recogerle por la tarde porque se entretendría en su casa comiendo.

—Gracias, Cuomo. Siento haberle molestado.

La agencia de pompas fúnebres está una treintena de pasos más adelante bajo el porche de via Dallolio. Tiene todavía las puertas de cristal de otro tiempo que hacen sonar un timbre cuando uno entra. El empleado es amable y me alarga enseguida el catálogo de los productos de la casa con los precios correspondientes: coronas, cojines de flores, guirnaldas de laurel con falsas bayas doradas estilo honras a los caídos, lámparas votivas, lápidas, con las inscripciones. ¡Qué pobre es la epigrafía moderna: ni una frase de pleno sentido, ni una expresión elegante: solo datos personales a secas! Me he distraído:

—Mire —le digo—, no quiero nada. Solo quisiera saber si la corona con el texto «Achile Volta, en nombre de los alumnos del curso de 1981» ha sido ya pagada por alguien. ¿Sabe?, también yo formo parte de ese curso y quisiera participar de los gastos, pero no sé cómo encontrar a la persona.

El empleado hojea el grueso bloc de los encargos y de las facturas:

—Aquí está —dice—, Achille Volta, via Gilberto Gualandi, trescientos cuarenta y siete, b.

Un estremecimiento recorre mi espinazo: esas señas corresponden a la vieja dirección del profesor Cassanelli, la casa donde vivía en los primeros tiempos en que yo frecuentaba el instituto.

—Gracias —respondo con una voz que casi no reconozco.

Salgo. Ahora ha oscurecido y las farolas difunden un globo opalescente que a duras penas se refleja en el asfalto húmedo. Son casi las siete. Estoy cansado y no tan convencido ya de que este asunto me interese demasiado, después de todo. Pienso en mi apartamento de via Castiglione lleno de libros, de discos y de vídeos, en una buena copa de brandy que me saque de la niebla y me quite las bascas que siento en el estómago. Es más, ¿sabes qué voy a hacer? Coger un taxi, sí, me permito un lujo de vez en cuando, cogeré un taxi y me haré llevar hasta la puerta de casa.

Hay que esperar un poco antes de que pare uno y es una suerte porque está empezando a caer una llovizna apenas algo más molesta que la niebla, que cala hasta los huesos. A veces me siento más viejo de lo que soy en realidad. El chófer arranca sin decir una palabra, pero tanto da, tampoco yo tengo ganas de charlar. Leo la chapa que dice COTABO, unas siglas que no me es difícil interpretar como CO[PERATIVA] DE TA[XISTAS] DE BO[LONIA]. Deformación profesional, no cabe duda. Y el nombre del conductor: Ignazio Bonetti. Ya vamos por las avenidas, Porta Mazzini…

—Espere, he cambiado de idea. Lléveme, por favor, a via Gilberto Gualandi, trescientos cuarenta y siete, b.

No sé cómo, me han salido de repente estas palabras. Mejor dicho, sí lo sé. Si Cassanelli ha querido de alguna forma dejarme un rastro para descifrar una de las inscripciones más famosas de la epigrafía urbana, no veo por qué debería dejar escapar la ocasión. Quizá tuvo algún presentimiento antes de morir, quizá no se vio con ánimos de hablar directamente conmigo, dado su carácter orgulloso, quizá solo quiso dejarme las indicaciones para que alcanzara el objetivo y me ganara la cátedra. A lo mejor se había puesto ya en contacto con algún miembro de la comisión que quizá se sienta así más atado por una promesa hecha a un difunto. O quizá mi valía es mayor de lo que pensaba.

La carrera ha costado diez euros: esperemos que valga la pena.

Heme aquí delante de la puerta. Llamo al timbre, una, dos veces. No obtengo respuesta. Quizá no hay nadie en casa. ¿O es que no funciona el timbre? En efecto, no sé si he oído ningún timbrazo. Llamo. La puerta se abre sola: estaba entornada nada más.

—¿Con permiso? ¿Con permiso? ¿Hay alguien?

Tal vez sea mejor que vuelva en otra ocasión. Si llegara alguien y me encontrara en su casa, ¿qué podría decirle? Hay una luz encendida en una de las habitaciones que reverbera en el suelo de la entrada. Es un despacho. Sobre la mesa hay una lámpara encendida y sobre la mesa unas fotografías... Dios mío..., Dios mío...

Son fotografías que me reproducen en actitudes íntimas con su hijo..., o su hija..., según cómo se quiera ver la cosa. Él sabía, por tanto, que yo tenía una relación íntima con su criatura, con el ser ambiguo al que había registrado veintiocho años atrás en el registro civil como una persona de sexo masculino, pero que era también otra cosa... Estaba al tanto del hecho de que yo soy un hombre vil y corrompido que se aprovechaba de una persona débil e indefensa y que se aparta de todo eso una vez que ha satisfecho su placer para volver a una vida completamente normal y respetable, borrándolo todo, también la conciencia, hasta el siguiente encuentro...

Y ha querido que lo supiera cuando se ha sentido morir. Pero él (ella) ¿dónde está ahora? ¿Por qué de improviso recuerdo no haberla (haberlo) visto en el funeral de su padre? ¿No es extraño?

Y al saber que el profesor Cassanelli estaba muerto, el primer pensamiento que me vino a la mente no fue la oposición a cátedra ni los datos personales de Aelia Laelia, no. El primer pensamiento que me vino a la mente fue poder verme con su hijo (hija) cuando quisiera, sin peligro de que él me descubriera y se vengase.

Recojo deprisa las fotografías y me dirijo hacia la puerta. Pero hay alguien en el umbral. Es Osvaldo Cuomo y me apunta con algo que no veo muy bien en la oscuridad.

—Buenas tardes, doctor. ¿Qué hace usted aquí?

Me ha llamado «doctor». Significa que no conseguiré nunca la cátedra.

EL KRIS DE EMILIO

> Pienso que el hombre siente venir la muerte y que su inminencia le marca de cansancio y de luz, de tensiones milagrosas y de presentimientos.
>
> JORGE LUIS BORGES

Verona es una ciudad extraña, indescifrable desde ciertos puntos de vista: aletean en ella atmósferas tan intensas que se dirían excesivas —¿cómo decir?—, demasiado perfectas para ser verdaderas, demasiado apropiadas. He vivido en ella siempre y todavía no me he acostumbrado. Cada vez que paso por debajo del arco dei Gabii no puedo dejar de dirigir un saludo a aquellas desvaídas cabezas de antiguos difuntos, como si hubieran desaparecido desde hace algunos años, como si fueran tíos o abuelos y no piezas de museo. Y el mismo efecto me produce el ponte Scaligero: por más que sepa muy bien que está casi totalmente terminado, reconstruido en su totalidad después de un bombardeo, me causa el efecto del más hermoso, del más medieval, del más arqueado de los puentes e imagino siempre que tengo que pagar un peaje al diablo cada vez que lo cruzo, quién sabe por qué. ¿Y qué decir de San Zeno? ¿Puede haber un destino más irónico para una ciudad tan nórdica que un santo protector negro como un tizón? ¿Y sus señores, los Scaligeri? ¿Cómo se puede llamar un señor Cangrande? Imaginad a su madre llamándole de niño. ¿Le llamaba con el nombre entero o lo abreviaba en Can, o en Grande? ¿Y ese otro que se llamaba Mastino?

Y así, cuando leo los versos de Shakespeare grabados en la lápida de los portoni della Bra, no puedo sino confesarme de acuerdo todavía hoy. Estar lejos de Verona no es vida: es un exilio amargo, precisamente porque en todo el mundo no hay otro hábitat tan perfecto y equilibrado, tranquilizador e inquietante al mismo tiempo: cuerpo y anticuerpo, luz y sombra, mejor dicho, tinieblas. ¿Porque Shakespeare era en realidad veronés?

Y también la gente que vive en ella está hecha a imagen y semejanza de la ciudad. Hay secretos inimaginables dentro de estas antiguas murallas y casi nadie es el que parece ser. En porta Palio conozco a alguien que trabaja de asesor fiscal y organiza fiestas de beneficencia para la Unicef, pero durante dos años fue cirujano en primera línea de la guerra de Bosnia. Un abuso, obviamente. Nunca se sacó una licenciatura en medicina y tampoco un título de enfermero. ¿Un liante? ¿Un impostor? No, un sádico. Fijaos en la Arena: ¿es acaso un teatro de ópera? No, es un anfiteatro y, si tenéis el oído fino, tras los gorgoritos del tenor podréis oír también los aullidos de los heridos y de los moribundos. Y, a decir verdad, tampoco yo soy el que parezco. Enseño matemáticas en un instituto privado muy exclusivo y llevo una vida de lo más metódica y regular. Nada de alcohol, nada de humo, una sola mujer ni guapa ni fea, ni estúpida ni inteligente. Y sin embargo tengo un vicio oculto: la pasión por la aventura. Sobre el papel, se entiende. No sería capaz siquiera de participar en un viaje organizado fuera de un país del Occidente europeo. Devoro la literatura de aventuras y veo todas las películas del género, incluso las más *trash*, por decirlo con una palabra de moda, y el origen de todo ello está en mi niñez. Mi madre, separada de su marido, un padre al que no he conocido nunca, no me quería cerca, y por eso me mandó interno a un colegio de Monfortani de disciplina casi militar. El aburrimiento reinaba soberano entre aquellos muros: nunca nada que perturbase la regla, el horario, el programa. Todo estaba previsto, contemplado, era ejecutado a la hora y en el momento debidos. La única evasión era la lectura y yo leí todos los libros de aventuras que había en la gran biblioteca del colegio. Aventuras de todos los tipos, en todos los mares y en todos los continentes, y en todas las épocas.

Hasta hace algún tiempo esta dicotomía tan acentuada y tan geométricamente equilibrada funcionó a la perfección hasta que intervino un elemento perturbador: un objeto encontrado en el tenderete de un ropavejero en un mercadillo de antigüedades. Era uno de esos puñales indios con la hoja serpenteante: un kris. Lo cogí en la mano, no sé por qué; quizá porque tenía un aspecto tan acabado y tan fuera de lugar en esta ciudad que me pareció auténtico.

—Es auténtico —dijo el vendedor, como si me hubiera leído el pensamiento, o la mirada.

—Sí, eso cuénteselo a mi abuela —respondí yo, para que no se fuera a creer que era yo un alma de cántaro.

El hombre me miró fijamente con una mirada mefistofélica que me turbó ligeramente, por más que fuera pleno día y la hora más frecuentada del mercado:

—Tenga en cuenta que no solo es auténtico, sino también una pieza histórica. Es, nada menos, que el kris con el que se suicidó Emilio Salgari.

Aquella declaración me pareció tan descarada que no quise siquiera discutirla. Me limité a preguntar:

—¿Cuánto cuesta?

—¿Por qué quiere comprarlo? —me preguntó él a su vez.

—Esta si que es buena, porque está a la venta, si no estoy equivocado.

—Si es por esto, tiene aquí también otras cosas a la venta. ¿Qué le parece, por ejemplo, esta góndola veneciana con luces y carillón?

—Quiero comprarlo porque me despierta curiosidad y punto. Pero, mire, no es una cuestión de vida o muerte...

—Eso lo dirá usted —replicó el vendedor.

Y debo confesar que aquellas palabras me provocaron otro estremecimiento. Pero solo por un instante. En el fondo era normal: probablemente tampoco él era lo que parecía. A lo mejor era un profesor universitario, o un mago, o un cura: ¿quién podía asegurarlo?

Quienquiera que fuese, percibió inmediatamente mi estado de incomodidad y volvió, como si no hubiera pasado nada, a la actitud normal de su profesión. Y empalmando acrobáticamente con mi primera pregunta respondió:

—Puedo ofrecérselo por setenta y cinco mil liras porque me cae bien, pero le juro que no gano nada.

Pagué sin discutir considerando que, aunque las probabilidades fuesen escasas, aquel objeto podía verdaderamente ser lo que el vendedor afirmaba, y en ese caso era una buena compra. Es más, muy buena. Lo envolví en una hoja de periódico fijándolo con un par de gomas elásticas, lo metí dentro de una bolsita de plástico usada y me lo llevé. Tenía planeado pasarme también por el supermercado para hacer la compra y luego por el relojero para recoger el reloj que había hecho arreglar. Sin embargo no fui a ninguno de esos sitios, volví a casa para ver qué aspecto tendría aquel objeto fuera del contexto de cachivaches en el que lo había encontrado, restituido a una cierta dignidad, depositado sobre un tapete o sobre la viga de la chimenea. Me quedé mirándolo largo rato y, se me crea o no, desde aquel día ese puñal serpenteante me cambió la vida. No porque tuviera nada mágico, no, por el amor de Dios, sino por lo que significaba: no había considerado nunca que el Autor capaz de crear ciento cinco novelas y ciento treinta relatos en menos de veinte años de actividad, todos completa y genuinamente ficticios, ya que no había asomado nunca la nariz fuera de su casa, en un determinado momento se hubiera atrevido a emprender, no obligado por la naturaleza, es más, por iniciativa propia, el viaje más absolutamente aventurero: el del más allá.

Así, un día tras otro, comencé a violar aquella línea de demarcación interior entre aventura solo de ficción y vida real de absoluta regularidad y previsibilidad. Empecé a hacer incursiones cada vez más frecuentes más allá de esa frontera que había respetado durante toda la vida. Pequeñas cosas, por favor, como no ir a clase e ir a dar una vuelta por el campo, o sacarme la licencia de caza y disparar a los patos en el pantano. Pero para mí solo algunos meses atrás estas eran gestas inconcebibles.

El apetito, ya se sabe, entra comiendo, y algún tiempo después me uní, siempre por pura casualidad, a un grupo que se dedicaba a los juegos paramilitares en la montaña los fines de semana. Cosas totalmente inocentes: se nos dividía en dos bandos, los rojos y los azules, obviamente nos poníamos uniformes de camuflaje y botas impermeables y empuñábamos armas láser, de juguete sí, pero que daban el pego, con las que se apuntaba al enemigo para abatirlo. Los uniformes tenían sensores que señalaban el blanco centrado cuando el rayo láser se lo pedía, y el que era alcanzado quedaba eliminado del juego: estaba muerto, por así decirlo. Por la noche, cansados, sudorosos y cubiertos de barro de la cabeza a los pies, nos reuníamos en un refugio en torno a una mesa para terminar la jornada de combate cenando un asado de carne y evocando las acciones más brillantes. Increíblemente me convertí en poco tiempo en uno más de los diestros jugadores, diría incluso que en el mejor y, dentro de aquel pequeño ejército de broma, estaba considerado casi un héroe, un líder, como se decía en nuestra jerga de Rambo de fin de semana.

Había también mujeres con nosotros, a las que les gustaba mucho ponerse uniformes ajustados, cinturones y bandoleras, gorras con estrellitas y distintivos de diverso tipo comprados en las tiendas especializadas. Comencé a encontrarlas muy atractivas y no tardé en darme cuenta de que ejercía sobre algunas de ellas cierta fascinación, sobre una en particular, una morena de formas provocativas, de pelo corto a lo *garçon*. Se llamaba Sabrina, nombre que solo seis meses atrás habría considerado de telenovela y que ahora en cambio me sonaba exótico y de algún modo excitante. Mi compañera me acabó aburriendo: de improviso me pareció sosa, insignificante, carente de todo atractivo y la dejé. Lloró, me preguntó qué había hecho para merecer un trato tan frío, pero yo no supe qué responderle. Dije que simplemente había cambiado, que veía el mundo de modo distinto y quería vivir mi vida sin ningún lazo ni condicionamiento. Y comencé una relación con Sabrina, de la manera más excitante que quepa imaginar. Ella formaba parte de mi grupo de asalto y era la mujer de un agente de bolsa de mediana edad que combatía con el bando adversario. Nos aislamos durante una acción e hicimos el amor en el suelo, escondidos entre los arbustos del sotobosque. Nunca en la vida había oído a una mujer gemir de placer y todo me parecía fantástico, maravilloso: me sentía un hombre nuevo, un héroe de novela y me gustaba verme así.

¿Cómo había podido vivir todos aquellos años como un fantasma, como un ser insignificante?

Comprendí que podía ir más allá y que la vida podía ofrecerme experiencias todavía más fuertes, más emocionantes. Mi relación con Sabrina se volvió cada vez más estrecha hasta absorberme en una especie de dimensión de vigilante delirio. Hasta que un día ella me pidió una prueba de amor y de valor extremo. Debía demostrarle si era capaz de destacar únicamente en las ficciones o si era un verdadero hombre, un triunfador. Me dijo que su marido era un ser despreciable, un impotente depravado y que yo era su única esperanza de liberarme de él. Había también mucho dinero en juego, una montaña de dinero, con propiedades y participaciones en una enorme cantidad de actividades financieras. Se trataba solo de planearlo del mejor modo y llevar a cabo el plan con sangre fría e inteligencia. Y luego nuestro futuro no conocería ya límites. Solo habría que tener paciencia durante algunos meses, un año quizá, dos como máximo, esperar a que las aguas se calmaran, que el caso fuera archivado y luego encontrarse en otro lugar, en otra situación, en nuestra nueva vida. Asimismo me dijo que la enorme mayoría de los delitos en Italia quedan impunes y que no había por tanto motivo para preocuparse. Dentro de nuestro grupo teníamos nombres ficticios (¡el mío era Yáñez!) y esto me ayudaría a desaparecer, a refugiarme en mi identidad habitual de gris profesor de instituto.

No sé por qué esta noche, cuando he regresado a casa, mi mirada ha caído sobre el kris que compré en aquel ropavejero en el mercadillo de antigüedades. Y de improviso me he dado cuenta de haber interpretado el personaje negativo, el malvado que Yáñez y Kammamuri habrían matado en la espesa jungla para que no causara más daño. Por primera vez esta arma de decorado teatral me ha parecido auténtica. Su punta reluciente es mucho más afilada de lo que me pareció cuando la compré, y también su cortante filo. ¿No podría ser, en el fondo, el arma del crimen? No, demasiado reconocible. Quizá la sugestión exacta es otra: la que llevó a Emilio, humilde artesano de la aventura extrema pero ficticia, a emprender el viaje más terriblemente auténtico de su vida. Sé que soy capaz de hacer lo que Sabrina me ha pedido, no representa para mí un problema ni una dificultad, es como si lo hubiese ya hecho. Es más, me gustaría eliminar a ese flácido cerdo: el verdadero desafío es otro, el último, el extremo. Será entonces cuando se verá si mi metamorfosis es completa, si me he convertido en un verdadero hombre.

No he visto centellear nunca como ahora, en efecto, el kris que compré al ropavejero, nunca como ahora he estado tan convencido de que esta fue el arma.

IMPERIO

Tenía un aspecto decididamente envejecido: tenía la piel seca y arrugada, la frente surcada por profundas arrugas y mostraba una extensa calvicie en el centro del cráneo. El ojo que había perdido en Italia, no por una estocada como alguien iba diciendo, sino por una infección, estaba cubierto por una venda de piel negra que le confería cierto aire insolente y al propio tiempo amenazante.

Vestía modestamente: un traje muy sencillo de burda lana, que cerraba en la cintura un cinturón de cuero, y un par de sandalias de tipo militar constituían toda su indumentaria. Admito que sentí cierta emoción al encontrármelo de frente nueve años después de nuestro encuentro dentro de la tienda de campaña en terreno neutral, la víspera de la batalla de Zama. Aníbal era siempre Aníbal, el hombre más sagaz, el político más sutil, el combatiente más temible que nuestro siglo haya conocido.

La silla a su lado estaba vacía y comprendí que el maestro de ceremonias me había reservado el sitio a mí. Nuestra delegación debía discutir sobre la libertad de las ciudades griegas de Asia del yugo del rey Antíoco de Siria. Éfeso, Esmirna y todas las demás ciudades de la antigua Jonia se habían dirigido a nosotros en busca de ayuda y nosotros habíamos respondido también en nombre de la antigua descendencia troyana. No era la nuestra una injerencia sino más bien un retorno al lugar de origen del héroe Eneas, fundador de nuestra patria. Es notorio además que estábamos apoyando al rey de Pérgamo, Eumenes, que sufría la pesada hegemonía de Siria, para hacer de ella nuestra cabeza de ariete contra Antíoco.

Antes de tomar asiento, le saludé en griego:

—Salve, Aníbal.

Me respondió con un leve movimiento de cabeza:

—Salve Publio Cornelio —y lo dijo sin emoción, como si saludara a uno de los muchos presentes.

Es difícil explicar lo que sentí en aquel momento: no pude dejar de retrotraerme a aquel día ya lejano, a ese encuentro dentro de la tienda, a la caída del sol. Me parecía sentir aún el olor del polvo, y ver enrojecer los rayos oblicuos del sol poniente, a través de la tela del pabellón, nuestros rostros y nuestras manos. Había sido un encuentro breve, teniendo en cuenta la importancia de lo que había en juego: el resultado final de un enfrentamiento entre dos imperios que llevaba durando ya más de sesenta años. Pero no olvidaré la emoción que me entró al encontrarme cara a cara con el hombre que había aniquilado a tantos ejércitos romanos combatiendo en campo abierto. Temía tanto sucumbir a su influencia y a la fascinación de su personalidad y de su carisma que fui, por reacción, más duro e intransigente de lo necesario. Y no cabe duda de que esto condujo a la ruptura casi inmediata de las negociaciones e imposibilitó un arreglo político del conflicto. Arriesgué y gané. Y fue lo mejor. Pero ahora que había pasado el tiempo, que nada amenazaba la supremacía de la patria, encontrármelo enfrente de nuevo en Éfeso, como miembro de una delegación para las negociaciones políticas, me causaba placer. Podía permitirme hablarle como se habla a una persona a la que se admira y se estima.

No he compartido nunca el ensañamiento con que algunos de nuestros magistrados y comandantes militares le han dado caza hasta ahora, no porque represente un peligro real sino solo para traer su cabeza como un trofeo: el anciano e indómito enemigo por fin aniquilado. ¡Qué miserable actitud!

Las negociaciones se empantanaron casi enseguida en aquella sala de la asamblea ciudadana de Éfeso. Nosotros sosteníamos nuestro justo derecho a intervenir en defensa de las ciudades griegas de Jonia, ellos defendían que nuestra intervención era en realidad una injerencia. Un diálogo entre sordos cuyo resultado ya habían previsto ambas delegaciones. Pero más que el tiempo dedicado a las discusiones políticas fueron interesantes los descansos, durante los cuales surgían las relaciones humanas y hasta el aprecio mutuo entre los miembros de las delegaciones, más allá de las tareas que los respectivos gobiernos les habían encargado desarrollar.

No recuerdo quién pronunció la primera frase de nuestra conversación informal: él, me parece, quizá dándose cuenta de cierto embarazo mío creo que me habló de comida, del hecho de que no había comprendido nunca el entusiasmo de los habitantes de aquella tierra por la carne de grulla y que echaba mucho de menos el pescado hecho a la manera de Tiro y de Cartago.

Tuve que admitir que tampoco a mí me volvía loco la carne de grulla y que prefiero el pescado, pero en determinadas situaciones no había elección y había que hacer los honores a la mesa de quien nos hospeda. Apenas habíamos comenzado a hablar cuando el difuso vocerío en la sala se atenuó, y sentí todas las miradas sobre mí. Lo cual me produjo un cierto fastidio, no cabe duda, mientras que mi interlocutor parecía completamente a sus anchas y prosiguió hablando; en aquel momento cambiaba de conversación para referirse a los usos y costumbres de los habitantes de Asia, semejantes en todo a los de los griegos, aunque se tratara de extranjeros. Pero la sombra de Zama se alargaba sobre nosotros y podíamos notar la atención de los presentes, en apariencia pendientes de sus discusiones, y el intento de aquellos que teníamos más cerca de pescar algún fragmento de conversación.

El magistrado que había organizado el encuentro, un efesio llamado Antístenes, se acercó a nosotros sin ningún pudor mientras el charloteo se atenuaba de nuevo hasta casi el silencio y su voz se dejó oír de modo claro:

—Creo que todos los presentes, yo el primero, nos sentiríamos felices de escuchar vuestra conversación, de no perder la oportunidad de asistir al encuentro de dos de los más grandes hombres de nuestro tiempo. Y creo, en particular, que todos querrían hacerle una pregunta a Aníbal.

—¿Qué pregunta? —inquirió el interpelado.

—Me parece obvio —respondió Antístenes—. ¿Quién ha sido el mayor caudillo de todos los tiempos?

Aníbal me miró por un instante y la luz de su único ojo era penetrante como la punta de un puñal. Sonrió, descubriendo una hilera de dientes aún intactos pese a la edad y se acercó a mí para decirme primero algo confidencialmente, casi al oído:

—En mi ciudad se cuenta una historia, Publio Cornelio, de cuando al héroe Eneas, prófugo de Troya, nuestra reina y fundadora Elisa* le pidió que contara sus vicisitudes. El héroe no quería, era reacio a evocar acontecimientos tan luctuosos, pero finalmente cedió a las insistencias de ella y empezó a hablar. Y en aquel momento, se cuenta, todos guardaron silencio en la sala del banquete... No sé por qué, pero esta situación me evoca aquella historia, *mutatis mutandi*, como diríais vosotros los romanos. Curioso, ¿no?

Sonreí también yo ante aquella observación irónica que ponía en relación al barbudo Antístenes con la bellísima reina fenicia. Luego Aníbal respondió en voz alta a la petición del magistrado:

—Alejandro de Macedonia, sin duda.

Antístenes apuntó que estaba de acuerdo y yo también, si mal no recuerdo, hice un gesto de asentimiento. ¿Quién podría poner en duda la primacía del mayor conquistador de todos los tiempos? Claro está que, en mi fuero interno, yo pensaba que la fama de Alejandro se habría visto muy disminuida de

* Nombre tirio de la reina Dido. *(N. del T.)*

haber tenido que cruzar sus espadas con nuestros legionarios, pero obviamente no lo di a entender.

—¿Y el segundo? —preguntó Antístenes.

Y entonces el silencio que se hizo fue absoluto. Todos esperaban la respuesta. ¿Qué diría Aníbal? ¿Se acreditaría a sí mismo como el más grande después del macedonio? Pero en ese caso, ¿cómo podría sostener la comparación directa conmigo, allí presente, que le había derrotado?

—Pirro —respondió en medio de la sorpresa general—. Porque fue el primero en concebir los campamentos y aportó una innovación fundamental para el arte militar, no inferior en importancia a cualquier invención táctica o estratégica.

El magistrado insistió:

—¿Y el tercero?

Era evidente que quería llevarle al enfrentamiento verbal: ¿quién podía ser sino uno de nosotros dos?

Aníbal no lo dudó ni un instante:

—Yo —respondió—, yo soy el tercero.

No dije nada. No tenía mucho sentido rebatir una afirmación semejante. Y sobre todo, en el fondo, yo estaba sustancialmente de acuerdo con él. Sin duda mi silencio fue una desilusión para todos. Quizá se esperaban un violento enfrentamiento verbal o un reacción de orgullo herido por mi parte, pero no sucedió nada de todo esto. En efecto, la conversación se reanudó poco a poco como si nada hubiera pasado: los presentes intercambiaban impresiones sobre aquel triple, singular veredicto, y solo se interrumpieron cuando Antístenes reclamó a las delegaciones a la mesa de las negociaciones. Discutimos de nuevo, sin gran provecho, hasta la puesta del sol, cuando fuimos invitados a pasar a la sala preparada para la cena. Aníbal prefirió salir al pórtico exterior para respirar un poco de aire fresco y yo le seguí.

—¿Puedo hacerte una pregunta? —le dije.

—Por supuesto.

—¿Qué habrías dicho de haber sido tú quien me hubiera derrotado en Zama?

—Habría dicho que yo era el primero —fue la respuesta.

No pude dejar de hacer otra cosa que sonreír: en el fondo me había valorado mucho más de lo que podría haber esperado: me había puesto por encima de toda comparación. Pero evidentemente no era aquello lo que pensaba. Las relaciones entre Roma y el reino de Siria eran ahora ya muy tensas, lo que quedaba demostrado con nuestro mismo encuentro que de hecho había terminado en nada. Era bastante evidente además que las dos potencias antes o después llegarían a las armas cortas y tampoco era difícil comprender quién saldría mejor parado, sobre todo para Aníbal que conocía perfectamente las características de nuestros ejércitos y podía compararlas con la mediocre calidad de los ejércitos de Antíoco, más aptos para espectaculares paradas que para duros choques en el campo de batalla.

Había una bonita puesta de sol de primavera tardía: las barcas de los pescadores regresaban a puerto y un par de naves de guerra maniobraban dentro del dique para acercarse al muelle. Los dorados de las acroteras de los santuarios y de los edificios públicos brillaban como fuegos en la quietud del crepúsculo y las gaviotas se agolpaban en torno a los tenderetes de los pescadores disputándose los restos del mercado de pescado que eran arrojados al mar.

—¿Cuándo tendrá lugar? —preguntó de golpe.

—¿La guerra? No lo sé. Dentro de un año, quizá dos. Hemos de consolidarnos aún en Cisalipina y en Macedonia.

—¿Y te parece una buena cosa?

—No lo sé. Pienso que entra dentro de la lógica de los hechos. Un desenlace inevitable.

—Todo es evitable —respondió Aníbal volviendo hacia mí de improviso aquella mirada suya mutilada, inquietante—. Menos la muerte.

—Lo sé —dije—. Esta guerra será distinta de la que libramos nosotros. Tendrá otros fines...

—Es cierto. La nuestra fue una guerra de un imperio contra una ciudad. Esta será la guerra entre dos imperios. Venceréis vosotros, como ya sucedió en las guerras anteriores, pero la victoria se volverá contra vosotros.

—¿Qué quieres decir?

—Con nosotros fue distinto. Nosotros no éramos un imperio aunque tratamos de serlo a partir de las conquistas de mi padre. Éramos una ciudad que había creado muchas colonias en el mar occidental, cada una de las cuales hacía las veces de punto de encuentro y de intercambio con los pueblos indígenas. Pero Siria lo es y se extiende por un territorio ilimitado, el mayor que exista, mayor también que el vuestro. En todo este tiempo, a partir de la muerte de Alejandro, este imperio ha extendido la civilización de los griegos desde el Cáucaso hasta la India, hasta las riberas del Hidaspes. Vosotros conseguiréis, mucho me temo, debilitar a Siria. Le arrebataréis primero las provincias más ricas, las próximas al mar, desde donde irradia la civilización común de todos los pueblos que se asoman a él, y en ese momento tendrá que venirse abajo...

—Nunca se puede decir. Y en cualquier caso el destino de Roma es gobernar el mundo. Estoy seguro de ello, de lo contrario ¿por qué los dioses, el hado, nos iban a conceder vencer a todos nuestros adversarios?

Aníbal guardó silencio durante algunos instantes y me pareció que seguía de nuevo con la mirada las peleas de las gaviotas que se disputaban las sobras del mercado.

—¿Tú crees, Publio Cornelio? —dijo de golpe, sin volverse.

—Sí, firmemente.

Presentía en qué pensaba, en aquel día lejano, en Zama, cuando la suerte le había dado la espalda en el último momento, cuando había preparado con sagacidad su obra maestra táctica, para ser, finalmente, derrotado de todos modos.

—Yo no —respondió—. Lo importante es decir siempre la última palabra, más allá de nuestros planes y de nuestras esperanzas. Y no hay necesidad de imperios. Cartago prosperó durante siglos sin conquistar territorios en el interior, y sin oprimir a las poblaciones indígenas.

—Pero ha perdido. Esto significa que su estructura no estaba hecha para sobrevivir. Los imperios son necesarios, o quizá debería decir ineluctables. Al hundimiento de un imperio le sigue siempre el caos, la fragmentación, un frenesí de particularismos que conducen a luchas intestinas, sangre, duelos y daños sin fin. Solo los nómadas pueden vivir sin estructuras políticas porque no tienen territorios, ni ciudades, ni templos, ni viviendas.

Aníbal meditó de nuevo en silencio durante unos momentos, mientras el sol alcanzaba ya la superficie de las aguas expandiendo una franja bermeja que llegaba hasta la costa.

—Lo que dices es en parte cierto, pero no lo es menos que ningún imperio puede dominar todo el mundo. Vosotros tenéis Occidente, el reino de Antíoco tiene Oriente, pero ninguno de los dos contendientes podría nunca aspirar a una hegemonía universal. Ningún imperio, por sí solo, puede dominar a toda la humanidad. Si derrotarais a Siria, Asia se libraría en cualquier caso. No contáis con hombres suficientes para desplazar desde aquí hasta la India, y aunque los encontraseis tendríais que agotar vuestras generaciones, lo que causaría indirectamente el hundimiento de vuestra estructura política u obligaría a vuestros ciudadanos a convertirse en soldados más que en agricultores, comerciantes, marineros, artesanos y albañiles.

—¿Vamos a tener que renunciar a la primacía por temor a las consecuencias? No tiene ningún sentido, nadie lo hace y nadie lo ha hecho nunca.

—Tendréis que renunciar a decisiones que conducirán antes o después a vuestra ruina y a la ruina del mundo que habéis construido.

No había animosidad en sus palabras, como la primera vez que me había encontrado con él en Zama dentro de la tienda en campo neutral. Había mostrado equilibrio y una prudencia casi más propias de un filósofo que de un soldado. Por esto, también en aquel momento, sus razonamientos adquirían un peso y una autoridad mucho mayores. Y yo ya me daba cuenta del escenario que trataba de prefigurar. ¡Cuántos de nuestros soldados, a su regreso de las campañas de conquista, se habían visto convertidos en pobres e indigentes! Tenían que vender su hacienda a aquellos que se habían enriquecido desmesuradamente negociando la venta de los prisioneros de guerra y del botín. Y los esclavos estaban ocupando cada día más el sitio de los pequeños propietarios, y de los obreros asalariados a jornal. Aquellos que habían contribuido con su trabajo a su sustento debían ahora humillarse para pedir limosna o favores y la protección de un poderoso.

Se dio cuenta de que estaba meditando sobre sus palabras y reanudó el discurso:

—Es probable que derrotéis a Siria como nos habéis derrotado a nosotros. Lo cual no es malo en sí. Antíoco no está menos ávido de riquezas y de poder de lo que lo estáis vosotros, pero precisamente eso, de no haber nada más, debería empujaros a un acuerdo. Cuando hayáis destruido también el único imperio que ha quedado, no podréis, como he dicho, heredar su extensión territorial, ni el control de los pueblos que lo habitan, sino en mínima parte, pero heredaréis las consecuencias de la ruina. Las etnias en lento proceso de asimilación recuperarán su identidad y su fuerza y con ellas la voluntad de engrandecerse con guerras y saqueos.

—Hablas como si vuestros ejércitos no hubieran hecho lo mismo en Sicilia, en Cerdeña, en Hispania —respondí, más para reaccionar contra lo que me parecía un sombrío presagio que por verdadera convicción.

—Es cierto. Pero mientras fue posible penetramos en tierras extranjeras mediante el comercio y el tráfico marítimo, no con los ejércitos. Solo cuando se vio amenazada nuestra supervivencia me decidí a un largo conflicto, a transformar mi ciudad de mercaderes en una metrópolis guerrera. Y perdí. Tal como has perdido tú.

—Hace solo un rato has admitido, aunque sea indirectamente, mi superioridad en el campo de batalla.

—Sabes bien cómo fueron las cosas, y sabes el papel que

desempeñó la fortuna en aquella jornada como en todas las jornadas campales. Yo, de todos modos, me refería a otra cosa. Tú has perdido porque ha terminado tu momento así como ha terminado el mío.

—Tengo poco menos de cuarenta años...

—Eso no cambia nada. Has perdido porque tu tiempo ha pasado, los tiempos en que los adversarios se enfrentaban mirándose a los ojos y podían batirse con encarnizamiento sin perder la estima y el respeto que tenían el uno por el otro. Los tiempos en que contaban sobre todo el valor, el coraje, la fuerza de ánimo, la fe en los propios ideales. No hay cabida ya para gente como nosotros: ahora el campo está libre para corredores de apuestas, contratistas, especuladores, gente que tiene como único fin acumular dinero.

—Dicen que quieres convencer a Antíoco para que lleve la guerra a Italia.

—¿Y tú te lo crees? Nadie que esté en su sano juicio pensaría nunca en invadir Italia. Yo el primero, que soy el único que sabe realmente lo que ello significa. Son solo especulaciones: una nueva guerra significa nuevos abastecimientos, nuevos gastos, nuevos contratos, nuevos esclavos y quizá, por fin, la captura de Aníbal. Sé que en Roma se fabula con mis escondites secretos en cuevas de las montañas, con fortalezas provistas de docenas de galerías. Se demostrará que uno de los motivos para acabar con el reino de Siria es que da hospitalidad a Aníbal. Tanto tú como yo sabemos que no es cierto, que la razón es únicamente la codicia. La cual no puede estar de ningún modo en la base de ningún proyecto político. Destruid Siria y alguien mucho más agresivo y peligroso surgirá de las ruinas de su imperio y, antes o después, os hará morder el polvo. Es cierto, Publio Cornelio, los imperios son ineluctables, pero el principio que determina su éxito contiene en sí un germen de locura que al final les conduce a la disolución. Adiós.

Se despidió de mí con un movimiento de cabeza y se alejó en dirección al puerto.

Han pasado cuatro años desde aquel día. Hemos derrotado a Siria y ocupado una parte de sus territorios; el imperio de Roma parece que no ha de conocer el ocaso, pero nunca como hoy resulta más evidente que no podremos de ningún modo recoger la herencia de Alejandro y tampoco la mucho más modesta de Antíoco. Aníbal está todavía libre, pero el cerco en torno a él se estrecha y pronto no habrá ya más países independientes que puedan darle asilo. Mi familia se ha visto trastornada por un escándalo a causa de la distracción de fondos pagados por Antíoco al Senado romano en concepto de daños de guerra. Mi hermano Escipión el Asiático ha sido sometido a proceso y yo vivo casi desterrado lejos de Roma, adonde nunca volveré.

EL TESORO DEL SUPHAN

—¿No has oído hablar nunca del rey Midas?

El comendador Morselli se inclinó ligeramente hacia delante sobre su escritorio apoyando los codos en mitad de la mesa y clavando la mirada interrogativa en su director general, el señor Fulvio Ricossa, que estaba sentado enfrente de él, con las piernas y los brazos cruzados.

—Claro, por supuesto. Era un rey de la antigua Lidia que se dice podía transformar cualquier cosa que tocara en oro. Pero luego estuvo a punto de morirse de hambre porque se volvía también de oro la comida.

—Ya —comentó Morselli—, en aquel tiempo no conocían los cubiertos. Pues bien, quizá hemos descubierto lo que probablemente dio origen a la leyenda.

Ricossa le miró desconcertado: el comendador Morselli, presidente y administrador único del más vasto imperio industrial del ramo de la cerámica, no se había ocupado nunca de nada más que de baldosas, de todo color y formato, para todos los gustos y para todas las necesidades, para todos los mercados y para todo tipo de clientes. Llegaba hasta el punto de proporcionar baldosas incluso a sus amigos personales que se construían una casa o remozaban un cuarto de baño, haciéndoles como es natural un precio de favor porque no soportaba la idea de que pudieran usar material de la competencia. Las baldosas eran toda su vida, su sueño era poder pavimentar el mundo entero con sus baldosas, embaldosar las calles, revestir las fachadas de los edificios, los tejados de las casas. Porque con las baldosas se podía hacer de todo, se podía imitar cualquier material: la piedra tosca, el granito, los adoquines, todo en resumidas cuentas. Y todo quiere decir todo. Su última patente había dejado de piedra a la competencia: mediante un sistema de barrido digital había conseguido imitar cualquier piedra natural, mármol de Carrara incluso. Obviamente los marmolistas y los excavadores no estaban muy contentos, pero él respondía:

—Siempre les quedarán los bloques para la construcción en grueso y para las estatuas. ¿De qué se quejan?

Como si el mercado de las estatuas fuera tan amplio y popular para dar de vivir a todo un sector mercantil.

¿Por qué diablos, entonces, se ocupaba del rey Midas y de su conocida leyenda? No era propio de él.

—No sabía que le interesase la mitología —respondió, en efecto, Ricossa.

—A decir verdad, es lo último que se me ocurriría —fue la previsible respuesta.

—Pues, ¿entonces?

—Le ruego me escuche, Ricossa, porque le voy a dar una noticia fantástica que por el momento es un secreto celosamente guardado.

—Soy todo oídos —contestó Ricossa con una expresión de insultante arrogancia.

El comendador Morselli fingió no hacer caso a aquel aire de suficiencia, encendió un cigarrillo para cargar de expectativa la atmósfera de su despacho, expelió una gran nube de humo y comenzó diciendo:

—Hace un mes, como sabe usted bien, mandamos a un grupo de técnicos a la filial de Esmirna para que instalasen las plantas de nuestra línea de producción. Uno de ellos, el señor Florian, hizo una visita a las canteras de granito del monte Tauro. Ya sabe usted de qué estoy hablando.

—Por supuesto —asintió Ricossa—. Yo mismo preparé el

viaje del señor Florian y el borrador del contrato para la compra de las canteras.

—Muy bien. Así, pues, durante la inspección Florian fue abordado por un individuo que, sin darle el nombre ni el apellido, le dio cita en un pequeño local de la ciudad vieja diciendo que tenía algo sumamente interesante que enseñarle. Florian se arruga, está inseguro, luego por fin la curiosidad se impone y va a la cita. El individuo le muestra una piedra, un fragmento de pocos centímetros cuadrados, con unas características nunca vistas hasta ahora. Es una piedra, no un cristal, pero tiene el esplendor y el timbre cromático del oro satinado con reflejos que cambian al rojo cobre según la incidencia de la luz...

—¿La ha visto usted? —preguntó Ricossa.

El comendador Morselli le miró con una expresión casi compasiva, luego, sin responder a la pregunta, fue hacia la caja fuerte, la abrió y extrajo de ella una cajita que depositó sobre la mesa:

—Mire usted mismo —dijo.

Ricossa se dio cuenta en aquel momento de que debía de tratarse de algo serio, abrió la cajita, sacó de ella una pequeña lasca de quizá dos centímetros por uno y medio, ligeramente irregular en la superficie, y la puso debajo de la luz de la lámpara de mesa. El efecto era extraordinario, casi mágico. Así había imaginado la piedra filosofal en sus fantasías de chico, de aquel material maravilloso debían de estar hechas las murallas de la Atlántida y quizá realmente aquel fragmento había sido una modesta pizarra antes de ser transformada por el toque de Midas.

—Imagine usted... —comenzó diciendo Morselli—, imagine usted que encontramos una losa lo bastante grande para poder extraer una copia en cerámica y que podemos ponernos a producirla para el otoño del próximo año y presentarla en el CIRSAIE y en todas las ferias internacionales, a precios estables, muy estables, diría que a precios altísimos. Tendríamos patente y exclusiva mundial seguramente por varios años con la perspectiva de obtener unos beneficios inmensos. Y tengo también un nombre para esta maravilla.

—¿Y cuál sería?

—La piedra del rey Midas. ¿No es genial?

—Pero ¿cómo puede estar seguro de tener la exclusiva? Ese individuo, así como se la ha enseñado a Florian, podría habérsela enseñado a otros.

—Estoy seguro y punto —repuso Morselli con un tono insólitamente imperioso, casi descortés. Lo que cogió por sorpresa al doctor Ricossa. Los dos se pinchaban alguna que otra vez dependiendo del humor del día y de los movimientos de la bolsa, pero se respetaban en lo fundamental y se tenían el uno al otro en alta consideración.

—Siendo así... —comentó Ricossa más bien picado.

—Escúcheme bien —dijo Morselli con un tono más conciliador—, quiero que se ocupe usted personalmente de toda la operación con el mayor secreto y la máxima reserva. De esto estamos al corriente solo usted, Florian y yo...

—Entonces, también la amante de Florian, la mujer y la criada.

—No es momento de bromas.

—No bromeo. Pero ¿se puede saber al menos dónde se encuentra esta maravilla? ¿Hay otros ejemplares? ¿Alguien los ha visto?

—Por supuesto. Y por ese motivo quiero que usted se ocupe personalmente de esto. No puedo fiarme de nadie más.

—¡Hable, por el amor de Dios!

—Bien. Por lo que me consta, no existe en el mundo nada como esta piedra, y si lo dice Florian, que es un especialista, tengo que creerle. El único ejemplar conocido fue descubierto por ese turco en las entrañas de un volcán apagado en la Anatolia oriental. Es una lastra, incorporada en una colada de lava. Podría ser el frontal de una veta, pero podría ser también la única lastra existente. Hay que vigilar. De todos modos, la quiero aquí cuanto antes.

—Pero es un lugar peligroso —objetó Ricossa.

—Por eso se estará usted en Ankara. Es un ser tan inútil que sería más un estorbo que otra cosa. Pero deberá coordinarlo todo desde allí.

—¿Y quién encabezará la expedición, entonces?

—Florian. ¿Quién si no? Junto con algunos guardias personales y un par de técnicos: buey solo bien se lame.

—Si usted lo dice. ¿Y cuándo salimos?

—Mañana. No me gusta esperar. El tiempo juega en nuestra contra.

—¿Quiere decir que he de partir mañana yo también?

—Usted puede hacerlo pasado mañana. Sabrina le ha comprado ya los billetes y reservado el hotel.

Ricossa suspiró:

—Siendo así... —dijo.

Echó una última mirada a la fabulosa piedra mientras el comendador Morselli la recubría con guata, luego se dirigió hacia la puerta y salió.

Ricossa llegó a Ankara a la una y media de un día de finales de octubre, recogió el equipaje y encontró a la salida al chófer con el cartel que decía «Mr Ricossa». Esperándole en el coche estaba Florian en persona, que le saludó con cierta afectada cordialidad.

—¿Se puede saber a qué viene tanta prisa? —preguntó Ricossa—. He tenido que salir en cuarenta y ocho horas sin poder arreglar siquiera mis cosas. He tenido que anular citas importantes y cancelar también esas pequeñas vacaciones que esperaba desde hacía tiempo y que realmente necesitaba y además...

—No me lo diga a mí —le interrumpió Florian—, el comendador ha querido que preparase la expedición en diez días cuando normalmente se requiere por lo menos dos meses. Y con los turcos, créame, no es cosa fácil: *bakshish* por aquí, *bakshish* por allá, todo es un *bakshish*.

—¿Y qué es esto de *bakshish*?

—Es la propina. En resumen, el soborno.

—Ah. Entonces, es como en Italia. ¿Dónde está el problema?

—Sí, pero aquí la cosa es más caótica, que es como decir menos científica.

Ricossa asintió con cierto aire compasivo y se puso a controlar sus expedientes, la agenda, el pasaporte. Luego cambió de conversación:

—¿Ha hecho analizar la piedra?

—Sí, por supuesto.

—Pues, entonces, dígame de qué se trata exactamente, quiero decir, desde un punto de vista químico.

—Bien, este es el busilis. La composición es muy compleja. No es como cuando nos encontramos frente, pongamos, a un ónice: este es un carbonato de calcio con algunas sales de hierro o de cobre que le dan ese color verde o rojo según los casos. Es una mezcla confusa de sustancias de muchos tipos distintos, un concentrado de compuestos bastante raros, con inclusiones de pajuelas doradas y hasta de microscópicos diamantes.

—¿Qué ha dicho?

—Así es. Parece que Dios Nuestro Señor se quiso lucir en una exhibición de virtuosismo creativo…

—Pero, entonces, es una piedra preciosa…

—Sí y no. Lo es en el sentido de que no existe nada comparable que conozcamos. No lo es en el sentido de que no estamos ante una gema como el diamante, el rubí o la esmeralda.

—¿Y piensa usted que nuestro sistema de reproducción estaría en condiciones de recrearla igual?

—Yo creo que sí. Al menos, el ojo humano no descubriría ninguna diferencia. Solo necesitamos una muestra relativamente grande. Como se ha dicho ya.

—¿Y si el yacimiento natural se revelase lo bastante grande?

—No hay ninguna diferencia. En esto está la grandeza de nuestra patente: ya no es preciso abrir las entrañas de la tierra para arrancarle los tesoros. Estamos en condiciones de reproducir sus características y aspecto.

Habían llegado al cuartel general de Florian, un chalet de dos plantas con un jardín a la inglesa en la zona residencial de Ankara. Ricossa fue conducido a su habitación para que pudiera refrescarse en espera de que estuviera pronto en la mesa. En la pared de enfrente de la cama, junto al televisor, había un mapa de Turquía con un circulito hecho con rotulador rojo que indicaba un punto concreto en la zona oriental. Ricossa se puso las gafas y se acercó para leer: se trataba de una montaña de cuatro mil quinientos metros de altura que se llamaba Suphan Dag. En el centro, en la cima, una minúscula manchita azul indicaba que era un pequeño lago: evidentemente un antiguo cráter volcánico que se había llenado de agua. Suspiró, devolvió las gafas al bolsillo y bajó para la cena.

El camarero llevó a la mesa los platos a la manera turca: verduras, salsas, quesos, tortillas de pan ácimo, estofados de verduras y de carne. Puso en el centro de la mesa una botella grande de cerveza local y se retiró.

Ricossa comenzó a servirse mientras Florian sacaba de la cartera de mano un documento con el logotipo de ASTRA, la empresa cerámica de Morselli, y lo dejó sobre la mesa.

—He visto el mapa en mi habitación —dijo Ricossa—. Imagino que ese circulito rojo indica el objetivo de la expedición. Un volcán apagado, si no he entendido mal.

—Así es. Ese es el Suphan, pero yo no diría apagado. Diría más bien en reposo.

—¿Y cuál es la diferencia?

—Que no está en actividad de tipo eruptivo, pero está sin embargo activo: fumarolas, microsacudidas telúricas, y géiseres que desprenden poderosos surtidores de vapor hirviente. En invierno vuelven a caer en una especie de aerosol helado que crea formaciones absolutamente fantasmagóricas.

—Ya le creo, ya le creo —respondió Ricossa atropelladamente, temiendo que aquel entusiasmo descriptivo tuviera por finalidad implicarle para que tomase parte en la expedición. Se llenó el plato con pequeñas porciones de todas las gollerías que se exhibían sobre la mesa y se sirvió un vaso de Maden Suyu, el agua mineral turca.

—Está bueno esto —dijo zampándose el primer bocado—,

temía que estuviera peor. Pero dígame: ¿cuáles serían mis funciones aparte de hacerles de base de enlace con nuestra casa matriz en Sassuolo?

—Usted, señor Ricossa, deberá mantener las relaciones políticas. Esa zona está controlada por una banda de rebeldes kurdos muy agresiva. He establecido ya contacto con sus emisarios, pero podrían importunarle a usted después de que yo me haya ido.

—Bromea usted —respondió Ricossa—. Ni pensarlo.

—Oh, no, no estoy bromeando. Y usted ahora no puede echarse ya para atrás. Estamos metidos en danza, querido doctor, y hay que bailar.

Ricossa carraspeó a aquellas palabras, convulsamente. El bocado se le había atragantado.

Florian decidió partir el lunes, como si se encontrara en Europa y no en un país islámico, a pesar de todo. Había preparado cuatro todoterrenos tipo furgoneta provistos de un equipamiento completo de escalada, además de una sonda desmontada para sacar muestras estratigráficas, comida enlatada, alimentos integrales, tres cargas de agua mineral y de bebidas, cajas de cerveza turca, puros y cigarrillos, chocolate y cualquier otra bendición del cielo. Hasta una provisión de *lokum*, las típicas gelatinas turcas de color rosa. Florian había crecido, de chico, leyendo literatura de viajes y de aventuras, y no podía creer que estuviera encargándose del cargamento de las provisiones y anotando meticulosamente la calidad y la cantidad, como si fuera a partir para *La vuelta al mundo en ochenta días* o estuviera en puertas de embarcarse a bordo del Pequod para dar caza a Moby Dick.

Como dotación tenía a cuatro italianos y cuatro turcos: ingenieros, técnicos, operarios especializados. Uno de ellos, Venanzio Massignan de Cortina d'Ampezzo, era un conocido guía alpino que había escalado el Annapurna y el K2; tenía cuarenta y ocho años y un carácter decidido y testarudo de montañero, pero también el trato elegante de un hombre de mundo habituado a frecuentar la *jet set* de la Perla de los Dolomitas.

El jefe del equipo turco era, en cambio, Amir Dorkat, un técnico de la Universidad de Ankara, pero Florian tenía sus buenas razones para pensar que era también miembro de la policía secreta. Se veía por los bigotes, decía él, y por cómo miraba a su alrededor a cada instante cuando uno le hablaba, aunque no hubiera nadie, que es como decir que estaba acostumbrado a cubrirse las espaldas, ante todo.

Avanzaron por la meseta central atravesando el área de Tuz Gol, el gran lago salado que se extendía como el lago de Garda y de una profundidad como máximo de un metro y medio en su parte central. Luego tomaron hacia Kayseri, anunciada ya a gran distancia por la mole encapuchada de nieve del Erciyas Dag, el mítico monte Argeo del que hablaba la leyenda.

—Decían que aquí abajo estaba aprisionado el gigante Tifón —explicó Florian por la radio a sus más bien ignorantes compañeros de viaje— y pensaban que las grandes exhalaciones de humo y vapores del volcán salían de la misma boca del gigante.

A bordo del todoterreno los ocupantes resoplaban, en especial los turcos que no comprendían ni jota de italiano, aparte de Amir Dorkat. Y también esta era una de las razones por las que Florian lo consideraba un agente de paisano. El segundo día de viaje llegaron a Elazig asomada a un enorme lago artificial que impedía el curso del Éufrates para alimentar una central eléctrica y proporcionarle agua en las zonas más áridas de la meseta. Al sur se veían las cimas imponentes del Tauro, la gran cadena montañosa que delimitaba Anatolia hacia la parte meridional y que se extendía al este para casi toparse con el inmenso plegamiento caucásico, uno de los laboratorios geológicos más imponentes de todo el planeta, atormentado desde hace millones de años por erupciones apocalípticas y por espantosos corrimientos telúricos. Durante una parada para cenar Florian explicó que la zona se veía todavía afectada por una fuerte actividad sísmica caracterizada cada año por millones de microsacudidas que de improviso podían desencadenar terremotos devastadores, hasta una magnitud diez en la escala de Mercalli. Todo ello era debido a la permanente presión de dos grandes placas continentales: la asiática y la africana que habían provocado, a comienzos de la era cuaternaria, el alzamiento del sistema montañoso que iba de los Pirineos hasta el Himalaya.

El tercer día se adentraron en la Anatolia profunda entre los angostos valles y las vastas mesetas diseminadas de aldeas minúsculas hechas de piedra seca con tejados de maderos de chopo cubiertos de paja. Las costumbres de la gente variaban radicalmente: tanto los hombres como las mujeres llevaban largos bombachos otomanos y babuchas de plástico blanco o negro con la punta hacia arriba. Florian hizo notar que las mujeres usaban escobas sin mango y tenían, por tanto, que trabajar prácticamente dobladas en dos. Preguntó a Amir si conocía la razón de ello, y este respondió lacónicamente que lo que importaba, para hacer limpieza, era la escoba y no el mango. Florian atribuyó una afirmación semejante a lo que él consideraba el supremo desprecio del hombre islámico hacia la condición femenina, hasta el punto de especular sobre el coste de un mango de escoba. El tercer día pasaron por Dyarbakir con sus murallas grises de piedra, que se remontaban a la época romana, y se encontraron en pleno Kurdistán. Dio noticia de ello a Ricossa vía radio y le pidió que permaneciera en todo momento disponible para prestar apoyo logístico y político en cualquier momento, dado el clima que se respiraba en aquella zona y lo que llamaba la atención su vistosa caravana de flamantes todoterrenos.

Estaban ya en vísperas del último ascenso y en el pequeño restaurante de los aledaños del bazar se reunieron en torno a la mesa para consultar el mapa militar americano y preparar el itinerario de la última etapa. Uno de los técnicos, Arnaldo Baldini, un aparejador de Nonantola, observó con sorpresa que la primera ciudad que encontrarían al día siguiente se llamaba Batman y se propuso llevar a cabo una investigación para establecer si el padre del hombre murciélago había viajado alguna vez a Anatolia oriental.

—No diga tonterías, Baldini —le reprochó Florian—. «Batman» es una palabra inglesa que significa «hombre murciélago» y no tiene nada que ver con esta ciudad. Esté bien atento. De aquí a poco es como decir *hic sunt leones*: Hay que tener los ojos bien abiertos y ponerse en campaña. Los secuestros y las extorsiones están a la orden del día, pero también los robos de medios de locomoción y de material. Nuestros todoterrenos pueden despertar la apetencia de la guerrilla, y la policía turca de por aquí solo sale de patrulla cuando se ve obligada a hacerlo, pues de lo contrario vive metida en los cuarteles.

Dorkat replicó que no era cierto y que la policía turca estaba por todas partes, así como también la gendarmería y que por tanto podían estar absolutamente tranquilos. Se procedió, pues, al día siguiente a recorrer la última etapa por una carretera más bien estrecha y accidentada pero frecuentada por pesados camiones que venían de Irán y de Pakistán y que no estaban habituados a hacer concesiones a la hora de los adelantamientos. Llegaron a Bitlis, cerca del lago Van, hacia las primeras horas de la tarde y tomaron el itinerario más difícil: un camino todavía más estrecho, pero de increíble belleza panorámica, que bordeaba la orilla norte del lago, en otro tiempo corazón de la civilización de Urartu y luego de la armenia, ambas desaparecidas de modo violento.

Y finalmente, a la caída de la tarde, se encontraron a la vista del Suphan Dag: un grandioso cono volcánico cubierto de nieve del que partían en todas direcciones coladas de lava cristalizadas que destacaban negras sobre el terreno rojizo de la meseta. Algunas se arrojaban dentro del lago y desaparecían en el fondo de la inmensa cuenca, otras se desparramaban hacia el oeste y hacia el norte. La amplitud de cada una de las coladas era impresionante y el espesor aún más. En determinados puntos podía acercarse uno directamente al frente de lava petrificado en el que centelleaban grandes cristales facetados de oxidiana, esplendentes a la luz del sol poniente como diamantes negros. En lontananza, el sol hacía brillar también las cumbres nevadas de otros volcanes dormidos y distantes cientos de kilómetros: el Ala Dag y el mismo Ararat.

—¿El del arca de Noé? —preguntó Baldini—. Yo le oí decir a un individuo, en cierta ocasión, en el *Maurizio Costanzo Show*, que había descubierto el arca en esa montaña.

—Tonterías, Baldini —le hizo callar Florian—. ¿Cómo puede creer que el nivel del agua llegara hasta aquí solo porque llovió cuarenta días y cuarenta noches? Aunque se fundieran todos los hielos del planeta el nivel de los océanos crecería algunas decenas de metros y no tres o cuatro kilómetros. Si cree usted que Dios Padre se pone a jugar a las barquitas y las deja sobre la cima de una montaña de quinientos metros, pues entonces es otra historia. Déjelo correr, es mejor. Pensemos en cosas serias.

—¿Como cuáles, por ejemplo? —preguntó Baldini.

—Como buscar un lugar adecuado para plantar el campamento, lo que no es fácil. Hay lava por todas partes con sílex y oxidianas que cortan como navajas de afeitar. —Luego se dirigió a Dorkat—: Pero ¿no tenían que llegar unos guías locales en este punto?

Dorkat indicó dos faros que zigzagueaban sobre el terreno aproximadamente a un kilómetro de distancia provocando espectaculares resplandores de los cristales esparcidos por el volcán en toda la llanura:

—Ahí están —dijo—. Están llegando. Para ellos el Suphan no tiene secretos, conocen cada recoveco, cada grieta.

Florian siguió como hipnotizado la luz de los faros, luego alzó la mirada al imponente pico volcánico enrojecido por los últimos rayos del ocaso.

—Esperemos —respondió.

El jeep de los guías kurdos se detuvo con un brusco frenazo y bajaron de él cinco individuos de aspecto pintoresco: pantalones bombachos, fajín en la cintura y turbante. Dos de ellos llevaban una cartuchera terciada en el pecho a modo de bandolera y un Ak-47 empuñado por el cañón. Baldini les miró con cierta inquietud, intercambió una rápida mirada con Amir

Dorkat como diciendo: «¿Nos podemos fiar?». Dorkat le respondió con una seña tranquilizadora. Los dos dejaron apoyadas las metralletas y comenzaron a descargar ayudados por los otros tres que eran evidentemente porteadores: no tenían tienda ni intención de dormir en la de la expedición. Depositaron en el suelo las esteras de gomaespuma de tres centímetros y los sacos de dormir de alta montaña, luego uno de los dos encendió un hornillo de campamento y puso a cocer una *çorba*, su sopa tradicional con garbanzos, lentejas y otras legumbres.

—No muestran demasiada confianza —dijo Massignan al ingeniero turco.

—No la tienen tomada con ustedes —respondió Dorkat—, sino con nosotros. Somos turcos, y no podemos vernos ni en pintura. Nuestro gobierno los considera terroristas, su jefe Ocalán, llamado Apo, está en la cárcel en una isla de los Dardanelos, con una condena a muerte que pesa sobre su cabeza, y su partido político, el PKK, está al margen de la ley…

—¿Ha sido prudente sumarles a nuestra expedición? —preguntó preocupado Baldini—. No quisiera que crearan problemas, o cosas peores. Necesitamos trabajar tranquilos.

—No se preocupe —respondió Dorkat—. A estos lo único que les interesa es el dinero. Les pagamos bien por su trabajo y es suficiente así.

—¿Y esas metralletas?

—Les pagamos también por ellas. La montaña es peligrosa desde muchos puntos de vista.

Baldini sintió que un estremecimiento recorría su espinazo y no era solo por la temperatura que comenzaba a descender. Pensó en Ricossa, que estaba tan tranquilo en Ankara lamentándose de inexistentes incomodidades, y suspiró. Entretanto los hombres montaban la gran tienda de varios compartimientos que serviría de campamento base mientras Baldini, que era un poco el chico para todo, instaló la cocina de campamento de cuatro fogones con protecciones para el viento y puso a hervir el agua para la pasta.

Massignan descargó la pequeña nevera de campaña, los víveres, y puso en marcha el generador que alimentaba tanto una estufa eléctrica para la noche como la nevera y el alumbrado.

Cuando estuvo listo se sentaron todos en el interior en torno a una mesa bastante cómoda en la parte destinada a las reuniones en común, iluminada por un par de bombillas, y comenzaron a comer.

—La pasta está cocida por fuera y cruda por dentro —protestó al punto Florian.

—No es culpa mía —dijo Baldini—, es la altitud. El agua hierve a noventa grados, y por tanto reblandece la parte exterior, pero no cuece bien la interior y, si se hace hervir más, se vuelve un pegote.

—Muy bien —respondió Florian—. Entonces, evitemos hacer pasta. Tendremos alguna otra cosa, ¿no?

Baldini lo encajó sin rechistar y la conversación discurrió sin demasiado entusiasmo. Tras retirar los platos, extendieron sobre la mesa los mapas del volcán y todos se acercaron.

El primero en tomar la palabra fue Amir Dorkat, a quien competía la organización de la parte final de la expedición y, mientras hablaba, trazaba con un rotulador rojo el itinerario que debían seguir al día siguiente a lo largo de las laderas de la montaña:

—Hemos de salir muy temprano —dijo— porque el camino es largo y los días son muy cortos en esta estación. Les dije que hubiera sido mejor a finales de primavera.

Baldini se hubiera puesto de buena gana a despotricar contra las condenadas prisas del comendador que le había obligado a partir en aquel período del año, pero se limitó a suspirar:

—Sigamos.

—Hacia mediodía —prosiguió Dorkat— deberíamos estar en el primer campamento intermedio, aproximadamente en este punto, donde haremos una breve parada para el almuerzo y plantaremos una tienda estable…

—Perdone —le interrumpió Massignan—, pero ¿qué necesidad tenemos de una tienda en ese punto si el campo de trabajo está por lo menos unos seiscientos metros más arriba?

—Porque podría convertirse en un refugio en caso de que el campamento final se vea embestido por un vendaval.

—¿Un vendaval? Nadie me ha hablado de vendavales —dijo Baldini más bien molesto.

—Quizá no querían espantarle, pero yo mandé enviarle a su dirección de Italia una detallado informe sobre las condiciones metereológicas en el área del Suphan Dag en esta estación del año. Siento que...

—Déjelo correr —dijo Florian—. Sigamos.

—Muy bien. Así, pues, la carga mayor deberá ser transportada precisamente al campamento final porque estará muy cerca del punto en que comenzaremos a sondear la roca. Será indispensable subir un segundo generador de corriente con dos bidones de combustible para alimentar el martillo pilón y también este deberá ser transportado a hombros. Nuestros porteadores deben ser suficientes porque los de las metralletas están también en condiciones de transportar cargas. Obviamente todos los demás deberán transportar sus cosas personales, como sacos de dormir, esterillas, mudas de ropa y las raciones de comida. Espero que esté en buena forma porque, en cualquier caso, se tratará de unos seis, siete kilos que a esa altura pesan bastante. Me parece que es todo. ¿Alguna pregunta?

—Una —dijo Baldini—. ¿Conocen nuestros amigos kurdos la finalidad de la expedición?

—Sí y no —respondió Dorkat—. Saben que tenemos que sacar unas muestras de roca para un instituto de geología de Italia, lo que se aproxima bastante a la verdad. No creo que quieran saber más.

—Muy bien —dijo Baldini—. Esto es todo.

—Entonces, vayámonos a la cama —concluyó Florian— y tratemos de descansar.

Todos se retiraron y uno de los técnicos turcos fue a apagar el generador. El campamento se sumió de repente en la oscuridad y el silencio.

Al día siguiente la caravana se puso en movimiento antes del amanecer guiada por la claridad de la luna que navegaba en un cielo azul oscuro en el que solo había quedado visible la estrella matutina. La mole del Suphan se cernía sobre el valle desierto con su cumbre cubierta de nieve y las laderas atormentadas por antiguas, apocalípticas erupciones. Se había alzado un viento frío que soplaba del norte y levantaba una densa nube de polvo rojo que cubría las arenas volcánicas negras como la noche. Delante avanzaban los porteadores kurdos, detrás iba el grupo de los técnicos. Por último, Florian y los suyos con las mochilas y los sacos de dormir. Recorrían una especie de sendero de cabras que se hacía cada vez más escarpado y dificultoso, a veces encajonado entre las coladas de lava, otras expuesto a crestas yermas, batidas por un viento cada vez más frío y cortante.

Pero a medida que subían, Baldini, arrebujado en el anorak, se sentía cada vez más perdido en medio de aquella desolación, cada vez más pequeño en presencia de aquella naturaleza majestuosa y tremenda que a cada paso parecía volverse más hostil. Luego, por fin, el sol asomó por el horizonte e inundó de luz la inmensa meseta, incidió en las laderas del Suphan poniendo en dramático relieve cada una de las asperezas de la superficie, intensificando los colores de las rocas: el negro, el ocre, el gris plomo, y el blanco cegador de la nieve. Baldini se detuvo durante algunos instantes a contemplar aquel espectáculo soberbio y por un momento, en aquel triunfo de luz cristalina, le pareció renacer.

El sol trajo junto con la luz también un poco de calor, pero no por ello la ascensión se hizo más fácil. Aparte de los kurdos, que vivían en aquellas tierras desde hacía milenios y estaban acostumbrados a recorrer las montañas con cualquier tiempo y a cualquier altura, los otros miembros de la expedición no estaban ciertamente en condiciones de afrontar pruebas físicas demasiado severas. La subida, además, se hacía cada vez más pronunciada y pasada cierta cota también todo indicio de sendero había desaparecido por completo. Se avanzaba por un terreno virgen y cada vez más accidentado, y los guías kurdos habían comenzado a golpear el suelo con sus bastones de punta herrada.

—¿Qué hacen? —preguntó Baldini a su colega turco. Un técnico llamado Günes.

—Tantean el terreno. En esta zona abundan los conductos de lava que en gran parte están vacíos en el interior. El peligro es que cedan bajo nuestro peso y si alguien se hundiera se le desgarrarían las piernas con los bordes fracturados de los conductos, cortantes como el cristal. Moriría desangrado antes de que pudiéramos socorrerle, ¿comprende?

Baldini le miró trastornado y maldijo aún más para sus adentros a Ricossa que no se había informado lo suficiente acerca de las características de aquella expedición o, si lo había hecho, se había desinteresado totalmente de las posibles consecuencias. Aquella noche se proponía darle un telefonazo para decirle lo que pensaba de él y de las condiciones generales de su fichaje.

—Comprendo… —dijo jadeando.

—Por eso es esencial que de ahora en adelante sigan todos, en fila india, a los guías, y pongan los pies exactamente donde ellos los ponen. Advierta a sus hombres, los míos ya lo están, como puede ver.

Florian hizo correr la voz entre los suyos que la cumplieron de inmediato y la marcha prosiguió cada vez más dura y fatigosa. Los pasos eran desiguales, los desniveles imprevistos, y el fondo se hacía cada vez más irregular y accidentado. Hacia mediodía Dorkat dio el alto aprovechando una pequeña explanada al abrigo de una espesa colada de lava que resguardaba un poco del viento cada vez más frío y cortante y anunció que era tiempo de almorzar. Todos soltaron un suspiro, en especial los italianos; cada uno intentó encontrar un lugar donde sentarse: empresa nada fácil teniendo en cuenta lo abrupto y afilado del terreno. Cuando finalmente encontraron un punto de apoyo no demasiado desagradable, abrieron las mochilas y sacaron las provisiones que en aquella situación se revelaron particularmente reconstituyentes. Había pan para bocadillos, crackers, pechuga de pollo y de pavo embuchado, pepinillos en vinagre, quesos blandos para untar, quesitos y bebidas enlatadas de todo tipo, incluida la cerveza que tanto los turcos como los kurdos bebían sin problemas a pesar de su fe islámica. El único tabú era el cerdo que, en efecto, había sido excluido de la dieta, pero en compensación había mantequilla de cacahuete y tabletas de chocolate.

Massignan se había traído también *grappa* y le daba un tiento de vez en cuando a escondidas hasta que Florian le hizo notar que no resultaba procedente:

—Mire allí —dijo—, tanto los turcos como los kurdos beben *raki*, una especie de anís que tiene por lo menos cuarenta grados. Estos son musulmanes de manga ancha. Es más, si les invita a una ronda, no hará sino ganárselos como amigos.

Massignan lo hizo a regañadientes y vio disminuir su reserva personal de *grappa* de manera preocupante y en poco rato, a medida que pasaba de mano en mano entre turcos y kurdos. Cuando se la devolvieron, quedaba apenas un dedo, más o menos.

Reanudaron la marcha al cabo de poco más de media hora: los kurdos parecían desde luego, recuperados, mientras que a los italianos les costaba mantener el ritmo del paso y tenían los músculos fríos después del alto. Ahora habían superado ya el límite de las nieves eternas, pero se veían aquí y allá manchas completamente descubiertas.

—¿Ve esas manchas? —dijo Dorkat volviéndose hacia Florian, a quien tenía detrás—. Esas son zonas de actividad volcánica de cierta intensidad. El terreno está lo bastante caliente para hacer disolverse la nieve, es más, se puede decir que quema hasta el punto de que no es posible tocarlo con las manos. En otras partes, por el contrario, la superficie está completamente fría. También este fenómeno, obviamente, tiene consecuencias…

—Me lo imagino —respondió Florian con la respiración entrecortada—. En las líneas divisorias entre rocas frías y calientes debe de haber un fortísimo desnivel del coeficiente de dilatación...

—Exacto —prosiguió Dorkat— y el fenómeno, en ciertos casos, puede producir que se abran de repente grietas, también extremadamente peligrosas. Como puede ver, nuestros guías tratan de evitar estas líneas de posible fractura, pero puede haber pasos obligados. En estos casos no hay que olvidar nunca tener los ojos bien abiertos.

Florian asintió y no dejó de observar que una de aquellas líneas de fractura estaba ya abierta algo más arriba y a la izquierda de la columna en marcha y dejaba salir una cortina de vapores sulfurosos que enseguida era dispersada por el viento entre las asperezas del terreno.

Llegaron al punto previsto para el campamento intermedio hacia las dos. El tiempo era bueno, aparte del fuerte y frío viento del noroeste. La superficie nevada reflejaba un resplandor cegador de modo que todos se habían puesto gafas oscuras, aparte de los kurdos, que no parecían sentir la menor molestia. Los porteadores descargaron en el suelo los paquetes y comenzaron a preparar las armaduras para montar la tienda, pero clavar las estaquillas se convirtió enseguida en un problema casi insuperable. El fondo rocoso o resistía, y las estaquillas se doblaban, o se fragmentaba y no ofrecía ya ningún anclaje. Florian hizo poner en marcha el pequeño generador de corriente que dos de los kurdos llevaban en una especie de angarillas y utilizó el taladro eléctrico logrando finalmente un resultado bastante satisfactorio. Para completar su labor inyectó silicona en los agujeros que bloqueó las estaquillas de forma definitiva. En una hora aproximadamente el trabajo estuvo terminado y la tienda pareció bastante sólida y bien anclada para resistir incluso un viento huracanado. Se colocaron además unos tacos expansibles en las rocas próximas que permitieron tensar otras cuerdas de fijación de los laterales y de la parte superior de la tienda.

—Me parece que podemos estar satisfechos —dijo Florian observando complacido.

—Sí —respondió Dorkat—, pero no se haga demasiadas ilusiones. Aquí el tiempo puede cambiar de forma muy rápida y el viento puede alcanzar una velocidad muy peligrosa. Esperemos que no se ponga a prueba la robustez de nuestro equipo, que no haya que someterlo a una dura prueba.

No había terminado de hablar cuando se oyó un sordo rugido.

—¿Qué pasa? —preguntó Baldini que estaba enrollando a escasa distancia el cable del generador de corriente.

—Un trueno —respondió Massignan para tranquilizarse.

—No es un trueno —respondió Dorkat—. Es la montaña. Pero no debe espantarse. Como he dicho, el volcán está en una fase de baja actividad, y estos fenómenos entran dentro de lo normal.

—¿Y ahora qué hacemos? —preguntó Baldini.

—Los kurdos regresarán al campamento base —respondió Florian— y volverán mañana con los bidones de carburante para el generador, y el resto del equipamiento. Nosotros dormiremos aquí y les esperaremos; luego mañana, todos juntos, subiremos a la cima y plantaremos el campamento permanente: si todo va bien, pasado mañana comenzaremos a trabajar y espero que en una semana a más tardar hayamos recogido nuestras muestras y podamos volver a Ankara y luego a Italia. Está prevista para todos nuestros empleados la concesión de dos semanas extra de vacaciones remuneradas.

Los kurdos partieron hacia las tres, pero como había todavía luz, Dorkat y Massignan pensaron que valía la pena alcanzar la cima para echar un vistazo al cráter.

—Yo también voy —dijo Florian.

Baldini, por el contrario, meneó la cabeza:

—Estáis locos, ni pensarlo. Yo me meto en la tienda y me echo una siesta; me caigo de sueño. Despertadme cuando estéis de vuelta.

—No lo dudes —respondió Florian—, estaremos de vuelta antes de que anochezca.

—Como queráis —dijo el técnico metiéndose en la tienda—. Pero estad atentos: en la montaña las distancias engañan.

Arnaldo Baldini abrió los ojos sin darse cuenta al principio de qué hora era y dónde se encontraba. La altitud y la pureza del aire al que no estaba acostumbrado desde hacía ya muchísimos años le producían una desagradable sensación de vértigo, y el silbido del viento, de improviso fuerte, le hería los oídos. Estaba ya oscuro y se dio cuenta de que no había un alma dentro de la tienda aparte de él, no había nadie más en las inmediaciones. Encendió la luz de gas y consultó el reloj: eran las siete y media: ¡había dormido casi cuatro horas! ¿Cómo no se le había ocurrido poner el despertador? Sacó la nariz fuera de la tienda y vio solo la débil, difusa claridad de la nieve que reflejaba la palidez de la luna filtrada por unas nubes altas y delgadas. La cima del Suphan se alzaba por encima de él como la cabeza canosa de un gigante ceñudo. Babas de humo se arrastraban aquí y allá en las anfractuosidades entre los dorsos escabrosos de las coladas de lava que surgían del manto de nieve cual lomos de dragones.

Trató de rastrear las laderas de la montaña con la linterna, pero no vio nada. Sintió que le dominaba una ansiedad repentina: el espanto le hizo un nudo en el estómago produciéndole una sensación de insoportable opresión. Consiguió gritar:

—¡Florian! ¡Ingeniero Florian! Señor Dorkat, ¿dónde estáis? ¡Responded!

Solo le respondió el eco distorsionado del viento: ¿era posible que hombres de su experiencia se hubieran perdido en aquella maldita montaña? Pensó incluso que se trataba de una broma, se imaginó a todos escondidos en los alrededores, camuflados entre las rocas, y que de un momento a otro saltarían fuera gritando como posesos para darle un susto. Pero descartó enseguida la idea, evidentemente absurda.

La verdad era que se encontraba en aquella montaña en medio de la oscuridad y el frío, solo como la una, que si había sucedido algo no sabría a qué santo encomendarse, que si gritaba nadie le oiría. Los kurdos no volverían antes de doce o trece horas, admitiendo que volviesen. ¿Y si había estallado una tormenta? ¿Y si se había producido una erupción? ¿Y si algún animal, algún depredador famélico había salido a merodear por aquellos parajes? Maldijo y lamentó la tontería que había cometido aceptando aquel trabajo. ¡Era de prever que acabara mal! ¡La piedra del rey Midas, qué idiotez! Le parecía estar como Calandrino buscando el heliotropo en el Mugnone,* pero la comparación, lejos de hacerle sonreír, acrecentaba y empeoraba aún más su sensación de angustia.

El viento se intensificó y comenzó a caer una nevisca. Eran minúsculos cristales de hielo que rebotaban sobre el terreno como bolitas de cristal. Luego empezó a caer nieve: un espectáculo fascinante y tremendo al mismo tiempo, pero que aumentó acto seguido su ansia ya casi insoportable.

Pero ¿dónde diablos podían haber acabado aquellos tres? ¿Y si estuvieran en peligro? ¿Habían caído quizá dentro de una grieta y pedían ayuda desde alguna parte de allí arriba hacia la sima sin que nadie pudiera oírles? Pensó que a fin de cuentas era su obligación ir a buscarles. Pensó en lo que había oído decir hacía tan solo unas pocas horas sobre las cavidades de los caminos de lava capaces de transformarse a cada instante en trampas mortales, en tajaderas mortíferas, y aquel pensamiento le heló la sangre. Pero no se dejó dominar por el desaliento: tantearía el terreno con el mango de la piqueta y avanzaría siguiendo las huellas bien visibles en la nieve bajo la luz de la linterna de gas. Claro, las huellas le guiarían y podía estar seguro de que allí donde la corteza había aguantado el peso de tres personas aguantaría también el suyo, qué diablos. Pero justo cuando se disponía a ponerse en camino oyó un so-

* Boccaccio, *Decamerón* (Jornada octava, novela tercera). El heliotropo es en este contexto una variedad de ágata. *(N. del T.)*

nido lejano, una especie de quejido agudo y desgarrador que se apagó enseguida, que le paralizó de terror. ¿Qué pasaba?

Gritó:

—¡Eh! ¡Eh! ¿Hay alguien ahí? ¿Hay alguien?

No recibió más respuesta que el silbido intermitente del viento.

Dejó escapar un largo suspiro y luego echó mano de todos sus recursos. Pensó que a fin de cuentas había trepado un par de veces a la Crosa Rossa y al Pelmo durante las vacaciones y que en el fondo aquella era una montaña solo un poco más alta. Buscó una botellita de *grappa* entre los víveres de consuelo, la metió en la mochila y se puso en camino con una linterna de gas después de haber dejado otra colgada en el palo central de la tienda para que hiciera de faro en la noche cuando regresase. Si es que regresaba.

Finalmente se puso en camino cuando faltaba un cuarto de hora para las ocho y comenzó a subir a buen paso. Comprendía que no tenía mucho tiempo: la nieve que caía bastante copiosa borraría las huellas dejadas por sus compañeros.

Avanzó jadeando cada vez más a medida que aumentaba la pendiente y la altitud volvía el aire cada vez más enrarecido y frío. Cada paso le costaba un esfuerzo considerable y esto le hacía comprender que había superado ya desde hacía rato los cuatro mil metros.

De vez en cuando se detenía para gritar:

—¡Señor Dorkat! ¡Ingeniero! ¿Dónde están?

Varias veces temió perderse en el remolinear de la nieve y varias veces volvió la mirada hacia abajo para no perder de vista la débil claridad de la linterna, apenas perceptible en la lejanía. ¿Lograría encontrarla cuando quedara escondida tras el perfil de la montaña?

Llegó a un saliente rocoso, resto de un antiguo chorro de lava petrificado, y trepó a él con enorme esfuerzo ayudándose con la piqueta para poder ver mejor en la lejanía y sobre todo para lograr que alguien viera brillar su linterna desde aquel punto dominante casi a modo de un faro en la oscuridad de la noche. Ahora la nieve era más escasa y la capa más fina y comenzaba a filtrarse la luz lunar por los espesos nubarrones. Volvió a bajar por el otro lado y afrontó de nuevo la subida en dirección a la cumbre que no debía de estar ya a mucha distancia.

Se detuvo en un punto en el que las rocas formaban una especie de embocadura en quebrada y gritó de nuevo con todas sus fuerzas:

—¡Florian! ¡Ingeniero! ¡Señor Dorkaaat!

De pronto se encontró de frente a Florian: pálido como un muerto, unas ojeras profundas y rehundidas, parecía un espectro.

—Ingeniero... —balbuceó Baldini—, pero ¿qué ha pasado?

Dorkat apareció al poco desembocando de una muralla de niebla.

—¿Dónde está Massignan? —preguntó después de haber mirado a su alrededor repetidamente.

—Ha desaparecido —respondió Florian como si dijera la cosa más natural del mundo.

—¿Qué ha dicho?

—Que ha desaparecido —confirmó Dorkat—. De improviso. Caminaba detrás de nosotros a unos cincuenta metros de distancia aproximadamente cuando hemos oído una especie de aullido agudo y prolongado, algo que yo no había oído nunca en mi vida. Un sonido espantoso y sobrecogedor. Cuando nos hemos vuelto, Massignan había desaparecido sin dejar el menor rastro.

Baldini miró a la cara primero a Dorkat y acto seguido al ingeniero Florian como si mirase a dos fantasmas, luego murmuró:

—¡Oh, Dios mío!

Amir Dorkat fue el primero en romper el silencio:

—Hemos de regresar al campamento —dijo—. Dentro de poco el frío aquí arriba se hará insoportable.

—¿Y Massignan? —replicó Baldini—. ¿Le abandonamos así como así? ¿Y si estuviera vivo? ¿Y si yaciera herido en alguna parte y no pudiera hacerse oír?

—Andar a estas horas por ahí en la oscuridad es exponerse al riesgo de sufrir nuevas bajas —dijo Dorkat—. Y hacer fracasar completamente nuestra misión.

—¡Me importa un pimiento la misión! —espetó Baldini—. El que la ha organizado ha sido un loco inconsciente, un hijo de puta que no se ha preocupado más que de su propio interés poniendo en riesgo vidas ajenas.

—Cálmese, Baldini —dijo Florian—, haciendo esto no resolveremos nada y en la situación en que nos encontramos será mejor ser prácticos. Massignan debe de haber caído dentro de alguna grieta, no hay otra explicación, y nosotros no llevamos nada, ni cuerdas, ni mosquetones, solo la piqueta. De estar todavía vivo se haría oír, ¿no cree? Es triste, pero debemos resignarnos. Arriesgar nuestra vida no salvaría la suya. Volvamos atrás, la tienda es nuestro único refugio para la noche. Mañana, con la luz y con los equipos, examinaremos la situación y veremos qué hacer.

El viento había cambiado de dirección y soplaba ahora del noroeste, tan frío que cortaba la cara. Baldini sintió que el frío intenso le calaba hasta los huesos y casi le llegaba al mismo corazón y tomó conciencia de que su débil altruismo era ya prácticamente nulo. Sus superiores tenían razón: lo único que cabía hacer era regresar al campamento, y rápido.

Amir Dorkat fue el primero en avanzar seguido por Florian. Baldini les siguió en último lugar. El rastro que habían dejado al subir era todavía lo bastante visible, pero comenzaba de nuevo a nevar con grandes copos, y pronto aquel rastro quedaría borrado. Caminaron bastante rápido procurando no resbalar y consiguieron recorrer la distancia que les separaba de la tienda en poco menos de una hora.

Florian encendió el hornillo de gas, echó en una sartén unos huevos liofilizados, añadió agua y obtuvo una papilla amarillenta que consiguió de algún modo transformar en una tortilla. Luego puso a tostar unas rebanadas de pan de molde y repartió los sándwiches calientes mientras Dorkat llenaba unos vasos de plástico de cerveza Efes muy fría. Comieron, pero nadie abrió el pico: Venanzio Massignan era el convidado de piedra que imponía el silencio a todos, un silencio pesado y denso que dilataba de forma inverosímil las continuas sacudidas de la tienda embestida por el viento.

—Pero, según vosotros, ¿qué puede haber pasado? —preguntó de golpe Baldini no pudiendo soportar más aquel ruido de velas en medio de la tempestad.

—Ya se lo he dicho —respondió Florian—. Yo creo que se ha caído dentro de alguna grieta.

—Pero usted, Dorkat, que debería tener experiencia en estos lugares, ¿por qué se ha aventurado allá arriba sin ser consciente del peligro?

—Déjelo correr, Baldini —le interrumpió Florian—, las desgracias suceden cuando suceden. Hay gente que se mata el sábado yendo a la discoteca. Estamos en la alta montaña después de todo. No estamos seguros ni siquiera aquí, donde ahora estamos, ¿qué se cree? Y ahora tratemos de descansar. Mañana llegarán los kurdos y volveremos para ver qué ha pasado exactamente.

—Pero ¿qué dice? ¿No avisamos siquiera a la familia?

—Ya he pensado en ello —respondió Florian—, pero el móvil no tiene cobertura. Esperemos a que traigan la radio con el generador de corriente y llamaré a Ankara para que se avise a la familia.

—¿Y luego?

—Luego se reanudará todo como estaba previsto: hemos asumido unos compromisos, firmado un contrato, ¿lo ha olvidado?

—¡Al infierno! —replicó Baldini, y fue a acurrucarse dentro de su saco de dormir.

Dorkat apagó la luz y los tres se dispusieron a pasar la noche con aquel nudo en el estómago, con el silbido del viento y las sacudidas de la tienda que les mantendría en aquel extraño estado entre la vigilia y el sueño, en una pesada modorra de semiinconsciencia.

Hacia las tres de la madrugada Baldini salió de la tienda para orinar y vio que lejos, hacia abajo, en dirección al Ararat, había fulgores de rayos y una tempestad que se cargaba por aquel lado. Pensó que los kurdos podían también decidir no subir o quizá incluso irse con el equipo y los coches, ¿por qué no? Y sintió que se ahogaba en una repentina angustia. Luego oyó roncar tranquilamente a Dorkat y pensó que él debía de saber bien que no había motivo para preocuparse demasiado.

El amanecer anunció un día cárdeno, iluminando un cielo plúmbeo, pero el viento parecía haber amainado y Dorkat comenzó a prepararse un café turco en el hornillo de gas. Florian se acercó hasta el borde del barranco en el que habían plantado la tienda, miró hacia abajo y descubrió a los guías kurdos que estaban subiendo lentamente con el utillaje de excavación, el generador de corriente y otras provisiones. El peligro, por el momento, parecía conjurado. Luego su mirada cayó sobre la antena de radio que despuntaba de los hombros de uno de los porteadores y se acordó de la triste tarea que le esperaba. Apenas la radio fue depositada en el suelo, se sintonizó la frecuencia convenida y él llamó a Ricossa a Ankara.

—¿Es usted, Florian? ¿Cómo andan las cosas? —resonó contenta la voz de Ricossa.

—Mal, por desgracia. Hemos perdido a un hombre: Venanzio Massignan ha muerto.

—¿Muerto? Pero ¿qué dice?

—Por desgracia es la verdad. Ayer por la tarde hicimos un reconocimiento en la cumbre del Suphan y debe de haberse caído dentro de una grieta: oímos un aullido y luego ya nada. Desaparecido, disuelto. Querría que avisara a la familia, si no le importa.

—¡Oh, Dios bendito! —exclamó Ricossa—. Lo que nos faltaba. Pero ¿qué han hecho?, ¡demonios! ¿Y el seguro? Me pregunto si el seguro es lo suficientemente bueno para cubrir semejante percance. La familia podría pedir una cifra enorme de indemnización, ¿sabe? Oiga, Florian, tenemos que ponernos de acuerdo..., deberá usted declarar que Massignan se puso en peligro en contra del parecer de todos ustedes y sus recomendaciones, confiando en su experiencia de alpinista.

—Pero ¿qué dice, Ricossa? —replicó Florian fuera de sí—. ¿Ese pobre se muere y está usted especulando con el seguro? ¡Váyase al diablo, usted y su seguro! ¿Me ha entendido? ¡Váyase al diablo!

—Cálmese, Florian —dijo Ricossa en un tono de voz bastante más conciliador—. No se hace usted idea de cómo me las veré con este contratiempo imprevisto. Y alguien tiene que ocuparse de estos asuntos. Escúcheme: ¿es seguro que está muerto? ¿Alguien de ustedes lo ha visto? Me refiero al cadáver.

—Bueno, al cadáver no..., pero oímos un grito, nos volvimos y ya no estaba. Miramos alrededor y no vimos nada. Y sin embargo estábamos a cincuenta metros. Por desgracia estaba ya oscuro, se había alzado una niebla muy espesa mezclada con los vapores y las fumarolas del volcán. Era muy peligroso seguir en aquellas condiciones. Por lo que descendimos al campamento intermedio, esperamos a que los kurdos trajeran la radio y me he puesto en contacto con usted. Eso es todo.

—Si no he comprendido mal —dijo Ricossa en un tono de voz aún más tranquilo —existe una posibilidad, por más remota que sea, de que Massignan esté aún vivo. ¿Cómo está el tiempo allí arriba?

—Pasable.

—Entonces, óigame: tomen a los guías y vuelvan a la cima a buscar a Massignan. La zona en que ha desaparecido es muy limitada si no he entendido mal, por tanto no debería ser demasiado difícil peinar unos cientos de metros cuadrados de superficie e identificar el punto en el que desapareció. Si consiguen aunque solo sea ver el cuerpo avíseme enseguida, pero no afronte otros peligros para recuperarlo. No se trata de arriesgar otras vidas para recuperar a un muerto. Por el momento yo no diré nada a nadie, ni siquiera al comendador; ya está de bastante mala leche por esa maldita filial americana que pierde dinero por un tubo. ¿Ha comprendido bien lo que le he dicho?

—He comprendido perfectamente —respondió Florian—. Corto y cierro.

Hicieron falta casi tres horas para acomodar a los kurdos y su utillaje, de lo que se ocupó personalmente Florian mientras Amir Dorkat miraba preocupado cómo se adensaban las nubes en el horizonte.

—Esta es la única zona de Oriente Próximo en la que las perturbaciones llegan del este más que del oeste —rezongó.

—¿Qué diferencia hay? —preguntó Florian—. El mal tiempo es mal tiempo.

—La hay y grande —apostilló Dorkat—. El mal tiempo aquí es peor porque viene de la estepa y del polo, mientras que el mal tiempo de poniente viene del océano. En cualquier caso, es inútil hablar del tiempo. Vayamos hacia arriba y hagamos lo que hay que hacer.

—Tomémonos otra taza de café —dijo Baldini que llegaba en aquel momento con la cafetera en una mano y la botella de *grappa* en la otra—. Allá arriba hace fresco.

Dorkat se sentó sobre el saco de dormir y cogió los vasos de té que servían igualmente para el caso y mientras tanto puso la radio para escuchar el boletín de noticias de la mañana. Cogió una emisora siria en francés que hablaba de desplazamientos de tropas turcas a lo largo de la frontera sirio-iraní.

Dorkat cambió de emisora, pero Florian le dijo:

—No, deje, me interesa.

—... Pero si son noticias locales —objetó Dorkat.

—En absoluto —dijo Florian alzando la mano como para pedir silencio—. Está diciendo que hay medio ejército en marcha... —Aguzó el oído—. Cuarenta mil hombres destinados a una gigantesca operación de peinado contra el PKK.

Dorkat meneó la cabeza como diciendo «Tonterías».

—Pero ¿qué sentido tiene? —observó Baldini—. Han apresado ya a Apo, la mayor parte de los jefes están en la cárcel, los supervivientes emigran a oleadas hacia Europa.

—La solución final —comentó lacónico Florian—. ¿Qué si no?

—No diga tonterías, Florian —rebatió Dorkat—. Son palabras mayores y…

—¿Qué es, una amenaza?

—Pero qué amenaza, solo digo que es imprudente hacer juicios de este calibre sin conocimiento de causa y…

Florian alzó de nuevo la mano para indicar que quería escuchar lo que decía la radio. El boletín de noticias proseguía: «El gobierno turco, lacayo de la OTAN y de los norteamericanos, está preparando la mayor operación de represión de los últimos veinte años. Las tropas en orden de combate están subiendo hacia las pendientes orientales del Suphan Dag para esperar la oleada de prófugos empujados por un regimiento de Jandarma que está llevando a cabo masivos peinados al oeste de Dyarbakir. Masas de prófugos están en movimiento con animales, carros, mujeres y niños. Su intención podría ser llegar a un puerto del sur, Adana, probablemente, pero los hombres de Jandarma les han cortado el paso y están canalizando el flujo de prófugos hacia el Suphan, donde les aguarda una trágica cita con la muerte. Toda el área circundante ha sido evacuada: será una matanza sin testigos».

—¡Infames mentiras! —exclamó Dorkat dando un empellón a la radio con un gesto repentino de la mano—. Y ahora movámonos, por favor. Tenemos cosas más importantes que hacer que escuchar estos absurdos.

Los dos asintieron y, poniéndose los pesados anoraks de goretex, salieron al aire libre uniéndose al desfile de los kurdos que subían ya a la cima de la montaña. Algunos de ellos llevaban una especie de angarillas sobre las que habían puesto útiles y provisiones para el campamento que había que plantar en la cota.

Baldini se acercó a Florian:

—¿No le parece extraño todo este asunto?

—Si se refiere a esta descabellada expedición, estoy completamente de acuerdo.

—No, me refiero a lo que decía la radio. Si lo que dice es cierto, o sea, que se prepara una matanza de proporciones bíblicas, ¿cómo es que a nosotros se nos ha permitido venir aquí arriba, es decir, en medio de la zona crítica? Y si en cambio no es cierta, ¿a qué se refería esa emisora?

—Si quiere que le diga lo que pienso —respondió Florian—, la cosa me parece un tanto improbable aunque no la excluiría del todo. Dorkat es a buen seguro un agente de los servicios secretos que nos han puesto para que nos siga a sol y a sombra a fin de no perdernos de vista. Pero si realmente se llevara a cabo una operación semejante, qué cuernos iban a dejarnos subir hasta aquí arriba a riesgo de que pudiéramos ver algo que no debemos ver.

—¿Y la muerte de Massignan? ¿A qué podría responder? ¿No podría ocurrir, en cambio, que nos maten uno a uno? —insistió Baldini.

—No diga tonterías. Era más sencillo denegarnos el permiso y punto, ¿no le parece? Ha sido un desgraciado accidente, una maldita mala pata. En cuanto a la radio, es probable que los sirios estén dando excesiva importancia a una operación de la policía en curso contra algún núcleo de resistencia de la guerrilla del PKK o a simples maniobras militares en la frontera para sacar provecho de ellas con fines propagandísticos. Entre Siria y Turquía hay un viejo resentimiento, pero quédese tranquilo: no ocurrirá nada extraño.

—Esperemos —comentó secamente Baldini mientras su superior se retrasaba para controlar que no se perdiera nadie durante la ardua subida hacia la cima de la montaña.

Llegaron a la cúspide a eso de la una y se detuvieron durante algunos instantes a contemplar el fantástico espectáculo del lago volcánico que se abría como un ojo azul en el interior del cráter, luego comenzaron a buscar un lugar donde plantar el campamento. Lo encontraron al cabo de un rato en una zona al resguardo de la pared del cráter lo bastante llana y prepararon en ella un asiento regular y uniforme con nieve pisoteada. Comieron hacia las dos y media y, mientras los kurdos proseguían con su trabajo de acomodación del utillaje y del generador de corriente, Florian, Dorkat y Baldini con un guía kurdo se pusieron de nuevo en marcha para buscar el punto en el que había desaparecido Massignan. Llegaron avanzada la tarde y comenzaron a batir el terreno palmo a palmo sin resultado alguno. Baldini trató en cierto momento de alejarse hacia el borde oriental del cráter para ver si Dorkat intentaba retenerle, pero no sucedió nada y nadie pareció hacer caso.

De pronto oyó la voz de Florian que llamaba:

—¡Venid aquí! ¡Hacia aquí! ¡Le he encontrado!

Baldini acudió incluso demasiado rápido para aquel terreno tan peligroso, hasta que se encontró cerca de sus compañeros que inmóviles miraban fijamente algo que tenían enfrente. Avanzó de nuevo unos pocos pasos y vio el cuerpo de Venanzio Massignan apoyado contra una pared como una dramática estatua de hielo. Algo le había embestido causándole la muerte probablemente por el golpe y estampándole contra una roca; luego, durante la noche las exhalaciones de vapor se le habían helado encima revistiéndole de una capa cristalina de reflejos azulinos. Dorkat se acercó, examinó aquel grotesco bajorrelieve de hielo con meticulosa atención, y seguidamente se dirigió a sus compañeros:

—No tiene nada de extraño —sentenció—. Ha sido un géiser. A veces estallan de improviso. Le mató seguramente un golpe. No creo que haya sufrido mucho.

—Oh, Dios mío —murmuró Baldini.

Los tres se miraron a la cara sin decir nada más. Fue Dorkat quien rompió el silencio:

—¿Qué podemos hacer?

—Quizá deberíamos llevarle abajo —respondió Florian.

—A mí no me parece una buena idea —replicó Dorkat—. Es peligroso, y no tiene sentido afrontar peligros para recuperar un cadáver. Es la regla de la montaña: no se arriesga la vida de los vivos para recuperar a un muerto.

—¿Qué va a saber usted de reglas de la montaña? —espetó Baldini.

—Entonces, haga lo que quiera —respondió Dorkat—. Si quiere romperse la crisma por llevar abajo ese pedazo de hielo, ya puede empezar. Yo tengo otras cosas en qué pensar. Voy a ir al campamento a buscar el generador. Si el tiempo empeorara de verdad, necesitaríamos calor y luz. Nos veremos más tarde.

—Quizá no ande del todo equivocado —tuvo que admitir Baldini después de que Dorkat se hubiera alejado—. Y además Ricossa...

—¡Al diablo con Ricossa! —exclamó Florian—. ¡Al diablo con todo!

Baldini no dijo nada más y los dos se quedaron durante un rato observando al pobre Massignan aprisionado en su costra de hielo. En un momento dado Florian dio una palmada en la espalda de su compañero:

—Vamos. Hay que ponerse a trabajar. Cuanto antes terminemos, mejor.

—No pido nada más —respondió Baldini—. Esta expedición se está volviendo una pesadilla. Entonces, ¿qué debo hacer?

—Coja a cuatro kurdos y al guía, cargue todas las cajas de la pólvora de mina y llévelas hacia ese pequeño cráter secundario, allí abajo al fondo, del otro lado del lago, ¿lo ve?

—Lo veo —respondió Baldini—. Pero harán falta dos o tres horas para llegar hasta allí abajo.

—Lo que haga falta —respondió Florian—. La pólvora de mina debe ser metida toda dentro del cráter. Es allí donde está la veta de piedra del rey Midas, como hemos decidido llamarla. Provoquemos una explosión y saquemos a la luz el yacimiento, ya sea pequeño o grande. Morselli se sentirá feliz, nos liquidará nuestra remuneración y volveremos a casa. Vamos, ahora. Yo voy a llamar a Ricossa, y luego me reuniré con ustedes.

Se acercaron al campamento ya del todo instalado y, mientras Baldini preparaba su transporte, Florian enchufó la radio y comenzó a llamar. Ricossa respondió al poco:

—Diga, Florian.

—Le hemos encontrado —respondió Florian—. Está muerto. Fue el surtidor imprevisto de un géiser. Parece que es un fenómeno nada infrecuente en esta zona.

—Pobre diablo..., lo siento.

—¿Se encargará usted de avisar a la familia?

—Sí, de acuerdo, ya me encargo yo. Es lo que procede.

—Y no piense en esas gilipolleces sobre el seguro. Haga cuanto pueda para que su familia reciba todas las indemnizaciones posibles.

—Quédese tranquilo, Florian. Y tengan cuidado: solo nos faltaría que se produjeran más desgracias.

—Actuaremos lo mejor posible, Ricossa. Y avise enseguida al comendador Morselli, es preferible.

—Ya, lo es. Y no afronten riesgos inútiles para traer el cadáver. Massignan era un escalador. Estará bien allá arriba.

—Sí, quizá tiene razón. Corto y cierro.

Florian dejó la radio encendida, luego cogió la mochila con su equipo personal y se encaminó por la orilla del lago siguiendo el rastro de Baldini y de los kurdos que le acompañaban con el explosivo.

Avanzó a buen paso y al cabo de una hora llegó el grupito que le precedía a paso más lento debido a la carga. Hicieron un alto hacia mediodía para comer algo y luego reanudaron la marcha hasta el destino que se habían fijado de antemano: un pequeño cráter secundario que se alzaba en el borde oriental de la caldera volcánica. Una vez llegados allí, Florian ordenó colocar el explosivo y Baldini se puso manos a la obra ayudado por los porteadores kurdos. Vio con el rabillo del ojo a Florian confabulando en voz baja con el guía, cosa que le pareció un tanto extraña porque no le constaba que Florian hablase kurdo de manera fluida, ni que el guía kurdo hablara inglés con la misma facilidad.

Florian ordenó descargar el explosivo y Baldini comenzó a colocarlo dentro del cráter: eran unos botes de dinamita y de pólvora de mina que se insertaban en una serie de agujeros practicados en la pared de lava solidificada. De pronto, de la niebla que cubría el lago llegó un gargarismo acompasado.

—¿Qué pasa? —preguntó Florian alarmado de repente.

Baldini se detuvo y subió hacia el borde del cráter para ver mejor:

—Se diría…

—Una balsa neumática —añadió Florian mientras aparecía un bote empujado a remo del que en pocos instantes saltó a tierra Amir Dorkat. El turco ganó el borde del cráter y a Baldini no se le escapó la reacción nerviosa de Florian.

—Pero ¿qué es tanto explosivo? —dijo alarmado Dorkat—. Florian, ¿ha perdido la cabeza? Hay aquí material para hacer saltar por los aires media cima de la montaña. Se da cuenta de lo que…

No le dio tiempo de acabar la frase. Florian se sacó una pistola del anorak, hizo girar el tambor montando el arma y apuntó a Dorkat.

—Pero ¿qué diablos…? —comenzó diciendo Baldini estupefacto.

—Quédese tranquilo y no se meta, Baldini —le intimó Florian mientras seguía apuntando a Dorkat.

El turco lo miró fijamente; su mirada decía lo que todos habían pensado desde un principio: que era un agente de los servicios secretos.

—No haga una estupidez, Florian. Deme esa arma y simularé no haber visto nada.

—Pero ¿os habéis vuelto todos locos? —gritó Baldini—. Ya tengo bastante, me largo. No me quedo ni un momento más en este maldito lugar.

—No creo que pueda hacer usted nada de eso —replicó gélido Florian, encañonándole con la pistola—. Es más, siga colocando el explosivo, haga lo que le digo y no pasará nada.

Baldini meneó la cabeza como si no creyera en lo que veían sus ojos y oían sus oídos. Aquella repentina metamorfosis del tranquilo y ponderado ingeniero no era comprensible, ni tenía sentido la gélida luz de su mirada, la luz de un imprevisto e impensable fanatismo que helaba la sangre en las venas.

El frente tempestuoso seguía aproximándose desde levante precedido por rachas de viento helado y por un convulso palpitar de relámpagos entre nimbos.

—Florian —dijo de nuevo Dorkat—, la muerte de su colega no fue culpa de nadie..., no debe pensar que...

Una carcajada más fuerte que el silbido del viento interrumpió aquellas palabras:

—Pero ¿qué dice, Dorkat? Usted no ha comprendido nada. No tengo intención de suicidarme...

—Pero ¿entonces?

—No me llamo Florian. Mi verdadero nombre es Falurjan, soy armenio. ¿Le dice algo esto?

—¿Armenio...?

—Exactamente. Descendiente de una de las innumerables víctimas de vuestras matanzas, de vuestras atrocidades, como lo son estos kurdos que me han ayudado a traer hasta aquí todo este explosivo.

—Pero, entonces, la expedición..., la piedra del rey Midas...

—Un invento. También la piedra. La fabriqué yo mismo en el laboratorio. No ha existido nunca nada por el estilo. Solo ha sido la excusa para mover tanto explosivo..., tanto da...

Dorkat meneó la cabeza incrédulo:

—No es cierto..., no puede ser cierto..., está usted loco. Florian, o como diablos se llame, si piensa hacer una cosa semejante es que está loco de atar. No se salvará nadie. La explosión provocará una reacción sísmica catastrófica y...

—La explosión —le interrumpió Florian— abrirá una fractura en la caldera; el lago se desbordará hacia abajo por la ladera del volcán llevándose de golpe nada menos que a cuatro mil soldados turcos. También sus familias deberán llorar, como lloran las nuestras, desde siempre.

Baldini trató de hacerle razonar:

—Oiga, Florian, ¿y yo qué tengo que ver? No soy siquiera turco... Y además Dorkat tiene razón: la explosión provocará una reacción tal que podría incluso despertar al volcán, desencadenar una erupción apocalíptica: moriría también usted, ¿qué se cree?

—Será una buena muerte —replicó impertérrito Florian— si puedo llevarme conmigo al infierno a cuatro mil turcos.

—Piense, se lo ruego —insistió Baldini—, si despierta al volcán sufrirán otros muchos inocentes.

—No hay ya armenios en esta tierra...

—¿Y le parece esta una buena razón? ¿Lo saben estos kurdos que le están ayudando? ¿Saben que el desastre podría afectar a sus aldeas, a sus familias?

—Es un riesgo que he de correr. No pasará nada: el magma es bastante profundo dentro del cráter. No existe un verdadero peligro. Lo único que sucederá es que saltará por los aires el borde oriental de la caldera y el lago se desbordará pendiente abajo ahogándoles como si fueran ratones. Y nosotros disfrutaremos con el espectáculo. Puedo hacer estallar las cargas con un mando a distancia. Y ahora continúe, si no quiere acabar mal.

Baldini obedeció y se puso de nuevo a colocar el explosivo siguendo la indicación de Florian, diseminando las varias cargas a lo largo de una línea que arrancaba del pequeño cráter secundario hasta alcanzar el borde exterior de la caldera.

Ahora todo el explosivo estaba colocado, diseminado de modo que creara una grieta desde la orilla del lago hasta el borde exterior de la caldera. No quedaba más que hacerlo explotar. Los kurdos observaban aparentemente impasibles. Era evidente que formaban parte del complot y que debían de tener sus buenas razones para colaborar sin discutir.

—Ahora voy a conectarlo —declaró Florian—, aléjense todos.

Dorkat y Baldini retrocedieron mientras Florian se acercaba al explosivo llevando en la mano un cajita de plástico rojo del que salían dos contactos eléctricos y una pequeña antena. En el bolsillo debía de tener el mando a distancia que lanzaría la señal para el contacto eléctrico. Aplicó los contactos de encendido al explosivo y luego comenzó a alejarse hasta llegar al borde del cráter. Gritó:

—No se muevan de aquí hasta que yo se lo diga. Si hacen un movimiento en falso, haré estallar el explosivo. ¿Está claro?

Dorkat se volvió hacia Baldini:

—Hemos de pararle los pies —dijo—, al precio que sea.

—Pero ¿cómo? —respondió Baldini.

—Tengo una pistola —respondió Dorkat.

—Me lo imaginaba... Pero ¿y si falla?

—No fallaré. Y de todas formas no hay nada que perder. Dispararé cuando él coja los prismáticos para ver dónde se encuentran las tropas turcas. Cuando saque la pistola, arrójese al suelo y póngase a cubierto.

Baldini tenía la frente cubierta de sudor frío: alzó la cabeza y vio que el cielo encima de ellos estaba ya completamente cubierto de nubes negras. Una ligera niebla se arrastraba en cambio por el suelo, una mezcla de niebla y vapores sulfurosos que velaba los contornos y atenuaba los sonidos. Un rugido de trueno anunció que el temporal estaba próximo.

—Si esta niebla alcanza el borde del cráter, Florian no podrá ver nada abajo. Todo será cubierto por la niebla.

—Razón de más para actuar cuanto antes —repuso Dorkat—. Es tan fanático que hará explotar las cargas igualmente.

Florian estaba ahora trepando hacia el borde superior del cráter. Cuando estuvo en la cima se volvió hacia atrás y gritó:

—Ahora vengan a este lado, manténganse a su derecha.

Los dos se pusieron en marcha en la dirección indicada.

—¿Y los kurdos? —preguntó Baldini—. Si usted dispara, nos liquidarán a los dos.

—No tengo alternativa...

—Pero ¿yo qué tengo que ver...?

—Lo siento, Baldini, no puedo permitir que ese hombre destroce la cima del volcán y haga morir quién sabe a cuántos miles de personas.

Baldini sintió que se le helaba la sangre. Se dio cuenta de que no tenían escapatoria: Dorkat dispararía de ahí a poco y aquellos kurdos les segarían la vida a los dos acto seguido. Comprendió que no tenía un instante que perder y, mientras Dorkat se echaba mano al bolsillo interior de la chaqueta, él se le abalanzó encima y le arrojó al suelo.

—¡Baldini! Pero qué demonios... —le dio apenas tiempo de decir a Dorkat mientras rodaba por tierra.

—Maldita sea, no oponga resistencia —le gruñó Baldini al oído—. Sé lo que hago.

Pero, no pudiendo prever la reacción de Dorkat, le aferró la muñeca y lo estampó contra una roca afilada haciéndole soltar la culata de la pistola. Luego, con un golpe de riñones, rodó hacia un lado y cogió el arma apuntándola hacia él. Un relámpago iluminó como si fuera de día la cima y se reflejó sobre la superficie del lago como en un espejo proyectando sobre todo el cráter un resplandor espectral. Un estruendoso trueno estalló inmediatamente después y, cuando el estruendo se atenuó perdiéndose en la lejanía, solo se oyó un ligero silbido procedente del subsuelo.

—Maldita sea, Baldini, si salgo de esta se la haré pagar —dijo Dorkat.

—Pórtese bien y mantenga las manos en alto. Si le hubiera dejado actuar lo único que hubiéramos conseguido es que nos matasen. Es imposible acertarle desde esta distancia.

Los kurdos, que habían sacado las armas, las bajaron al ver aquello y se limitaron a escoltar a los dos hacia donde estaba Florian que esperaba de pie en el borde del cráter con los prismáticos en la mano.

El silbido se dejó oír de nuevo, más fuerte, y Baldini bisbiseó:

—¿Lo oye? Esta es nuestra única posibilidad de salvación. No su pistola. —Luego, vuelto hacia Florian, gritó—: Dorkat quería dispararle, y así nos hubiéramos buscado la muerte los dos. Oiga, Florian, se lo entrego, ¡y déjeme ir, por favor! Le he salvado la vida, ¿no?

Florian dudó, luego dijo:

—¡Venga para arriba, rápido!

Baldini dobló hacia la derecha desviándose del camino que estaba recorriendo y respondió:

—Venga aquí, a esta parte, a la izquierda, el camino es demasiado accidentado. ¡No quiero dar ningún paso en falso!

Florian consintió y comenzó a bajar hacia el oeste para ir al encuentro de Baldini y del hombre al que aquel amenazaba con el arma. Alcanzó una pequeña explanada cubierta de arena y se detuvo. En aquel mismo instante el silbido aumentó de improviso en una fracción de segundo hasta volverse lacerante e inmediatamente después brotó el violento surtidor de un géiser de las rocas próximas embistiendo de lleno a Florian y estampándole contra un pináculo de lava, a escasa distancia del cadáver congelado de Venanzio Massignan.

Los kurdos se quedaron de piedra al ver esto y Baldini entregó a escondidas la pistola a Dorkat.

—Pero ¿cómo ha hecho para...? —preguntó Dorkat.

—He visto que nos acercábamos al punto en que pereció el pobre Massignan. He oído el silbido, he calculado el tiempo y, sobre todo, he tenido suerte. Ahora cuénteles algo a esos kurdos: que la montaña se ha vengado porque él pretendía destrozarla..., lo que se le ocurra. Funcionará.

Dorkat, todavía incrédulo, apuntó su pistola contra los kurdos cohibidos y pasmados:

—¡Que nadie se mueva! —gritó en su lengua—. Arrojad las armas al suelo y retroceded.

Los kurdos obedecieron y Dorkat se dirigió a Baldini:

—Recoja las armas y tráigalas aquí. Yo voy a ver qué ha sido de ese loco.

—No, oiga —respondió Baldini—, yo no me arriesgo a tenerles a raya. No sé cómo hacerlo, no me deje solo.

—No se preocupe, lo conseguirá perfectamente. Basta con que les apunte con una metralleta y no se moverán.

Baldini comprendió que no tenía elección e hizo como le había sido pedido, mientras Dorkat se acercaba al cuerpo exánime de su enemigo. El géiser agotó al poco su empuje y del gran surtidor de vapor no quedó más que una nube blancuzca que surgía de la boca de la chimenea de lava. Florian yacía con las ropas desgarradas, las carnes horrendamente abrasadas, completamente inmóvil. Dorkat se acercó para asegurarse de que estaba muerto, pero, cuando se inclinó sobre él, aquel abrió los ojos y con una mueca de dolor y de triunfo al mismo tiempo mostró el mando a distancia del detonador sobre el que apretó el pulgar para provocar la explosión. No pasó nada y Dorkat se dio cuenta de que Florian no debía de tener la menor sensibilidad en los dedos y que por tanto no había percibido dónde estaba exactamente el pulsador. Le bastó una fracción de segundo para reaccionar y descargó todo el cargador sobre el cuerpo de Florian que se aflojó como un andrajo sobre aquel sablón infernal.

Dorkat volvió para atrás y alcanzó a Baldini:

—Se acabó todo —dijo—. Podemos volver al campamento.

Dirigió a los kurdos un breve discurso en su lengua del que Baldini no comprendió una sola palabra y luego, para gran asombro suyo, les devolvió las armas y se encaminó hacia el campamento.

—¿Qué les ha dicho? —preguntó Baldini.

—Que se les pagará lo acordado y que recibirán una gratificación de quinientos dólares por barba si devuelven el explosivo al campamento y luego olvidan todo lo que han visto.

—Comprendo —respondió Baldini.

Llegaron al campamento y Dorkat le señaló la radio:

—Avise a sus jefes —dijo—, mañana mismo regresamos a Ankara.

—¿Avisarles? ¿Y qué les digo? Era Florian quien tenía el mando y la responsabilidad. Yo no sé...

—Dígales lo que quiera —respondió Dorkat—. A estas alturas no hay mucha diferencia. ¿No le parece?

Baldini asintió con la cabeza y se puso a la transmisión:

—Aquí el campamento operativo de Suphan Dag, respondan.

—Aquí la base —contestó al cabo de poco la voz de Ricossa—. ¿Quién habla?

—Soy Baldini, señor Ricossa.

—Ah, hola, Baldini, ¿Cómo han ido las cosas?

—Mal. Florian ha muerto.

—¿Muerto? Pero ¿qué diablos está diciendo? ¿Qué accidente ha ocurrido?

—Ha sido una desgracia, señor Ricossa.

—¿Otra? ¡Pero no es posible, maldita sea, no es posible!

—Por desgracia es como le digo. Obviamente hemos decidido regresar.

—Me hago cargo... Pero ¿y la piedra del rey Midas?

—¿Esa? Era una mala jugada.

—¿Una... mala jugada? Pero ¿qué demonios...?

—Una mala jugada, señor Ricossa —replicó Baldini—. Corto y cierro.

LA ISLA DE LOS MUERTOS

Quale ne l'arzanà de' Viniziani
bolle l'inverno la tenace pece
*a rimpalmare i legni lor non sani**

«Me han venido a la memoria estos versos del *Infierno* apenas he visto ese pecio, no sé por qué, mejor dicho, lo sé muy bien. Estamos en Venecia, o en cualquier caso no muy lejos, en el fondo de la laguna a unos pocos palmos de la superficie hay una nave que se remonta al siglo XIV, de treinta y tres metros de eslora, que los arqueólogos están liberando del lodo que la recubre, y la tablazón comienza a reaparecer... Un verdadero espectáculo, te lo aseguro, una técnica constructiva formidable, una perfección en las junturas que hacía pensar en un violín, no en el casco de una galera. Estaban liberando la carlinga del palo: todavía había estopa por todo el alrededor y las cuñas para fijarlo...»

Lucio Masera se acaloraba mientras describía lo que había visto durante su inmersión en las aguas no precisamente limpias de San Marco en Boccalama y su amigo Rocco Barrese le escuchaba con gran interés. Barrese era un filólogo de lenguas

* Como en los arsenales venecianos / la pez tenaz borbota en invierno / para embrear las naves menos sanas. *(N. del T.)*

románicas que enseñaba literatura medieval en Ca'Foscari y que había publicado un importante estudio sobre las fases compositivas de la *Divina Comedia*, provocando también una polémica entre los especialistas. La hipótesis de Barrese era que Dante había vuelto sobre su texto hasta el último momento y que ciertas revisiones o añadidos habían sido hechos nada menos que antes de su muerte y no solo en el tercer canto del *Paraíso*, sino en todo el poema. Barrese era, además, un lingüista políglota de inmensos saberes, capaz de distinguir a simple vista, o de oído, matices semánticos y fonéticos imperceptibles, tanto en el campo de las lenguas cultas como en el de numerosos dialectos que dominaba a la perfección. Su estudio en el segundo piso de una casa de la parte vieja estaba tan atestado de libros que a duras penas conseguía pasar de un espacio a otro y sobre el escritorio había al menos media docena de abiertos, entre ellos la biografía de Dante de Petrocchi.

Barrese, que era un tipo sedentario, una verdadera rata de biblioteca, se había interesado enseguida por el relato de Masera que le parecía lo más lleno de aventuras que cabía imaginar, para alguien como él que no había conducido nunca un coche ni montado en bicicleta, ni recorrido nunca a pie más de un kilómetro sin pararse a descansar y a meditar. Además, la idea de que un pasaje de la *Divina Comedia* estuviera relacionado con un descubrimiento arqueológico, aunque solo fuera por una simple asociación de ideas y por una coincidencia cronológica, le excitaba.

—¿Te apetece un café? —preguntó acercándose al fogón.

—Con mucho gusto. El café que tú preparas es más bueno que el del bar.

—Porque yo lo hago con la cafetera napolitana —respondió— y con el tiempo que hace falta. El café es como un buen artículo científico: requiere su tiempo para que sea bueno. A propósito, ¿cómo te ha ido con la oposición?

—¿Cómo quieres que vaya? Una vida de perros. La comisión que han elegido a suertes, mira qué casualidad, me es en gran medida contraria y el ganador está decidido desde hace por lo menos dos meses.

—Si piensas así del mundo académico —dijo Barrese trajinando con la cafetera—, ¿por qué no lo dejas?

—¿Y adónde voy? ¿Y a hacer qué? Lo único que sé hacer es esto: escarbar con la llana, tanto en tierra como en el mar, para reunir luego los pedazos de loza.

—¿Y ahora qué pasa? —preguntó Barrese volviendo al primer tema de conversación—. Quiero decir, una vez identificado el pecio ¿que hacéis?, ¿sacarlo del agua?

—Ni soñarlo. En primer lugar lo liberamos completamente de la tierra de relleno, una vez iniciada la fase más espectacular de la operación. Se monta una empalizada de hierro que se clava en el fondo de la laguna creando una especie de recinto en torno al pecio. Luego se colocan unas bombas de agua y se empieza a bombearla fuera del recinto hasta secar el fondo de la laguna y el pecio mismo. Es un sistema inventado por los arqueólogos ingleses para las zonas húmedas: se llama *well point*.

—Pero ¿cómo os las arregláis para que no entre el agua del mar? —preguntó Barrese.

—Al cabo de poco las junturas de la empalizada se sellan por sí solas con el cieno en suspensión que hay en el agua; si acaso se pega algo de serrín para ganar tiempo y te aseguro que no pasa ni una gota.

—¿Y luego?

—En ese momento limpiamos el casco hasta dejar desnuda la madera, fotografiamos, documentamos, dibujamos. Por último, lo recubrimos con un toldo de tejido sintético y dejamos entrar el agua.

—¿Pero cómo? —exclamó Barrese quedándose con la cafetera en la mano a media altura—, ¿después de todo ese esfuerzo y ese trabajo la dejáis sumergida? Pero ¿no es un dinero perdido?

—En absoluto. La finalidad de la arqueología no es recuperar objetos sino datos que sirvan para el conocimiento. Y en cualquier caso el mayor coste sería la recuperación. Cierto que una excavación que no vuelva a casa con objetos, tesoros, algo que, en resumidas cuentas, pueda verse y a ser posible exponerse, no sería comprendida, por lo que pienso que nuestros financiadores harán un último esfuerzo para una segunda intervención que nos permita la recuperación y la exhibición del casco como trofeo de nuestra campaña. ¿Te imaginas exhibirlo en los locales del arsenal donde fue construido hará más de seis siglos? ¿No sería fantástico?

Barrese cogió dos tacitas de un pequeño armario y comenzó a servir el café:

—Por supuesto —respondió—, pero dime, ¿quién ha financiado la excavación?

—La Fundación Foster.

—¿Y quiénes son?

—Si he decir la verdad, no lo sé. Creo que se trata de la sección cultural de una gran empresa de telecomunicaciones, la Intercom, que tiene su sede en Londres. Parece que el presidente, sir Basil Foster, es un maníaco de la arqueología naval. El año pasado recuperó la nave vikinga de Bjornstroem y no falta quien le atribuye hasta una expedición al monte Ararat tras la pista del arca de Noé, aunque me cuesta creerlo. Dentro de una semana vendrá a ver la nave. En la excavación están todos que tiemblan.

—¿Y no habéis encontrado nada hasta ahora? Quiero decir, restos, objetos de interés...

—Oh, sí, por supuesto. Entretanto hemos descubierto que la nave fue hundida deliberadamente practicando una serie de agujeros en el casco y además hemos encontrado los restos de un hombre que iba a bordo. Es más, mira, aquí tengo algo.

Barrese se volvió y casi dejó caer la bandeja con las tacitas: delante de él, apoyada sobre una pila de libros, había una calavera humana, negra como la pez, que parecía mirarle con sus cuencas vacías.

—Santo cielo, pero ¿qué es? ¡Llévatelo, me produce estremecimientos!

—Como puedes ver es una calavera, y si pudiera hablar probablemente podría contarnos una historia muy interesante, el fondo está lleno de ellas.

—¿Miles? Pero ¿de qué se trata?... No es algo corriente, me parece.

—No, en efecto. Todo menos corriente. Pensamos que se trató de una epidemia. En otro tiempo había una isla en ese lugar, que a continuación quedó sumergida. Es probable que la utilizaran como vertedero para los cadáveres de la peste.

—Alegre, como hipótesis —dijo Barresse sentándose—. Prefiero la filología.

Lucio tomó un sorbo de su café y luego metió la calavera en una bolsa de plástico de la Coop y se despidió:

—Me la llevo al laboratorio para el análisis —dijo levantándose.

—Vuelve pronto a verme —le respondió Barrese—. Estoy siempre más solo que la una y tus historias me apasionan, me alegran la vida.

—Sí, por supuesto —respondió Lucio—, apenas tenga un minuto.

Abrió la puerta y bajó la escalera oscura y húmeda hasta el *campo*. Era la hora de la puesta del sol: el cielo era atravesado por vuelos de golondrinas y el *campo* por los gritos de unos chiquillos que jugaban a la pelota. Lucio pasó antes por el Instituto Kemp para dejar un fragmento de madera del casco para un análisis por radiocarbono 14, luego entregó la calavera en el Instituto de Antropología de la Universidad: trescientos cincuenta dólares el primer análisis, quince euros el segundo, pagos ambos por adelantado. Regresó a su casa cerca del puente de la Academia cuando ya oscurecía y fue directo al comedor. Asunta, la criada napolitana, había dejado el plato de pasta sobre la mesa cubierto con otro plato y media botella de Chianti de la noche anterior. Nada de pan, solo unos colines. Quizá hubiera tenido que casarse, pensó. Pero ¿habrían mejorado con ello las cosas? ¿Qué mujer habría aguantado su ritmo, sus horarios, su mala leche? Y además, su última chica, Milena, le acababa de plantar por incompatibilidad casi total de caracteres, horarios de trabajo y tiempo libre. Un fiasco total.

Apagó el móvil, cogió el mando a distancia y enchufó el televisor que estaba en el otro extremo de la mesa de modo que la periodista que anunciaba el boletín de noticias parecía una chica bonita que hubiera aceptado una invitación a cenar: uno de los recursos utilizados por Lucio para tener compañía a la mesa, ya que casi nunca estaba en condiciones de programar un horario y por tanto de invitar a alguien, sin contar que las pagas extras a Asunta empeorarían su ya maltrecha economía. Acababan de dar las noticias importantes, y ahora le tocaba el turno a la cultura y, en efecto, infaliblemente, la cámara sobrevoló el pedazo de laguna circunscrito por la empalizada e hizo un zoom sobre la larga sombra delgada que correspondía al pecio. También pudo verse a sí mismo en uniforme y con botas ocupado en sondear la profundidad del agua en el ángulo suroeste del cercado y, a escasa distancia, a su colega Michael Liddel-Scott, el representante de la Fundación Foster ocupado en sacar unas fotos. En verano los periódicos y los noticiarios no tenían mucho de qué ocuparse y aquella operación tan espectacular era como maná caído del cielo para los medios de comunicación que se habían lanzado sobre ella inventándose también historias y misterios inexistentes para hacer más interesantes sus reportajes.

Liddel-Scott le caía fatal con su jactancia oxoniense, sus manías de superhombre y todo aquel esnobismo de usar todavía papel y pluma en vez del ordenador y, por favor, nada de móvil, lo detestaba, y detestaba a todos aquellos imbéciles que tenían uno, o sea, a veinticinco millones de italianos y otros tantos ingleses. Cada vez que hablaba no expresaba un punto de vista, sino que emitía una sentencia inapelable. Tampoco se llevaba bien con sus otros colegas, Alberto Fossa y Stefano Marras, que se deslomaban de sol a sol con sus trajes de hombres rana recubiertos de apestoso lodo para oírse decir finalmente: «*I would have prefered a different approach to the problem, if I may say so…*».*

* «Hubiera preferido un enfoque distinto del problema, si se me permite decirlo.» *(N. del T.)*

«Será engreído, pomposo imbécil», gruñía Marras entre dientes con su acento gallurense y hasta las pompas de aire de su regulador subían a la superficie más efervescentes cuando estaba en inmersión obligado a cumplir disposiciones que consideraba absurdas. En aquel momento Lucio lo único que esperaba era terminar del mejor modo posible la primera fase de los trabajos, embolsarse la paga e irse de vacaciones a alguna isla griega, pero una especie de presentimiento le decía que sus expectativas estaban destinadas a verse defraudadas. Apagó el televisor, lavó los platos y cubiertos y pasó a su despacho para ponerse a trabajar. La lucecita de los mensajes parpadeaba en el contestador automático y Lucio pulsó la tecla de la escucha: Milena le pedía que le mandara unos discos que había olvidado en su casa, el fontanero decía que no había encontrado a nadie y que no iba a poder pasarse de nuevo antes de dos semanas para cambiar el váter y su madre le rogaba que tomara vitaminas. Luego le sorprendió la voz de Marras porque le había dejado hacía apenas unas pocas horas: «Necesito hablar contigo: tan pronto como escuches este mensaje llámame al móvil».

Lucio cumplió inmediatamente la petición de su colega que, evidentemente, no esperaba otra cosa:

—¡Por fin! —respondió—. ¿Dónde te habías metido? El móvil estaba apagado y el fijo tenía el contestador puesto.

—Cuando estoy comiendo y viendo la tele deseo estar en paz y lo apago. Eso es todo. ¿Qué hay que sea tan urgente?

—Prefiero no hablar por teléfono. Debo verte inmediatamente.

—Está bien. ¿Dónde estás?

—En San Trovaso, en el café Bressan.

—Estaré allí en un cuarto de hora.

—Te espero.

Un asunto extraño, aquella llamada, dado que se habían despedido hacía poco. ¿Qué podía querer Marras con aquella cita y ese aire de misterio? Lucio pensó que quizá era la natural, patológica desconfianza de los sardos, y que probablemente Marras solo quería confiarle alguna hipótesis sobre la técnica constructiva de los pecios y pensaba que algún colega envidioso quería controlar las llamadas de su móvil. No había mucha gente por las *calli*: solo en el centro, aquí y allá, se veían grupos de turistas sentados delante de los cafés tomándose un helado o bebiendo agua mineral. Así era Venecia: capaz de ofrecer zonas casi desiertas incluso en plena temporada turística ya que el noventa por ciento de los forasteros se concentraba entre piazza San Marco y el puente de Rialto.

Marras estaba sentado fuera y había pedido un bocadillo y una cerveza que habían de constituir su cena. Cuando llegó Lucio hizo una seña al camarero:

—¿Tú que tomas?

—Un café —respondió Lucio—. Me parece que voy a tener que estar despierto un rato. ¿Qué sucede?

Era un mes de septiembre más bien caluroso y aquella era la mejor hora, cuando las piedras de la ciudad comienzan a refrescarse después de haber dispersado en el aire de la tarde el calor almacenado durante el día. Marras engulló el bocado con un trago de cerveza y fue enseguida al grano:

—En tu opinión, ¿cuántas posibilidades existen de que alguien haya podido sustraer un resto arqueológico del pecio durante la excavación?

—Escasas.

—Pero no nulas.

—Si me haces esta pregunta la respuesta me parece obvia. Basta de rodeos: ¿quién ha sustraído qué?

—El quién, digamos para empezar, es el inglés.

—¿Liddel-Scott? No me lo puedo creer. Vamos, hombre, alguien como él no hace estas cosas.

—El qué no estoy todavía en condiciones de decírtelo, pero creo que estoy cerca.

—Vamos, Marras, no te hagas el sardo y suelta prenda —dijo Lucio.

—Muy sencillo. Hoy, cuando hemos bajado, me he vuelto al vestuario porque había olvidado la agenda en la taquilla y sin querer he oído una conversación telefónica. Ya sabes que esas paredes son como una hoja de cartón piedra. Era el inglés, que estaba hablando por el móvil.

—No me digas. Pero si siempre dice pestes contra los imbéciles que andan a todas horas colgados del móvil...

—Por eso la cosa me ha parecido doblemente sospechosa. Por otra parte, debía de ser un pez gordo, por el tono con que hablaba y por los continuos y respetuosos *yes, sir; as you wish, sir.*

—¿Foster?

—Diría que sí, pues se estaban poniendo de acuerdo para que vinieran a recogerle a Tessera. Llegará con su avioneta privada, creo.

—Obviamente. ¿Y cómo has deducido que había de por medio una sustracción de restos arqueológicos?

—Porque en un determinado momento Liddel-Scott ha dicho: «*Did you get the box with the parchment back from the laboratory*?».

—¿Y qué hay de malo en ello? Le ha preguntado si había recogido el pergamino del laboratorio. No significa nada: el mundo está lleno de pergaminos y de laboratorios.

—Sí, pero después de haber escuchado la respuesta Liddel-Scott dijo: «Es increíble que se pueda leer algo después de tantos siglos sumergido en agua salada».

—¡Dios santo!

—Precisamente.

—¿Qué piensas hacer? Yo llamaría al inspector de Arqueología.

Marras meneó la cabeza, escéptico:

—Loredan es muy impredecible. Si le ponemos ante una hipótesis semejante arma un pitote de mil demonios, llama a los *carabinieri*, avisa a la unidad móvil, telefonea al ministro. O bien se queda paralizado en su silla con la mirada ausente masticando lápices y en espera de que le venga una inspiración del cielo y cuando finalmente le venga estaremos ya con las manos vacías. ¿Qué quieres que le cuente? ¿Qué he escuchado una conversación telefónica en la que se hablaba de esto y de lo otro? No me parece oportuno.

—Entonces, ¿se va a ir de rositas? Sin contar que me gustaría mucho saber de qué se trata.

—¿Quién ha dicho tal cosa? Escúchame bien: no dejemos traslucir nada, es más, a Liddel-Scott le seguiremos tratando como de costumbre, ni bien ni mal, para no hacerle sospechar o ponerle en alerta. Pero no le perdamos de vista, antes o después tendrá que haber algún intercambio entre ambos: de objetos, de información, de llamadas de teléfono. En resumen, actuemos de forma que interceptemos todo lo interceptable.

—¿Y cómo? —preguntó Lucio—, tú y yo tenemos nuestros compromisos, de modo que no podemos estar encima de él las veinticuatro horas del día.

—Yo sé ser paciente —respondió Marras con ese tipo de afirmación lapidaria típica de su condición de sardo.

—Si te ves con ánimos, adelante —replicó Lucio—, pero yo no soy de los que se ponen a seguir los pasos de la gente, dejando de lado todo lo demás. ¿Por qué no hablamos con los *carabinieri* del grupo para la protección del patrimonio artístico? ¿Es su oficio, no? Aquí en Venecia hay precisamente una sección y el teniente Savelli es también un tipo listo.

—Calma. Haremos todo cuanto haya que hacer. Mi único interés era que tú estuvieras informado de este asunto para que andes con los ojos bien abiertos, ¿comprendes?

—Puedes contar con ello.

—Muy bien. Y ahora tenemos que pensar dónde y cuándo ese hijo de puta puede haber echado mano a un resto arqueológico del pecio sin que nosotros lo advirtiéramos. Yo no le he visto sumergirse en ningún momento, por decir algo.

—Si es por esto, tampoco le habías visto usar el móvil.

—No es lo mismo. De todos modos, he pensado bastante en ello, también he releído el diario de la excavación y no he encontrado un solo momento, y quiero decir ni uno, en el que Liddel-Scott haya podido echar mano a algo procedente del pecio.

—¿No sospecharás de mí, espero? —respondió alarmado Lucio.

—No digas bobadas, siempre hemos trabajado juntos, incluso sé las veces que has ido al servicio.

—¿Entonces?

—Alguno de los operarios, quizá..., o alguno de sus técnicos. Ha habido momentos en que había lodo por todas partes, y estaban todos enfangados, por lo que no era difícil hacer pasar algo. Ahora se trata de ver de qué se trata efectivamente. Lo que no consigo explicarme es por qué Liddel-Scott habría de sustraer un resto arqueológico que podía observar, analizar, estudiar con toda comodidad, puesto que es el responsable científico del patrocinador.

—Me parece evidente —respondió Lucio—. Ese objeto contiene información que debe permanecer secreta para cualquiera excepto para él, o sea, para ellos, si incluimos también a sir Basil Foster. Pero ¿cómo ha podido enterarse?, me pregunto.

—Esto no me lo preguntes a mí —respondió Marras—. Han sido ellos quienes han localizado el pecio y ellos quienes han patrocinado la excavación. Si imaginamos que estaban buscando algo concreto resulta coherente.

—Sí, pero ¿qué estaban buscando?

—Lo sabremos cuando consigamos leer lo que dice ese documento, admitiendo que podamos conseguirlo. Yo, en cualquier caso, quiero intentarlo.

—Dios mío —dijo Lucio—, me parece estar metido en una película de polis. Solo que no tengo la más remota idea de cuál es la trama.

—Tratemos de hacer una reconstrucción de los hechos y luego elaboraremos un programa de acción. Pues bien, yo lo veo más o menos así: durante la excavación Liddel-Scott se apropia de un resto arqueológico, bien porque se esperaba encontrarlo por alguna razón que nosotros desconocemos, bien por pura casualidad. En un segundo momento el resto arqueológico, que, por lo que se ve, debería ser un pergamino, es enviado a Londres donde se lo somete a un tratamiento de fijación y luego es escaneado por un ordenador capaz de reconocer algunos millones de tonalidades de gris. De este modo se aisla la tonalidad superviviente que constituye las líneas de escritura, un poco como se hace con los papiros de Herculano...

—Te sigo —dijo Lucio—, continúa.

—El texto así revelado habría que relacionarlo con la presencia y la actividad de Liddel-Scott en nuestro lugar de trabajo si Foster lo lleva consigo al venir a Italia. Y por tanto cabe presumir que habrá una continuación a esta primera sustracción de restos arqueológicos. En este punto, planteando como hipótesis este tipo de escenario, hemos de elegir entre tratar de que los *carabinieri* lo pillen con las manos en la masa o controlarle de cerca con la esperanza de enterarnos de más cosas. ¿Tú que harías?

—A mí me parece que la segunda hipótesis es la más interesante, aunque ciertamente no la más prudente. Pero llegados a este punto me muero de ganas de saber qué demonios hay escrito en el documento.

—Muy bien. Pues, entonces, el programa prevé que yo guíe la visita al pecio y que tú dirijas el encuentro en la Fundación Cini, para que, cuando tú estés ocupado allí, yo vigile, y cuando yo esté ocupado vigiles tú.

—¿Y si le pidiéramos también a Alberto Fossa que nos echará una mano?

—¿A Alberto? Es realmente fantástico bajo el agua, pero un poco menos en tierra firme. Demasiado emotivo. Tengámosle en la reserva para el momento que pueda venirnos bien. Por ahora... es otro el as que me guardo en la manga.

—¿Es decir?

—Agostino Fanti. Es un verdadero artista de las últimas tecnologías. Le he pedido que prepare un artilugio que podría venirnos de maravilla: trabajará toda la noche en él, no es seguro que vaya a lograrlo, pero...

—Venga, tú siempre con tus misterios... —comentó Lucio, pero no insistió, conociendo el carácter de su amigo.

Se quedaron charlando largo y tendido hasta tarde en la agradable noche septembrina, porque ninguno de los dos tenía ganas de irse a la cama. Solos, por si fuera poco, ya que ambos estaban temporalmente sin compañía femenina. Se separaron poco después de medianoche renovando sus promesas de permanecer en estrecho contacto.

Sir Basil Foster llegó al aeropuerto de Tessera hacia las once de la mañana y fue conducido directamente a la lancha motora para la visita al lugar de la excavación en compañía de Michael Liddel-Scott. A unos cincuenta metros del pontón de atraque los huéspedes fueron transbordados a una barca de remos de fondo completamente plano a causa de las aguas bajas de aquel punto y luego se les hizo subir a la plataforma para las bombas de agua desde donde se podía disfrutar de una vista panorámica del lugar entero. El gran casco estaba ahora completamente libre del fango y era mantenido permanentemente húmedo por una serie de nebulizadores. Habían sido retirados los toldos de protección de modo que la estructura entera de la embarcación aparecía en toda su imponencia.

—Parece el esqueleto de un cetáceo gigantesco —comentó entusiasta sir Basil al ver aquello—. Es de veras impresionante. Un excelente trabajo, señores, excelente trabajo. Enhorabuena.

Alberto Fossa se acercó solícito:

—Si desea bajar al campo de excavación, sir Basil, tenemos unas botas de goma.

—No me parece oportuno —terció Liddel-Scott—, desde aquí se ve todo lo que vale la pena ver y…

—Por supuesto —le interrumpió el caballero—, no deseo otra cosa.

Se quitó la chaqueta que Agostino Fanti cogió solícitamente, se puso las botas de pescador encima de los pantalones de finísima tela impermeable y bajó la escalera que llevaba al fondo desaguado de la laguna. Marras, una vez apagados los nebulizadores, se había acercado ya al casco y había preparado una pasarela hecha con tablas de madera que permitían inspeccionar el perímetro completo del lugar de trabajo.

—Aquí tiene, sir Basil —empezó diciendo—, aquí puede ver cómo hemos liberado el interior y puede darse cuenta de la extraordinaria habilidad constructiva de esos carpinteros de ribera. El que ve aquí es el único ejemplar descubierto y excavado que se remonta a esta época. Allí al fondo puede ver los agujeros practicados en la quilla para hundir la nave y esa señal de la derecha indica el punto en el que fue encontrado el esqueleto.

Fossa se adelantó a su vez:

—El doctor Masera ha encargado ya los análisis en el Instituto Kemp para el examen por el radiocarbono 14 y en el Instituto de Antropología de nuestra universidad para la observación antropométrica y epidemiológica.

Basil Forster escuchaba con gran atención, pero saltaba a la vista que sus pensamientos seguían otros derroteros.

—¿Y qué me dice de la nave? ¿Han encontrado alguna información relacionada con ella?

—No —respondió Marras—, ninguna. Era una unidad de la marina militar cuyo hundimiento premeditado en estas aguas sigue sin tener por el momento para nosotros una explicación lógica. Pero hemos hecho también un descubrimiento interesante... —añadió observando a hurtadillas el efecto que su afirmación producía en el huésped.

—Dígame, se lo ruego —respondió sir Basil.

—Mire, justo ayer, mientras limpiábamos las últimas partes del casco, descubrimos un grafito grabado en la madera del palmejar, ahí lo tiene, ¿lo ve?

Sir Basil se acercó poniéndose las gafas y escrutando la superficie oscura de la madera en el punto indicado:

—No se ve gran cosa —dijo un tanto desilusionado.

—Claro, falta el contraste, pero en el relieve que hemos sacado se lee perfectamente.

—¿Es mucho pedir preguntarle qué es lo que ha conseguido leer?

Marras echó una ojeada al pontón antes de responder y pudo observar que Agostino Fanti había desaparecido con la chaqueta de Foster y que Liddel-Scott parecía buscarle caminando adelante y atrás a lo largo del pontón. Dijo:

—Se trata de un mapa en el que se indica un punto concreto de la laguna o de la propia isla, si nuestro topógrafo, el doctor Masera, no anda errado.

—¿Está aquí el doctor Masera? —preguntó Foster.

—No, señor, está en la Fundación Cini preparando el congreso de la tarde, podrá verle allí. Creo que le dará la noticia del hallazgo del grafito en el palmejar, pero nada más. Masera es muy escrupuloso: si he de decirle la verdad, con toda confianza, he visto una reproducción del grafito a mi entender altamente convincente, pero él no está satisfecho, quiere ahondar, estudiar, realizar nuevas investigaciones antes de dar a conocer su opinión en un informe oficial.

—Comprendo —respondió Foster con mal disimulado desencanto.

—Bien, ahora podemos volver al pontón porque los operarios tienen que proceder al recubrimiento del pecio. Apenas hayamos terminado nuestros levantamientos del terreno será sumergido de nuevo.

—Perdone —insistió Foster—, pero ¿qué prisa hay? ¿No podría haber otros elementos que descubrir, por ejemplo, alrededor del casco?

—Es posible, pero, mire, de haber algo tendría que estar dentro del casco, no en el exterior y, dado que el interior ha sido completamente excavado, es inútil comenzar una excavación exterior que implicaría grandes dificultades y, en definitiva, la recuperación misma del pecio y su restauración integral. Sin contar que, por el momento, no hay ni una sede siquiera para exponer un objeto de estas proporciones. No sé si me explico.

—Perfectamente —respondió Forster.

—Entonces, ¿puedo dar la orden de que se recubra con el toldo antes de la noche?

Foster dudó un momento y luego respondió:

—Si esto es lo previsto, creo que deben proceder de acuerdo con el programa. Tanto más si lo han acordado con Liddel-Scott.

—Hemos tenido algún pequeño roce, pero al final también él se ha mostrado de acuerdo. ¿Quiere seguirnos ahora a la Fundación Cini?

—Con mucho gusto, doctor.

Volvieron a subir al pontón, Foster se quitó las botas de pescador, se puso la chaqueta que le alargaba uno de los operarios y volvió a ir en barca hasta la lancha, que partió veloz de nuevo hacia la ciudad. Liddel-Scott se había sentado al lado de Foster y los dos intercambiaban de vez en cuando alguna frase que Marras no podía comprender debido al ruido de la potente embarcación que les llevaba hacia la isla de San Giorgio, pero desde que se había dado cuenta de que Agostino había hecho su trabajo ya no le preocupaba.

En la Fundación Cini todo estaba listo para el congreso y una buena parte de los participantes habían ocupado ya su sitio en la sala. Fuera, en el patio, Barrese fumaba el último pitillo antes de entrar y charlaba con Lucio. Stefano Marras se acercó y Lucio fue a su encuentro.

—¿Novedades? —le preguntó.

—Ninguna —respondió Marras—. Era tal el ruido que hacía que no he comprendido nada. Pero Agostino ha hecho su trabajo. No sé si me explico. ¿Tú has logrado saber dónde están hospedados?

—En el hotel Cipriani, habitaciones cinco y seis.

Se miraron a la cara como si cada uno se esperase una propuesta del otro. Luego habló Marras:

—Si piensas que yo voy a colarme en el Cipriani, entrar en la habitación cinco y hurgar en los equipajes de Forster mientras tú das tu conferencia, ya puedes quitártelo de la cabeza, pues no pienso hacerlo.

—¿Y quién ha dicho nada...? Pero...

—Pero ¿qué?

—Es una verdadera lástima. Foster se irá mañana y quizá no sabremos nunca qué contenía aquel pergamino.

—Claro que lo sabremos, y además de manera indolora... Eh, mira ahí —dijo Marras—. Aquí tenemos también al teniente Savelli.

—Naturalmente —comentó Lucio—, y ese es el inspector Loredan. —Miró a su alrededor—: Además, hay media facultad de letras, y los directores de casi todos los museos arqueológicos del Véneto. Uno se encuentra a todo el mundo en estas ocasiones. Me pregunto qué pensarían si supieran que Foster y Liddel-Scott han sustraído un importante resto arqueológico de las excavaciones. Quizá alguno de ellos tenga alguna sospecha, quién sabe.

—Es inútil devanarse los sesos y sobre todo no nos pongamos a hacer estupideces como hurgar a escondidas en la habitación de un hotel. Como te dije, Agostino ha preparado una pequeña sorpresa para nuestros amigos y si todo funciona, quizá sepamos algo mucho antes de que Foster se vuelva a casa.

—¿Es decir?

—Antes de visitar la nave se ha puesto las botas y una chaqueta de trabajo y, mientras estaba conmigo inspeccionando el pecio, Agostino le ha prendido un micrófono oculto en la chaqueta. Sí, mira. ¿Ves? Agostino hace gesto de que está funcionando, o sea, grabando todo lo que se dicen Foster y Liddel-Scott.

—¿Qué? —preguntó Lucio estupefacto—, ¿le has puesto un micrófono a Foster?

—Yo no, Agostino. Es un apasionado de la electrónica, ¿no te lo había dicho?

—¡Pero se dará cuenta! ¿Es que tú no te darías cuenta si tuvieras encima un cuerpo extraño, por más que sea pequeño?

—Estaba todo previsto. En todas las fotos de sir Basil que he tenido oportunidad de examinar siempre le he visto llevar una señal de luto en el ojal de la chaqueta. Dicen que lo lleva desde que perdió a su mujer hace veinte años, una mujer bellísima de la que estaba locamente enamorado. Pues bien, simplemente le hemos sustituido el botón del ojal, igualito en todo, con la sola diferencia de que es un pequeño Bose hi-fi oportunamente adaptado.

Lucio miró un instante a Basil Foster con su señal de luto en el ojal y luego a Agostino Fanti a no mucha distancia y seguidamente de nuevo a Stefano Marras que le indicó la puerta de la sala de conferencias concluyendo:

—Y ahora ve a prepararte, que es hora de comenzar.

—Fantástico... —murmuró Lucio alejándose hacia la sala de conferencias—, fantástico...

Barrese se acercó a Marras:

—¿Entonces? ¿Qué novedades hay en vuestra isla de los muertos?

Marras le cogió del brazo encaminándose a su vez hacia la sala de conferencias:

—Cosas importantes, querido profesor: hemos descubierto un grafito grabado en la quilla del pecio y estamos dando caza a algo todavía más importante, pero no me tire de la lengua: es aún demasiado pronto.

Barrese le miró con una expresión extraña, más de desconcierto que de curiosidad y Marras se quedó impresionado por ello, pero fingió que no pasaba nada y le acompañó hacia la sala donde estaba a punto de dar comienzo el congreso.

El presidente de la fundación tomó la palabra para los saludos de rigor y para dar la bienvenida al invitado extranjero, luego presentó al primero de los oradores, el inspector Loredan, que ilustró las primeras fases del descubrimiento: las fotos aéreas del pecio y luego las exploraciones subacuáticas con los primeros levantamientos de planos. Las diapositivas pasaban por la pantalla una tras otra en medio del aburrimiento general hasta que le llegó el turno al doctor Michael Liddel-Scott, que habló en inglés e ilustró las diferentes fases de la intervención. Presentó un vídeo bastante más animado, filmado con técnicas documentalistas y con reconstrucciones virtuales del pecio en su aspecto originario. La platea pareció animarse y pudo percibirse algún murmullo de comentarios que indicaba cierto despertar del interés. Luego fue la vez de Lucio Masera, que comenzó ilustrando las diferentes fases de la excavación propiamente dicha, el vaciamiento del casco, la limpieza y finalmente el grafito grabado en la madera del palmejar.

—En un primer examen —empezó diciendo—, se diría que el grafito indica un punto preciso de la laguna: estas dos líneas tienen como puntos de partida unos elementos topográficos precisos expresados por medio de estas indicaciones en letras. Nuestro paleógrafo, el doctor Agostino Fanti, lleva trabajando desde hace algunos días para tratar de descifrarlas y en caso de que lo lograse podríamos proceder a una localización propiamente dicha porque estos otros signos a lo largo de las líneas indican un valor de distancia expresado en pérticas venecianas, mientras que esta figura representa evidentemente un punto notable que hay que relacionar con un elemento documental que por el momento aún se nos escapa. En nuestra opinión significa que a partir de estas directrices, al menos en aquella época, era posible navegar sin embarrancar en los bajíos. Mi hipótesis es que se trataba de canales abiertos expresamente en el fondo de la laguna y que podían ser recorridos solo por quien estaba en posesión de unos mapas especiales, probablemente mantenidos secretos por razones de carácter militar.

Apenas volvió a encenderse la luz la mano de sir Basil se alzó inmediatamente mientras el moderador preguntaba:

—¿Alguien tiene alguna pregunta que hacer?

—Me gustaría saber si puede usted suponer no tanto el sentido como la finalidad de esa indicación del grafito en el palmejar de la nave, si tiene alguna hipótesis, alguna idea aunque sea vaga. Quiero decir, ¿qué podría representar esa indicación topográfica? ¿Quizá una defensa militar? ¿Quizá el lugar de un encuentro secreto?

—Es difícil responderle, sir Basil —respondió Lucio—, pues lamentablemente no todos los elementos de esta excavación están a nuestra disposición... —Y dejó en suspenso por un momento la frase para ver si había provocado alguna reacción en su interlocutor. Luego, al ver la expresión imperturbable de Foster, prosiguió—: Hay muchas líneas de investigación todavía abiertas, faltan muchas piezas para la recomposición del puzzle, pero tenemos esperanzas. Lo único que deseo es que haya una colaboración entre todos los miembros de esta misión para que nuestros esfuerzos puedan alcanzar esos importantes resultados que todos deseamos. Una excavación arqueológica es sobre todo un trabajo de equipo, la colaboración estrecha y constructiva entre varios especialistas. Les doy las gracias por su atención.

Un breve aplauso saludó el final del pequeño congreso que cerró otra intervención del inspector, luego se pasó al piscolabis: alguna botella de Prosecco no precisamente fría, canapés salados y almendras tostadas.

Lucio se acercó amistosamente a Barrese que había cogido una copa de vino blanco espumoso e hizo un gesto como para brindar:

—Una excelente intervención —dijo—. Cauta, pero bien llevada. Entonces, ¿puedo saber algo más acerca de esas misteriosas palabras grabadas al comienzo de las líneas direccionales del grafito?

—A decir verdad, no estamos siquiera seguros de que se trate de palabras, por ahora parecen abreviaturas. Como he dicho se está ocupando de ello Fanti, nuestro paleógrafo.

—Creía que era un genio de la informática.

—También. Fanti es una especie de comodín en nuestro grupo, una inteligencia ecléctica, pero sobre todo un buen muchacho: esperamos mucho de él.

—Si puedo serte de ayuda en algo —dijo Barrese—, no dudes en preguntar.

—Puedes apostar lo que quieras que, apenas Fanti haya descifrado esos líos de letras, iremos enseguida a verte para que nos digas qué significan, pues no tenemos experiencia en este tipo de documentos.

—¿Cuándo crees que estarás en condiciones de presentar algo legible?

—Fanti decía que le falta poco y normalmente cuando dice algo es que es así.

—Muy bien, entonces os espero.

—¿Qué impresión te ha causado nuestro patrón?

—¿Foster? Parece un caballero.

—De esto no cabe duda. Me pregunto si lo es de verdad.

—¿Por qué lo dices, tienes alguna duda?

—Más que dudas, pero es todavía pronto para expresar un juicio definitivo.

Barrese le lanzó una mirada como diciendo «cuidado» y Lucio reparó enseguida en que tenía a sus espaldas a Basil Foster. Se había acercado para despedirse:

—Doctor Masera, querría felicitarle por su exposición y por el ejemplar trabajo que ha llevado a cabo sobre esa nave. Creo que voy a retirarme al hotel: estoy más bien cansado y mañana tengo que partir.

—Ha sido un honor tenerle con nosotros, sir Basil —dijo Lucio estrechándole la mano— y gracias por sus amables palabras. Trataremos de estar a la altura. —E hizo una pequeña inclinación con la cabeza, pero en realidad era para poder observar disimuladamente el botón de luto en el ojal de Foster. Era exactamente igual a un botón normal recubierto de raso negro y habría querido susurrar «Bravo Agostino». En cambio, dijo—: Hasta la vista, sir Basil, vuelva pronto a vernos, a lo mejor con otros fondos como estos podemos proceder a la recuperación completa del pecio y organizamos una espectacular exposición abierta al público.

—Es lo que pretendo hacer, doctor Masera, es justamente lo que pretendo hacer. Hasta la vista.

Saludó con un gesto a Barrese y se reunió con Liddel-Scott que le esperaba cerca del taxi. El conductor de la lancha arrancó y partió dejando tras de sí una larga estela de espuma.

Lucio observó que Marras, a cierta distancia, hablaba con Fossa y le hizo seña de que se le acercara:

—¿Dónde está Agostino? —preguntó.

—Estará en el puesto de un momento a otro —respondió—. Antes de la noche podremos tener noticias interesantes.

—¿Es decir?

—Bueno, Liddel-Scott se ha ido con Foster, y los dos se han dirigido al hotel y esta es la primera oportunidad que tienen de quedarse solos y hablar con comodidad en un ambiente reservado desde que Foster llegó con su Falcon a Tessera. Si trata de comunicarle el texto del presunto pergamino, este podría ser el momento, ¿no te parece?

—Oh, sí, por supuesto. Pero imagina que se limite a pasarle la transcripción y que aquel se la lea en silencio, quizá añadiendo al final solo algún comentario general: «Fantástico, increíble, ¿quién lo hubiera imaginado?». Y nosotros allí royéndonos los hígados y sanseacabó.

—También esto es posible —sentenció lacónico Marras—, pero conviene esperar.

—¿Qué habéis acordado con Agostino? ¿Que nos llamará él o que le llamaremos nosotros?

—Nos llamará él a las diez como muy tarde. Foster no se acuesta nunca pasada esa hora y por tanto se supone que a las diez el jueguecito habrá acabado.

—Muy bien. ¿Y hasta esa hora qué piensas hacer?

—Yo me iría a alguna pizzería del Lido: ¿qué te parece?

—¿Por qué no? Sé de una bastante buena por la zona del palacio de la Mostra de Cine.

—¿Le preguntamos a Barrese si quiere venir con nosotros?

—Mejor que no. Es aún pronto. Ya le llegará también el momento.

Se despidieron de los colegas y del inspector y tomaron un *vaporetto* que llevaba al Lido mientras seguían charlando y fantaseando sobre las más dispares hipótesis hasta que llegaron a la pizzería.

No había muchos clientes y el pizzero estaba todavía atizando el fuego de leña dentro del horno. Lucio pidió dos cañas medianas y Marras pensó en comunicarle a Agostino dónde se encontraban por si decidía reunirse con ellos a alguna hora.

Agostino respondió al segundo pitido:

—¿Qué quieres? —preguntó.

—Nada —respondió Marras—. Solo decirte que estamos en la pizzería Da Mario en el Lido, Lucio y yo, por si quisieras pasarte.

—De acuerdo, pero ahora apago el móvil porque me estoy acercando y no quiero armar ruido. Os llamo en cuanto haya terminado.

Marras se dirigió a Lucio:

—Todo en orden. Agostino está al quite y si todo sale bien dentro de un par de horas como máximo nos llamará y sabremos si las cosas han ido según lo planeado.

—Planteemos la hipótesis —dijo Lucio— de que Agostino no saque nada en claro. ¿Vamos a dejar la cosa colgada? —Lucio se quedó durante un rato en silencio, luego dijo—: ¿Tú que harías?

—Avisaría a Savelli.

—Sí, tal vez sea lo más acertado, pero no creo que resolviera gran cosa. Como se ha dicho ya, estamos con las manos vacías. Savelli recibiría solo una reacción indignada y resentida de Foster y tendría que largarse con cajas destempladas.

—Pero siempre tiene la posibilidad de dirigirse a sus colegas de la Interpol para que no le pierdan de vista y lo tengan a su alcance. Más no podemos hacer. Pero esto me parece que debemos hacerlo en cualquier caso.

—Sí, también yo lo creo —respondió Lucio—. Pero mientras tanto esperemos a que Agostino dé señales de vida, luego decidiremos.

El camarero pasó a preguntar qué deseaban tomar y sirvió poco después una margarita y una cuatro estaciones. Cuando comenzaron a cenar faltaba un cuarto de hora más o menos para las nueve.

A las diez comenzó a alzarse una niebla que velaba los contornos de las cosas y la superficie de la laguna. Stefano Marras y Lucio habían terminado de comer y se estaban tomando un café mientras esperaban de un momento a otro que el sonido del móvil anunciara la misión cumplida, pero pasaban los minutos y no ocurría nada. El local estaba casi lleno, seguía entrando gente y el camarero empezó a mirarles con malos ojos.

—Quiere decir que desaparezcamos —dijo Marras—, así dejamos la mesa libre.

—Pero ¿y si llega Agostino?...

—Tenemos el móvil, ¿no? Le decimos que se reúna con nosotros en otro bar. Vamos, paguemos y vayámonos.

Lucio pasó por la caja, pagó sin dejar propina y se dirigió hacia la salida. En el mismo instante Marras observó con el rabillo del ojo que estaba llegando Milena, la ex chica de Lucio, con su nuevo amor, un tío cachas con el pelo bañado en gel y las patillas en forma de hoja de puñal, vaqueros y camiseta negra de gorila y se puso de través haciendo lo posible para que él no la viera, pero ya era demasiado tarde. Al dar la espalda al cajero, Lucio se topó de frente con la pareja: ella, con unos vaqueros ceñidos de Prada, zapatillas de hacer footing a juego y mochila de piel, estaba de palique con el armario ropero que llevaba de acompañante. Saltaba a la vista por su expresión que el verles había hundido a Lucio en la más negra depresión y le había hecho olvidarse de todo aquello por lo que se encontraban en aquel lugar y por qué esperaban ansiosamente que Agostino se decidiera a llamar. No menos evidente era que hubiera querido hacer papilla a su rival, que era al mismo tiempo consciente de no tener la menor posibilidad y que la conciencia de su impotencia le hacía sentirse un gusarapo. Marras le dio un tirón antes de que se pusiera a gritar o a hacer alguna estupidez y soltó un suspiro de alivio cuando se encontraron fuera, al aire libre y fresco de la noche.

—Maldito hijo de puta, pedazo de mierda, cachas de los cojones... —comenzó a despotricar Lucio.

—Déjalo correr —le cortó Marras—. Una tía que se lía con un pintamonas como ese no te merece. No era para ti, créeme. Y ahora tratemos de hacernos una composición de lugar, si no te importa. Son ya las diez y veinte y Agostino no ha dado señales de vida. Propongo llamarle.

Lucio asintió y marcó enseguida el número. Un pitido y luego la voz grabada anunció: «Omnitel, mensaje gratuito: el cliente al que ha llamado podría tener el móvil apagado. Vuelva a intentarlo más tarde».

—¡A tomar por culo! Lo sabía —imprecó.

—¿Qué, no lo coge?

—Dice que lo tiene apagado.

—Es posible. Supón que esté en alguna situación en que no pueda armar ruido, es perfectamente lógico que lo tenga apagado. Esperemos un poco más.

—Sí, pero vayámonos de aquí. No quisiera que Milena pensara que estoy aquí fuera suspirando por ella.

Se encaminaron en dirección al Gran Viale, aún con bastante tráfico, y luego tomaron de nuevo por una bocacalle hasta encontrarse en la otra parte de la isla, cerca de la playa. Se sentaron en un banco, más bien nerviosos los dos.

Marras se sacó del bolsillo la cajetilla de medios toscanos, se metió uno en la boca y ofreció otro a su amigo:

—Fuma, que te hará bien. Te relajará.

Lucio tomó el medio toscano, lo encendió y soltó una nube de humo azulado.

—Yo no me preocuparía —dijo Marras—. Agostino es de los que saben apañárselas en todas las situaciones, si no no se hubiera metido en problemas.

—Puede, pero a estas horas explícame tú por qué no ha dado todavía señales de vida.

—Es inútil devanarse los sesos. Esperemos un poco más y luego nos vamos para casa. Ya verás como mañana da un telefonazo y nos lo cuenta todo con pelos y señales.

Pasó un grupo de chicos algo bebidos armando alboroto y luego un viejo que había sacado a pasear a su perro.

—¿Lo has contado todo en el congreso al hablar del grafito o te has guardado alguna cosa que yo no sepa? —preguntó Marras distraídamente, como si estuviera observando al perro.

—No hay nada concreto aún, pero me he hecho una idea, quizá más que una idea…

—¿Es decir?

—Vamos a razonar en voz alta: hace cerca de siete siglos una nave de la Serenísima, todavía en perfectas condiciones, navega hasta el socaire de un islote de la laguna utilizado como lugar de enterramiento de los apestados, y es hundida. Pero antes de llevar a cabo la operación alguien graba en el palmejar una serie de referencias que parecen indicar un lugar preciso de alguna parte de la laguna o, quizá, más verosímilmente, de la propia isla. Según tú, ¿quién fue y por qué motivo? O dicho de otro modo, el grafito ¿lo grabaron los mismos que hundieron la nave o alguien distinto?

—Así de entrada yo me inclinaría por la primera hipótesis. Alguien quiso dejar un rastro de lo que se quería esconder hundiendo la nave.

—Sí, podría estar de acuerdo. Pero ¿y luego?

—Lo que se quería esconder era algo tan terrible o tan importante que se eligió un cementerio de apestados como última morada de ese secreto. Se quiso añadir al miedo a los cementerios el miedo a la peste.

—Querían ir sobre seguro.

—Ya.

—¿Y el pergamino?

—Otro enigma. Por el momento. Todo depende de lo que haya escrito en él. Podría tratarse simplemente de un libro maestro de la última carga, o de una copia del reglamento, o de la relación de los miembros de la tripulación.

—Sabes perfectamente que eso no es verdad. Foster no mantendría en secreto el asunto.

—Oh, sí, al contrario. Le conviene. ¿Cómo quedaría él si se descubriera que el patrocinador oficial de toda la empresa ha sustraído un resto arqueológico de una excavación oficial de la Inspección de Arqueología?

—Lo olvidaba. Ya hemos hablado de esto.

—De todas formas, si el texto, digamos, careciera de un interés real, seguro que Foster encontraría la manera de reintroducirlo, mediante algún subterfugio, en el circuito habitual de la documentación y ese texto sería hoy objeto de una exposición pública...

Sonó el móvil de Marras:

—¿Sí? —dijo.

—¿Es él? —preguntó Lucio.

Marras hizo gesto de que no y escuchó durante un poco con el móvil apretado contra el oído y luego dijo:

—¿Dónde estás?... Entendido, vamos enseguida.

—¿Qué, entonces? —preguntó Lucio.

—Es Alberto: han encontrado a Agostino.

—¿Y dónde?

—Le han encontrado dentro del agua, medio ahogado. Está en reanimación en el hospital.

—¡Oh, Dios mío!

—En Fatebenefratelli. Vamos, movámonos: vamos a ver qué ha pasado en realidad.

Corrieron al embarcadero y esperaron al primer *vaporetto* para que les llevara hacia las Fondamente Nuove, pero tuvieron que esperar un buen rato porque era una hora tardía y pasaban más espaciadamente. En el ínterin trataban de imaginar cómo habían podido ocurrir las cosas. Volvieron a llamar a Fossa, pero el móvil ahora estaba apagado, o quizá se había agotado la batería. Cuando por fin atracó el primer *vaporetto* eran casi las once y necesitaron media hora para llegar a la parada del hospital. Alberto Fossa estaba en la sala de espera.

—He ahí por qué no respondía —dijo Marras—. En el hospital está prohibido tener conectados los móviles.

Al verles Fossa se levantó y fue a su encuentro:

—Me ha avisado Savelli —dijo—, apenas se dio cuenta de que el medio ahogado era el pobre Agostino.

—¿Y se ha avisado a la familia? —preguntó Lucio.

—Hemos pensado que era mejor no hacerlo. Agostino no tiene más que a su madre que es muy anciana y sufre del corazón. Mejor ir en persona, mañana, en cuanto sea posible. Ya iré yo o uno de vosotros, como prefiráis.

—¿Dónde está Savelli? —preguntó Marras.

—Arriba con un cabo. Están redactando un atestado.

—Pero ¿dónde le han encontrado? —preguntó Lucio.

—Ha sido un milagro. Le ha visto el conductor de un taxi que iba al Cipriani a recoger a unos clientes. Le ha subido a bordo y luego ha telefoneado al hotel diciendo que no podía llegar y que llamaran a otro medio de transporte. Le ha hecho expulsar el agua, le ha practicado un masaje cardíaco y luego se ha ido directamente al hospital; ha llegado justo a tiempo para que pudieran reanimarle. Un poco más y no lo cuenta.

Marras y Lucio se intercambiaron una mirada como diciendo: «¿Le ponemos al corriente?».

—Pero ¿qué demonios está pasando? —preguntó Fossa advirtiendo aquel gesto—. ¿Qué hacía Agostino en el muelle de la laguna a esas horas? ¿Hay algo que yo no sepa y que debería saber?

Marras suspiró y se dispuso a hablar también porque tenía más ganas de sincerarse que Fossa de ser puesto al corriente.

—Pero... punto en boca, por favor.

Lucio se encogió de hombros al parecerle, la de Marras, una expresión de desdicha, dadas las circunstancias.

—Digamos, entonces —comenzó Stefano—, que el otro día en los vestuarios pesqué sin querer..., bueno, digamos más bien por casualidad, una conversación telefónica muy interesante entre Liddel-Scott y un interlocutor que luego se reveló que era sir Basil Foster, por la que me pareció claro que el primero había sustraído de la excavación un resto arqueológico probablemente de gran valor.

Fossa sacudió la cabeza incrédulo:

—No sabría decir por qué, pero a mí ese individuo creído nunca me ha despertado confianza: va siempre más tieso que un palo de escoba. Sigue.

Stefano prosiguió contando todo el asunto con pelos y señales, interrumpido de vez en cuando por el amigo que decía, resentido:

—Hubierais podido decírmelo, joder, hubierais podido ponerme al corriente, demonios.

Pero estaba aún la historia a la mitad cuando apareció el teniente Savelli que bajaba por la escalera llevando en una mano los guantes de piel negra. Le seguía el cabo Zulian con una carpeta en la mano.

—¿Y qué? —preguntaron los tres casi al unísono yendo a su encuentro.

—Por lo que veo, parte del congreso se ha desplazado al hospital —respondió Savelli—. El doctor Fanti ahora está mejor, pero se ha escapado de una buena por un pelo. Le han practicado un lavado de estómago porque corría el riesgo de sufrir un shock anafiláctico con todas las porquerías que flotan en la laguna.

—¿Se le puede hacer una visita?

—No creo. Debe descansar.

—Pero ¿tú has hablado con él? —preguntó Lucio con cierto tono de aprensión en la voz.

—Un poco. Pero está tan agotado que no consigue articular palabra. No he insistido. Volveré mañana cuando se encuentre mejor y esté más descansado. Y si queréis un consejo, idos a la cama también vosotros. Aquí no hay nada que hacer.

—Sí —repuso Lucio—. Yo creo que sí. Solo quisiéramos hablar con el médico de guardia antes de irnos. Nos vemos, teniente.

—A lo mejor en mi oficina —respondió Savelli.

Se puso la gorra en la cabeza, se calzó los guantes y se llegó a la lancha del ejército seguido por el cabo Zulian. El ruido del motor se perdía poco después en la lejanía.

—¿Qué habrá querido decir? —preguntó Fossa.

—Pues… —respondió Lucio—, quizá se ha olido algo. No ocurre todos los días ver a un técnico de la Inspección de Arqueología flotando en la laguna panza arriba. Tal vez cree que nosotros sabemos algo más de lo que dejamos entender. Lo que, a fin de cuentas, es la pura verdad.

—¿Y qué hacemos ahora? —preguntó Marras.

—Vamos arriba a ver al médico de guardia —propuso Lucio—. Podemos hacernos pasar por familiares suyos. Es casi la pura verdad.

Todos asintieron y los tres entraron en el ascensor y subieron hasta la tercera planta. La crujía estaba sumida en el silencio, las puertas de las habitaciones de hospitalización estaban todas cerradas. En el pasillo los pilotos de noche difundían una ligera aureola sobre las paredes blancas y sobre los suelos de linóleo. El único espacio iluminado era el cuartito del turno de noche.

Los tres se asomaron mirando al interior. Había una mesa con una silla y una lámpara de pantalla encendida, en la pared lateral un hornillo de gas de tres fuegos con una cafetera exprés y al fondo un tabique de plástico con una portezuela de laminado. Marras dijo:

—¿Se puede? ¿Hay alguien?

Se oyó un ligero trasiego del otro lado y al poco apareció una enfermera, hermosota, que tenía todo el aire de que acababa de arreglarse.

—¿Qué desean? —preguntó con tono desabrido—. No es horario de visita, ¿quién les ha dejado subir?

—El teniente Savelli —respondió Lucio con descaro—. Somos colaboradores del grupo que tutela el patrimonio arqueológico. —Y mostró con gesto rapidísimo el carnet de su club de fútbol metiéndoselo acto seguido en el bolsillo—. El doctor Fanti —prosiguió— es colega nuestro y tiene las llaves del laboratorio científico. Tenemos que llevar a cabo un importante encargo técnico que debemos entregar mañana por la tarde y sin la llave, como usted comprenderá… Y ya que estamos aquí quisiéramos también decirle dos palabras al médico de guardia. Sabe, el doctor Fanti es íntimo amigo nuestro.

La muchacha terminó su arreglo echándose sobre la nuca un mechón de pelo, aplanado por una reciente posición supina y dijo:

—El doctor está ocupado en estos momentos. Les llevaré mientras tanto a ver al paciente. Pero debe entrar una sola persona. Está muy fatigado, exhausto y sedado.

—Pero ¿consciente? —preguntó Marras.

—Consciente pero sedado. Pudiera ser que esté durmiendo en estos momentos, mejor dicho, seguro que lo está.

Echó a andar delante de ellos y Lucio no dejó de hacer notar a los compañeros que no llevaba ropa interior debajo de la camisa.

—Bonito descubrimiento —dijo Marras sin ir más lejos en sus comentarios.

La enfermera abrió la puerta. Marras y Fossa se hicieron a un lado y dejaron entrar a Lucio. La enfermera repitió:

—Se lo ruego..., solo dos minutos. —Y volvió sobre sus pasos por el pasillo en dirección al cuartito de guardia con la solicitud de quien debe ir a terminar un trabajo dejado en suspenso.

Lucio entró de puntillas y miró a su alrededor: había encendido solo el piloto de noche en la habitación de dos camas y Agostino descansaba en la de la izquierda cerca de la puerta, mientras que la otra de su derecha estaba vacía. Se oía su respiración regular y a lo lejos de vez en cuando la sirena de un buque mercante que entraba en Porto Marghera. Lucio se acercó susurrando:

—Agostino... Agostino..., soy yo..., ¿me oyes?

—Claro que te oigo —respondió Agostino como si no pasara nada—, no estoy muerto.

—Ah. Me acaban de decir que estabas sedado.

—Un poco de Valium, eso es todo.

Agostino encendió la luz de la mesilla de noche y Lucio pudo verle bien la cara: tenía un amplio moretón en el lado derecho de la frente, el ojo derecho hinchado y semicerrado y unos rasguños en el brazo derecho hasta el codo.

—¡Por Dios! ¡Qué te han hecho!

En ese mismo instante entraron también Marras y Fossa:

—Eh, Agostino —le saludaron al verle bien despierto y con la luz encendida.

—Podemos hablar tranquilamente —dijo Fossa—, la enfermera está de nuevo ocupada con su paciente.

—Dichoso él —comentó Lucio—. Vendería el alma al diablo por estar en su lugar. Entonces, ¿quieres decirnos qué demonios ha pasado? Nos has dado un susto...

—Bueno, no hay mucho que contar, me había situado por la zona del hotel Cipriani con mi equipo, nada que hiciera mucho bulto, cabía todo dentro de un maletín que llevaba en bandolera: receptor, grabadora... y comenzaba ya a grabar cuando oigo interferencias y me veo obligado a acercarme. Me bajo a tierra por la parte del oeste, pero, justo cuando bajaba, el cable de unión de los auriculares con la grabadora se enreda en la chumacera de la barca y los auriculares se me caen al agua.

—Vaya una mala pata —comentó Marras.

—Y que lo digas —prosiguió Agostino—. Había una oscuridad completa por aquella parte: con una mano sujetaba fuerte la bolsa para que no se moviera y con la otra trataba de agarrarme a la barandilla de atraque.

—Continúa —dijo Lucio.

—En ese momento, sin auriculares como estaba, trataba de arreglármelas con los indicadores de nivel. Veía que grababa y me desplazaba buscando la mejor señal.

—Pero ¿no te dio tiempo de oír ni un fragmento siquiera de conversación antes de perder los auriculares?

—Bueno, sí, algo sí, pero...

—Pero ¿qué?

—Mi inglés no es nada del otro jueves... Me pareció que decía...

Los tres compañeros estaban pendientes de los labios de Agostino que trataba de articular alguna palabra en la lengua de Albión, pero el resultado fue tan pobre que no valió la pena siquiera hacérselo repetir.

—En resumen —dijo Agostino—, yo contaba con transcribir la grabación de la cinta y luego traducirla cómodamente, ¿no?

—Así es —apostilló Fossa—, ¿y entonces, dónde está esa cinta?

—Vayamos por partes —respondió Agostino—. Bien, mientras estaba allí pendiente de observar mis indicadores de nivel, oigo un ruido de pasos, me doy la vuelta y veo a dos tipos que vienen en dirección a mí a paso ligero y con una pinta que no me gustaba nada. Enseguida comprendo las intenciones que traen: saco la casete antes de que me cojan la grabadora y la tiro al suelo. Luego ellos cogen la correa de la grabadora y se ponen a dar tirones. Yo trato de defenderme, pero noto un golpe y luego un dolor en un brazo, y en la cabeza, no recuerdo bien. Y acto seguido una sensación de ahogo...

—Está bien, Agostino, está bien —dijo Lucio—. Quédate tranquilo. No te esfuerces.

Marras se inclinó hacia atrás para echar un vistazo al pasillo, pero estaba totalmente tranquilo y silencioso. Luego se adelantó a su vez:

—Escúchame, Agostino: no necesitamos más que una información, si te es posible, y luego te dejamos dormir en paz: ¿recuerdas dónde tiraste la casete? Quiero decir, ¿en qué dirección? Podemos tratar de recuperarla, ¿comprendes?

Agostino suspiró, luego trató de concentrarse venciendo la modorra provocada por la generosa dosis de Valium que le habían suministrado.

—Hay dos tiestos de adelfas cerca de la pared: la casete la he tirado en esa dirección. En resumen, quería acertar en uno de los tiestos, pero no sé si lo he conseguido. Y luego se ha armado una tal que...

—Está bien —dijo Lucio—, no te agites. Ahora descansa y trata de recuperarte. Vendremos a verte mañana de nuevo. Si necesitas alguna cosa no te andes con cumplidos: fruta, galletas, no sé.

—Fruta está bien, gracias.

—Entonces, nos vamos —dijo Lucio—. Buenas noches.

—Buenas noches, muchachos —respondió Agostino—. Si por casualidad queréis volver allí, estad atentos: es fácil acabar dentro de la laguna y podríais coger un resfriado.

—Estaremos atentos —dijo Lucio—. Ahora duerme.

Salieron fuera uno tras otro y volvieron hacia el cuartito de guardia.

—¿Qué hacemos? —dijo Fossa—. ¿Esperamos al médico de guardia para preguntarle cómo está Agostino?

—No me parece una buena idea —respondió Lucio—. Agostino rebosa salud y el médico está jugando a médicos y enfermeras con la suya, en mi opinión. Dejémosle tranquilo.

Se fueron hacia el ascensor y se encontraron en la calle pocos minutos después.

—Yo me voy al hotel Cipriani —dijo Lucio—. Si no recuperamos la cinta ahora, puede que no la volvamos a ver nunca más.

—Voy contigo —añadió Marras.

—Yo también —le hizo de eco Fossa, que tenía la barca de la inspección y era, por tanto, un hombre clave en aquel tipo de situación. En pocos minutos llegaron al embarcadero y arrancaron mar adentro. Las Fondamente Nuove se alejaron rápidamente a sus espaldas y algunos minutos después no se veía más que el reflejo de las farolas en el agua negra. El tiempo refrescaba y el cielo iba cubriéndose de gruesos cúmulos iluminados en la lejanía por el imprevisto palpitar de los relámpagos.

—Lo único que nos faltaría es que se pusiera a llover —dijo Marras añadiendo en sardo una imprecación que tenía el regusto de un oscuro anatema.

—Al contrario, mejor —replicó Lucio—, con mal tiempo a nadie le darán ganas de andar por ahí y nosotros podremos actuar sin ser molestados.

—Cómo no —comentó Fossa—, y si nos cae un aguacero encima el chisme ese se irá a hacer puñetas.

—Pues, entonces, deja de refunfuñar y acelera —le exhortó Marras.

Fossa accionó la palanca del gas y la pequeña embarcación hundió la popa en el agua alzando la proa por encima de la cresta de las olas. Blancas olas espumosas se formaban al paso de la barca que comenzó a rebotar sobre las olas cada vez más altas. Apareció por fin la isla de Torcello y luego la embocadura del pequeño canal que llevaba hacia el hotel Cipriani. Fossa puso el motor al mínimo y avanzó lentamente hacia su destino. No había ya casi un alma por el lugar y se distinguían solo las pocas luces de los locales públicos.

—Llueve, demonios —maldijo Marras observando los diminutos círculos concéntricos que las primeras gotas de lluvia producían al caer en la superficie del agua.

—Gobierno ladrón, habría que decir —le corrigió Lucio.

—Tú siempre tienes que sacar la política a relucir —replicó Marras.

No había terminado de decir esto cuando un relámpago iluminó las entrañas de un nimbo enorme, haciendo resaltar sus bordes azulados, seguido por un estruendoso trueno. La lluvia, casi de improviso, se convirtió en un fuerte chaparrón y los tres se pusieran deprisa y corriendo los anoraks guardados junto con un traje de hombre rana y otros útiles en el racel de proa y se echaron las capuchas sobre la cabeza.

Pasaron por delante del hotel Il trono di Attila, tomaron no sin dificultad entre los andamiajes y apagaron el motor prosiguiendo con el último impulso, por la fuerza de la inercia. Tenían el hotel Cipriani delante de ellos a escasa distancia, y a través de la cristalera de la entrada podían distinguirse los diligentes movimientos del conserje que alargaba a un cliente tardío la llave de su habitación.

—Por allí —dijo Lucio indicando un punto a su derecha—, me parece que son aquellos los tiestos de adelfas de los que hablaba Agostino.

—¿Tienes una linterna? —preguntó Marras a Fossa.

—Cómo no voy a tenerla —repuso el interpelado que empezó a hurgar en el racel.

—Entonces, acerquémonos y pongámonos a buscar —dijo

Lucio—. Pero esta vez no quiero sorpresas. —Se volvió hacia Marras—: Tú, Stefano, sitúate pasada la esquina y estate atento a que no llegue nadie. Alberto, mientras tanto, estará listo con la mano en la llave de encendido. A la primera señal de follón, saltamos a la barca y nos largamos a todo gas. ¿Habéis comprendido bien? Tened presente que tanto Foster como Liddel-Scott están todavía aquí dentro y quizá también los gorilas que echaron al pobre Agostino al mar, los muy hijos de puta.

Los dos asintieron y Marras fue a situarse pasada la esquina. Lucio encendió la linterna y comenzó a rastrear el terreno con el pequeño rayo de luz en torno a los tiestos de adelfas.

—¿Ves algo? —preguntó Fossa ansioso.

—No veo ni torta: me entra agua en los ojos y solo veo un centelleo —respondió Lucio con la nariz pegada al suelo en todo momento.

—Y sin embargo debe de estar por ahí. Mira detrás de los tiestos.

—¿Y si esos hubieran advertido el gesto de Agostino y hubieran cogido ellos la cinta? —preguntó Fossa desde la barca.

Un relámpago iluminó la figura arropada y un trueno ahogó inmediatamente después su voz. Lucio no le prestó siquiera oídos y prosiguió su busca.

—Yo propondría que nos fuéramos —dijo de nuevo Fossa—. Si no está, no está. El tiempo se está poniendo cada vez más feo y no sé si vamos a poder volver atrás. Aquí los hoteles cuestan un ojo de la cara y yo…

—Por Dios, Alberto, ¿quieres estarte callado, por favor? —le reprochó Lucio, más nervioso aún por el resultado evidentemente infructuoso de su búsqueda. Dirigió de nuevo el rayo de luz al interior de los tiestos, pero tampoco allí había nada. Se disponía a volver sobre sus pasos hacia la barca cuando su mirada cayó sobre una boca de alcantarilla—. ¿Y si ha terminado aquí dentro?

—¿Dónde es aquí dentro? —preguntó Fossa cada vez más impaciente.

—Aquí hay una alcantarilla. Pero necesito que alguien me sostenga la linterna. Vamos, muévete, ven aquí. Stefano debe permanecer de guardia.

Fossa abandonó refunfuñando la barca, se acercó y cogió la linterna iluminando la rejilla. Lucio se arrodilló, se sacó del bolsillo la navaja multiuso e hizo palanca con el destornillador de hoja en el borde hasta que consiguió levantarla de un lado. Fossa dirigió al punto el rayo de luz al fondo del agujero.

—¿No tendríamos por casualidad unos guantes de plástico a bordo? Me da la impresión de que este alcantarillado conecta directamente con los servicios del hotel.

—Qué desagradable eres —repuso Fossa—, los hemos acabado hoy y no he tenido tiempo de ir a comprar otros.

Lucio suspiró, se arremangó una manga y la sumergió en el líquido oscuro que llenaba el sumidero.

—Soy un hombre de suerte —dijo—, recoge también el agua que cae del alero y cae una buena lluvia.

—Bueno, si es por eso —precisó Fossa—, la lluvia son los meados de Zeus, según los antiguos. Así que siguen siendo aguas fecales.

Lucio se desentendió de las citas mitológicas de su amigo y comenzó a hurgar en el fondo cuidadosamente, hasta que una expresión de triunfo asomó en su rostro:

—¡La he encontrado! —dijo exultante—. Y mostró la casete a sus compañeros.

—Magnífico —dijo Fossa—. Entonces, larguémonos de aquí antes de que el tiempo se ponga imposible.

Volvieron a subir a la barca deprisa y corriendo y partieron de nuevo marcha atrás por el canal hacia la laguna abierta. El viento había disminuido de intensidad, pero el temporal no daba señales de amainar y comenzó a caer un pedrisco que acribillaba la cara como minúsculos proyectiles. Los tres bajaron la cabeza y se pusieron las capuchas hasta casi la nariz. Estaban saliendo del canal cuando se cruzaron con una lancha de *carabinieri* que seguía hacia delante al mínimo y siguiéndola con la mirada se dieron cuenta de que se dirigía hacia el hotel Cipriani.

—Me ha parecido ver a Savelli en el puente de mando —observó Marras.

—Nada más fácil —respondió Lucio—, pues, al fin y al cabo, la historia de Agostino podría considerarse como un intento de homicidio.

—Pero ¿no dijo que volvería mañana a ver a Agostino? —observó Fossa.

—Si es por esto, ya es mañana —replicó Lucio—. Es la una pasada. De todos modos, Savelli puede haber sospechado algo. Habrá llegado a alguna conclusión y ha decidido venir a echar un vistazo por aquí. Nosotros, en buenas cuentas, hemos conseguido ya lo que perseguíamos y nos vamos contentos como unas pascuas..., es un decir.

—A menos que no sea una casete de Al Bano o de los Pink Floyd —dijo Marras a quien le gustaba hacerse el cenizo.

—Venga, corta ya —le hizo callar Fossa—. No quiero ni pensarlo, después de todo el esfuerzo que nos ha costado.

En aquel momento estaban ya fuera del canal y Fossa dio gas cogiendo velocidad.

Cuando Dios quiso recalaron finalmente en el puente de la Academia, ataron la barca en un fondeadero y subieron los tres a casa de Lucio.

El dueño de la casa entregó una toalla a cada uno, luego, cuando todos se hubieron secado, se sacó del bolsillo la casete y la dejó con gesto mesurado en el centro de la mesa sometiéndola a la atención general. Nadie la tocó y nadie dijo nada hasta que llegó un té hirviendo para calentar un poco los estómagos.

—Pero ¿no se habrá estropeado? —preguntó Fossa.

—Esperemos que no —respondió Marras—. No tendría por qué. Pero ahora se trata de desmontarla para hacer una buena limpieza antes de escucharla.

Pidió que le dieran un destornillador de estrella, desmontó la parte superior de la casete y puso la cinta debajo del grifo haciendo correr por encima un abundante chorro de agua. Luego la secó con el aire caliente de un secador. Eran casi las dos de la noche cuando la casete, limpia y vuelta a montar, estaba lista para la escucha. Lucio la introdujo en la minicadena de casa y en un clima de religioso silencio pulsó el play. Se oyó un breve zumbido, luego comenzó a oírse la voz de sir Basil que conversaba con Liddel-Scott.

—¡Son ellos! —exclamó Marras—. Fantástico, les tenemos en el bolsillo.

—Espera a cantar victoria —le enfrió Fossa—. Ahora se trata de comprender lo que dice y no va a ser fácil, en mi opinión.

Lucio, que había pasado un par de años en la Universidad de Birmingham, comenzó a tomar apuntes y Marras se había situado detrás de sus espaldas para atisbar. Foster y Liddel-Scott comenzaron a hablar del congreso, del descubrimiento del grafito y del significado que podía tener. Seguían frases más bien distorsionadas de las que se comprendía en general que los dos estaban hablando de la hipótesis topográfica de Masera. Luego, en un determinado momento, cambiaron de tema y se pusieron a hablar del pergamino. La atención de todos se hizo espasmódica, en particular la de Lucio que era el más fuerte en inglés. ¡Por fin! Aquella chapuza de investigación de un grupo de completos aficionados estaba acercándose al misterio, si no a su solución. Al mismo tiempo Marras observaba con preocupación que la bobina de la cinta magnética que quedaba era cada vez más reducida. ¡Increíblemente Agostino había usado una casete de solo veinte minutos de duración!

En aquel punto se oyó que la voz de sir Basil anunciaba con cierto énfasis: «*And this is what it says*... Y he aquí lo que dice...»

Lucio estaba preparado con papel y pluma para intentar una trascripción, pero lo que se oyó parecía absolutamente incomprensible. Detuvo la cinta pulsando nerviosamente en la tecla de stop:

—Pero ¿qué coño de lengua es esta? —despotricó.

Rebobinó y pulsó de nuevo el play dejando avanzar esta vez la cinta hasta el final. Pero las palabras seguían siendo incomprensibles, exactamente como antes.

—La cinta se ha estropeado —concluyó Fossa con desconsuelo.

—No —replicó Marras—. La calidad del audio es la misma cuando se habla inglés, solo que nosotros somos incapaces de comprender.

—Es un poco como pasa con el etrusco —precisó Fossa—, se lee pero no se comprende.

—Yo sé por qué —les interrumpió Lucio—. Si Foster está leyendo el texto del pergamino, entonces con toda probabilidad se trata de veneciano del siglo XIV pronunciado con acento británico. No lo conseguiremos nunca aunque lo escuchemos cien veces. En mi opinión, mientras él leía en voz alta, le había dado a Liddel-Scott una copia en papel con las transcripciones de modo que podía seguir el texto escrito mientras su jefe leía.

—Tienes razón —admitió Marras—. Es la explicación más lógica. Escuchad, dejémoslo correr, no lo vamos a conseguir nunca. Para mí es como si fuese chino, o turco.

—También para mí —dijo Fossa.

—Un momento —replicó Lucio—. Todavía queda una esperanza.

—¿Y cuál es? —preguntó Fossa.

—Barrese. Rocco Barrese. Es un genio de la filología, un prodigio lingüístico, su cerebro contiene decenas de diccionarios con todas las concordancias e interrelaciones. Barrese puede distinguir una palabra de calabrés dentro de una frase en siciliano, conoce cada matiz dialectal y tiene el oído más entrenado que se pueda imaginar. Ya le telefoneo yo.

—Estás loco, son las tres menos veinte —dijo Marras lanzando una mirada a su hombre rana.

—Me mandará al diablo —repuso Lucio.

Y sin más pérdida de tiempo levantó el auricular y marcó el número del insigne catedrático. El teléfono sonó largo rato y luego una voz somnolienta e irritada al propio tiempo vociferó:

—Pero ¿quién es a estas horas?

—Barrese, soy yo, Lucio Masera. Perdona…

—Ah, eres tú. No, hombre. Es que normalmente no recibo llamadas a estas horas de la noche. ¿Qué pasa? ¿Tienes algún problema hermenéutico?

—¿Cómo lo has adivinado?

—Lo sabía. No se puede sacar de la cama a un genio como yo si no es por un problema de este tipo. Desembucha.

Lucio le contó la historia de la cinta pero sin entrar demasiado a fondo en el asunto que había detrás.

—¿No será una broma? —dijo al final Barrese—. Puedo intentarlo. Ven mañana a eso de las dos.

—Por desgracia la cosa urge, de lo contrario no te habría despertado. Podría contener elementos que hicieran necesaria una intervención inmediata. Sería demasiado largo de explicar ahora. La verdad, si estás demasiado cansado…

—Estoy lleno de curiosidad, hijo de puta. Muévete que te espero.

—Tengo a unos amigos conmigo.

—Tráetelos a ellos también. Mientras tanto, yo preparo un café fuerte. Si no he entendido mal, me parece que nos llevará hasta el amanecer.

—Creo que has entendido muy bien —respondió Lucio. Luego, vuelto hacia sus amigos, agregó—: Vamos, nos espera.

Cogieron la casete y se prepararon para bajar cuando el sonido del timbre les paralizó.

—Dios mío, ¿quién puede ser a estas horas? —dijo Lucio.

—No lo sabrás nunca si no respondes al interfono —sentenció Marras.

—¿Y si fueran los *carabinieri*? —preguntó Lucio—, quizá lo mejor es que aparentemos que no pasa nada.

—Vamos, habrán visto la luz encendida —dijo Fossa—. Es mejor que respondas.

Lucio levantó el interfono y preguntó:

—¿Quién es?

—Perdona —respondió una voz queda desde abajo—. Soy Milena. Volvía a casa y he visto la luz encendida... Sabes, de repente me he dado cuenta de que es a ti a quien quiero y que no podría...

—¡Oh, santo cielo! —exclamó Lucio—. ¿Y vienes a llamar al timbre a estas horas para decirme estas chorradas?

—Pero estaba la luz encendida —insistió la voz desde abajo.

—Escucha, querida, vuelve con tu pintamonas y que no te vuelva a ver más por aquí. Tengo otras cosas que hacer y tus arrepentimientos me la refanflinfan. ¿Ha quedado claro?

—Sí, está claro... —lloriqueó la voz desde abajo.

—Vale, bien —concluyó Lucio volviendo a colgar el auricular—. Y ahora movamos el culo.

Fossa le miró estupefacto mientras meditaba sobre lo efímeros y pasajeros que son los sentimientos humanos.

Marras, en cambio, no pudo dejar de intervenir al parecerle un delito mandar al diablo a aquella preciosidad:

—Pero la pobre... se ha arrepentido...

—Arrepentido una mierda —replicó Lucio mientras tomaba por la rampa de la escalera—. Yo no vuelvo con una tía que ha estado con ese cachas de gimnasio. Yo soy un intelectual, por Dios, y quiero que se me respete. Y si queréis que os diga lo que pienso de las mujeres en este momento... Pues bien, pienso como el poeta.

—¿Es decir? —insistió puntilloso Marras.

Estaban ya en el exterior. Lucio se detuvo, alzó el dedo índice y declamó con énfasis:

Per lei assai di lieve si comprende
quanto in femmina foco d'amor dura
se l'occhio o 'l tatto (y mientras pronunciaba la palabra «*tatto*» hizo un gesto obsceno) *spesso non l'accende.**

* Por ella se comprende / cuánto el fuego de amor en hembra dura / si la vista o el tacto no lo enciende. *(N. del T.)*

—Bien —insistió Marras—, si no te vas a ofender, quisiera intentar consolarla yo.

—Haz lo que te parezca —fue la respuesta—. Yo ahora he alcanzado ya la paz de espíritu, si no la de los sentidos.

Se encaminaron a pie recorriendo las *calli* de la ciudad ya casi completamente desierta. Solo algún bar estaba aún abierto y algún restaurante con los últimos clientes que hacían tiempo esperando que dejara de llover del todo.

Barrese les vio llegar desde la ventana y abrió antes de que tocaran el timbre, luego se puso a esperarles en batín en el rellano hasta que hubieron subido los cuatro tramos de escalera de puntillas. Allí les saludó uno por uno y les hizo acomodarse en torno a la mesa de la cocina mientras el café borboteaba en la cafetera, difundiendo su aroma por toda la casa.

—Bueno, ¿qué es todo este misterio? —preguntó mientras vertía el líquido negro y humeante en las tacitas.

Lucio extrajo la casete:

—Está todo aquí dentro. Espero que tengas una cadena de música.

—Por supuesto que la tengo. Trae para aquí.

Se fue a la estancia contigua y puso la casete en el aparato. Luego volvió para sentarse. Pasó la parte en inglés y luego vino la siguiente. Barrese se llevó las manos a las sienes mientras los otros le miraban en silencio sin atreverse siquiera a sorber el café para no hacer ruido. Finalmente Barrese levantó la cabeza:

—Es veneciano, de esto no cabe duda, pero daría un dedo de la mano derecha por poder leerlo en el original.

—No se entiende ni papa, ¿verdad? —previno Fossa ya evidentemente extenuado y deseoso de coger una cama a cualquier precio.

—¿Quién dice eso? —replicó Barrese resentido.

—Yo pensaba que...

—Tú no debes pensar. Lo que debes hacer es tomarte todo el café y punto. Soy yo quien ha de pensar aquí, ya que me habéis sacado de la cama a esta hora increíble. Venga, haz algo útil, más bien, vete para allí y dale al retroceso hasta que yo te diga basta.

Fossa obedeció y se fue a la habitación contigua con su tacita. Los otros dos se tomaron su café en silencio y estuvieron observando a Barrese que escuchaba una y otra vez aquellas palabras incomprensibles. De vez en cuando garrapateaba alguna cosa en un gran bloc de notas o suspiraba. Lucio, en un momento dado, echó una ojeada a un viejo despertador que hacía tictac quedamente sobre un aparador y vio que marcaba las tres y cuarto. En el mismo instante Barrese alzó el dedo y dijo:

—Alto.

Marras, medio dormido, se sobresaltó y casi se cayó de la silla. Lucio, asomándose al estudio, repitió:

—¡Ha dicho alto!

Fossa obedeció; al cabo de un instante se reunió con la cuadrilla en torno a la mesa de la cocina.

—Ya lo tengo listo —anunció Barrese—. ¿Lo queréis en veneciano del siglo XIV o traducido al italiano?

—Ya puestos —respondió Lucio—, mejor en italiano, pues así nos quedamos más tranquilos.

—Sí, es mejor, tanto más cuanto que hay intercalados una serie de latinismos.

Lucio y sus amigos se prepararon para el gran acontecimiento: desde una distancia de siete siglos un mensaje medio borrado por la prolongada inmersión en el agua, recuperado por una máquina futurista, grabado en otro soporte caído también en el agua, exactamente en el agua de una alcantarilla, descifrado por una mente humana superior, era finalmente comunicado, desvelaba su contenido, o al menos así lo esperaban todos.

—Hay lagunas en ciertas partes, obviamente —precisó Barrese.

—Obviamente —respondieron al unísono todos los presentes.

Y Barrese declamó:

—... Laguna...

—Pues empezamos bien —comentó en voz baja Stefano Marras.

—... *fue tal el dolor por aquella pérdida que se enfermó gravemente*..., laguna... *Se lamentaba e invocaba a la muerte si la obra no era encontrada*..., breve laguna... *pues durante muchos años antes le había dejado agotado*...

Marras y Fossa se miraron a la cara el uno al otro como diciendo «¿Entiendes tú algo?», mientras Lucio parecía completamente absorto, en las nubes, como solían decir sus amigos. Barrese continuó al cabo de una breve pausa:

—Aquí hay una laguna muy larga de dos o tres líneas y luego continúa... *a uno que la había ya tenido, de esconderlo en el cuerpo de un apestado*..., laguna..., *en los cimientos del convento de Boccalama.*

Lucio parecía casi presa de un temblor de tan pendiente como estaba de las palabras. Y Marras notó que su mano, casi imperceptiblemente, se deslizaba dentro de la carpeta, sacaba una hoja con la copia del grafito grabado en el palmejar de la nave y la dejaba lentamente sobre la mesa como si quisiera evitar incluso aquel imperceptible crujido.

Barrese sorbió de nuevo una gota de café del fondo de la tacita. Luego se encendió un cigarrillo y se dirigió a sus oyentes:

—Casi está terminado —dijo—, un par de líneas más. Espero que vosotros hayáis entendido algo, porque lo que es yo por ahora no entiendo gran cosa... Entonces... *tras volver con su señor, murió*..., laguna..., *seis meses después le llegó al hijo que se alegró mucho por ello. He escrito esta carta y grabado en la madera la posición*..., laguna..., *puede encontrarse*..., laguna... *antes de que el veneno*..., última laguna. El texto acaba aquí.

Barrese dejó su gran bloc sobre la mesa y apagó el pitillo. Del campanario de Sant'Alvise llegaron cuatro toques sombríos y luego uno más leve y argentino. Las cuatro y cuarto.

—He aquí por qué Foster tenía tanto interés en conocer tus conclusiones topográficas —dijo Marras—. Este grafito indica dónde se halla enterrado algo gordo y terrible.., si lo escondieron dentro del cuerpo de un apestado, y hundieron la nave que llevó a cabo la misión y envenenaron al capitán. Si no he entendido mal.

—Más o menos —aprobó Barrese.

—Pero ¿de qué se trataba? Ahí te quiero ver —dijo Fossa.

Todos se volvieron hacia Lucio que estaba garrapateando algo en su hoja y trazaba líneas con la ayuda de una regla que había cogido de la mesa de Barrese.

—Si Lucio consigue localizar el punto la cosa está hecha: hacemos un hoyo, encontramos el cadáver, o lo que quede de él, y vemos qué contiene —dijo Marras.

—¿Un tesoro? —se preguntó Fossa.

—Un secreto de Estado, quizá... —aventuró Barrese.

Marras sacudió la cabeza:

—Algo más..., algo más... No se justifica toda una cadena de espantosas y criminales precauciones por un banal tesoro o por un secreto de Estado, por más importante que este sea... Aquí todo es exagerado, diría que excesivo...

Siguió un largo silencio interrumpido de vez en cuando por hipótesis más o menos plausibles o por simples ocurrencias.

—Y si fuese... —empezó a decir Fossa.

—A mí no me parece que se sostenga —respondió Marras antes incluso de que hubiera terminado.

—Pero si no me dejas hablar... —replicó el otro, picado.

—El hecho es que —observó Barrese— hay que interpretar y comprender la mentalidad de un individuo que vivió hace siete siglos, una psique probablemente desequilibrada por la obsesión de la peste que recurrió a un macabro escondite, para ocultar quizá algo que le concernía personalmente..., alguna pesadilla suya...

—¡*Y por la que hace varios años yo me demacro!** —exclamó de improviso Lucio, interrumpiendo bruscamente las elu-

* «Durante muchos años», según otra interpretación. *(N. del A.)*

cubraciones de la lumbrera como si el Espíritu Santo en persona le hubiera inspirado aquellas palabras.

—¿Qué has dicho? —preguntó Barrese.

—Es evidente —prosiguió Lucio—, ¿cómo ha dicho? «*La obra que durante muchos años antes le había dejado agotado.*» Es la paráfrasis de ese verso, un verso de Dante referido a su poema. ¡El tesoro no es sino la *Divina Comedia*!

Todos le miraron demudados y por la expresión de cada uno de ellos se adivinaba que estaban tratando de reunir los elementos de prueba de que disponían para refutar aquella enunciación tan manifiestamente exagerada y clamorosa. Fue Marras quien rompió el silencio:

—Puedo comprender que a uno le guste la *Divina Comedia* —comentó a todas luces desilusionado como si su amigo hubiera anunciado con tanto énfasis el descubrimiento del Mediterráneo—. Pero llegar hasta el extremo de esconder un libro por más hermoso, noble e importante que sea...

—Pero ¿es que no te das cuenta? —reaccionó Lucio—. Razona con la mentalidad de la época. Estamos hablando del autógrafo, de la copia única, del poema pergeñado de puño y letra del mismo Alighieri, de un tesoro universal, de un patrimonio absoluto de la creatividad humana. En ese momento único, irrepetible, insustituible, irrecuperable. Una pérdida de este tipo justifica plenamente que el Autor sufriera un estado depresivo de tal importancia como para provocarle la enfermedad y la muerte. ¿Comprendes ahora?

—Estamos cansados —dijo Marras meneando la cabeza—. Estamos montando el número: quizá es mejor que nos vayamos todos a dormir. Mañana, con la mente fresca, quizá...

—Pero está claro, ¿es que no comprendes? —insistió Lucio que ya viento en popa no se dejaba amilanar por ningún tipo de escepticismo—. Pensad por un momento: Dante murió en su viaje de vuelta a Venecia, exactamente como el personaje al que hace referencia nuestro texto, que sufrió una pérdida de tal importancia como para hacerle caer enfermo y luego acabar con su vida.

—Podría haber sido la pérdida de un hijo... —objetó Fossa.

—Mucho más —replicó Lucio—. Imaginaos que Dante pierde, o mejor dicho, que le roban el autógrafo de su poema, la obra en que «*puso mano cielo y tierra, / tal que hace años por él yo me demacro*». Pensad en ello por un momento: todo coincide, incluso la época. Imaginaos la escena: Dante llega a Venecia invitado por Guido Novello da Polenta, el señor al que hacen referencia las últimas palabras de nuestro texto. Tiene consigo el manuscrito de su poema del que no consigue separarse porque sigue retocándolo, perfeccionándolo. Alguien se entera: un maníaco, un cazador de rarezas. La cultura en Occidente se está despertando y los venecianos en particular, que están desde hace tiempo en contacto con la civilización bizantina, saben qué cosa significa, qué inmensas consecuencias puede tener este despertar, qué inconmensurable valor podrán tener las obras básicas de la civilización occidental...

Barrese, que llevaba un buen rato callado, se pasó una mano por la frente, luego levantó el dedo índice como reclamando la atención de los presentes:

—¿Alguno de vosotros conoce la epístola de Dante a Cangrande della Scala? —preguntó.

—Bueno, sí —respondió Fossa—, pero si tuviera que decir de qué trata me vería en un serio apuro.

—Es una especie de dedicatoria del poema al mismo Cangrande, si no recuerdo mal —dijo Marras—. Pero no sabría decir nada más.

—Así es, más o menos —confirmó Barrese—, pero también es mucho más. Si la carta es auténtica, y no parece que haya ya ningún motivo para ponerlo en duda, Dante afirma en ella conceptos que hoy podrían parecer delirantes y que en su época podrían haberle costado la acusación de herejía y quizá también la hoguera.

—Continúa —dijo Fossa.

—Dante, en sustancia, viene a afirmar que lo que describe en la *Divina Comedia*, o sea, el estado de las almas después de la muerte, es el recuerdo parcial, pero básicamente fiel, de lo que él vio realmente.

—Bueno, quizá él lo creía de verdad —comentó Lucio—. No me extrañaría que su grado de concentración hubiera alcanzado un estado alucinatorio: la fuerza de determinados pasajes es asombrosa, apocalíptica...

—Apocalíptica es la palabra justa —prosiguió Barrese— y Dante se atreve a establecer un paralelismo entre su propia experiencia y la de san Juan de Patmos. Ello hubiera bastado para mandarle a la hoguera, de haber podido el Papa echarle el guante. Aquí podría estar la clave de esta presunta sustracción del manuscrito. Por no hablar de posibles lecturas de tipo iniciático de la *Divina Comedia*. Y si su antepasado Cacciaguida hubiera sido templario, ¿por ejemplo? Dante habría podido heredar por razones que ignoramos una tradición gnóstica o sincretista propia de ciertas desviaciones doctrinales que generalmente se atribuyen a los templarios. Más que un fetichismo cultural, que me parece prematuro en esa época y en esa situación concreta, yo vería aquí la sustracción de un objeto mágico, de un instrumento de iniciación en secretos de lo contrario inaccesibles. Quizá incluso un ritual de algún tipo desconocido para nosotros... —Suspiró—. Tal vez estoy desvariando...

Marras trató de retomar el hilo de pensamientos más prácticos y realistas:

—Pero si la hipótesis de la sustracción del autógrafo es cierta —preguntó—, ¿de dónde procede el texto que ha llegado hasta nosotros, el que estudian todos en el instituto?

—De una copia —replicó Lucio—. «*Seis meses después llegó al hijo que se alegró mucho por ello.*» Nuestro misterioso ladrón le hizo hacer una copia (se necesitaron seis meses para hacerla) o la hizo él mismo, y la mandó al hijo del poeta: Pietro, seguramente, quien se encargó del primer comentario. El cual recibe una gran alegría. Quizá estaba desesperado de no conseguir encontrar la obra paterna entre sus papeles. Y he ahí el inesperado golpe de fortuna: el manuscrito llega de Venecia, probablemente sin remitente.

—Pero como Pietro conocía seguramente la caligrafía de su padre, pues se supone que mantuvieron una larga correspondencia, ¿cómo no se dio cuenta de que era de otra mano? ¿Y cómo excluir que el padre no se lo dijera? Imagino que Pietro debió de darse cuenta, desde luego, a la cabecera de su padre enfermo y moribundo.

—Quizá se dio cuenta, quizá fue Dante mismo quien se lo dijo, pero Pietro no reveló nada a nadie, y la cosa no debe extrañar. ¿Qué hubieras hecho tú en su lugar? ¿Lo habrías hecho público y habrías comentado el mayor poema de todos los tiempos, escrito por tu propio padre recién desaparecido, especificando que no era el manuscrito original? ¿Es esta la razón del comentario de Pietro di Dante a la *Divina Comedia*, mejor dicho, a una copia redactada por un desconocido, porque el original se lo mangaron? No. No lo habrías dicho nunca, no lo habrías hecho nunca. Si Pietro recibió la copia y la reconoció como tal, no se lo dijo nunca a nadie y se llevó con él el secreto a la tumba.

Barrese, que no había dicho ni media palabra hasta aquel momento, se limitó a decir:

—Oh, Dios mío...

—Pero qué grotesca manera de esconder el manuscrito, siempre y cuando se trate de él —observó Fossa.

—Lo más seguro. ¿Quién podía ir a hurgar en la panza del cadáver de un apestado? ¿Y quién fue el encargado del asunto? «*A uno que la había ya tenido*», o sea, la peste. A alguien inmune a ella.

—¿Como los *monatti** de Manzoni? —preguntó Fossa.

—Exactamente. Solo que la palabra manzoniana tiene su origen en el siglo XVII y es de raíz germánica, de *monat*, «mes», porque, si mal no recuerdo, se les pagaba o se les contrataba por meses. Probablemente a ese hombre se le encarga que transporte en su nave a los muertos de una epidemia y entre ellos también el cadáver en el que se hallaba escondido el te-

* Enterradores de apestados. *(N. del T.)*

soro. Lo desembarca en tierra y lo entierra y acto seguido vuelve a bordo. Y aquí se consuma el último acto del drama. Alguien, probablemente los miembros de una tripulación, casi me atrevería a jurarlo, muy reducida, y seguramente dependientes de quien había encargado la misión, hicieron unos agujeros en la quilla y encerraron a nuestro hombre en la bodega antes de irse, sin conocer el motivo para el que les habían ordenado aquel crimen. El instigador del asesinato quiere asegurarse a tal punto del secreto de su acción que manda envenenar incluso a su víctima. Quizá un veneno de efecto retardado. Existen y existían también entonces. En el momento en que la nave se está hundiendo, el pobre hombre hace lo posible para transmitir la verdad a la posteridad. Escribe estas pocas líneas en una hoja de pergamino que es encontrada siete siglos después por un señor inglés un poco hijo de puta llamado Michael Liddel-Scott que la esconde. Pero hace las cuentas sin el huésped, es decir, nuestro amigo Agostino Fanti, a quien Dios bendiga, consigue grabar su conversación con sir Basil Foster. Y aquí la tenemos.

Los presentes estaban tan desconcertados por aquella reconstrucción de los hechos en apariencia tan absurda, pero tan intrigante al mismo tiempo, que no sabían si buscar otros argumentos para rebatirla o aceptarla sin más como verdadera. Lucio, cada vez más convencido de lo que decía, retomó su perorata sobre su hipótesis.

—¿Y os habéis preguntado cómo es que no existe una sola palabra en toda la literatura crítica sobre los orígenes del autógrafo de Dante de la *Divina Comedia*? ¿Qué fin tuvo un documento tan importante? Y en vista de que el primer comentario del poema lo firma su hijo Pietro, cabría suponer que en ese momento el manuscrito estaba en manos seguras capaces de transmitirlo a la posteridad. En el fondo contamos con documentos originales mucho más antiguos que la *Divina Comedia*.

Barrese enarcó las cejas:

—Lo del manuscrito perdido, o del manuscrito como fetiche, es un mito romántico: a los antiguos les traía sin cuidado.

—Perdona, pero la cosa no es tan así: ya en la época helenística el rey Tolomeo II pidió a los atenienses que le prestaran un autógrafo de Eurípides para sacar una copia para la gran biblioteca de Alejandría, luego devolvió la copia, por otra parte lujosísima, y se quedó con el original. Obviamente los atenienses tuvieron que aguantarse y fingieron que no pasaba nada, pues no podían permitirse contrariar al rey de Egipto. En la época romana las fichas con los apuntes autógrafos de Plinio para la *Historia natural* iban a parar a la subasta a unos precios exorbitantes a los pocos meses de la muerte de su autor y también en la Edad Media se conocía muy bien el valor de un autógrafo. No hacían otra cosa que producir copias manuscritas, qué demonios, y sabían perfectamente qué ocurría cuando pasaba de unas manos a otras. Y si queréis que os diga mis conclusiones a este respecto, ya que estamos en ello, pues esto explica también por qué el autógrafo fue descuidado hasta el punto de que se perdió su rastro. Algo bastante poco probable, si bien se mira, pero que ahora se explica, a la luz de este documento, por la desilusión y la frustración del heredero que tiene el convencimiento interior de que la preciada reliquia del genio paterno se ha perdido para siempre. ¿Para qué alabar, conservar, poner el acento en una falsificación? Tanto más cuanto que las copias comienzan pronto a circular y vale tanto una como otra.

—Pero ¿por qué esconder el manuscrito de ese modo? —preguntó Marras.

—Bueno, esto no sabría decirlo. Probablemente nuestro hombre quería montar una especulación de inmensas proporciones o, si la hipótesis de Barrese es acertada, quería para él solo un texto que suponía o creía que contenía mensajes iniciáticos y debía estar completamente seguro de la inviolabilidad del escondite. No encuentro otra explicación, a la que cabría añadir además una cierta dosis de locura que nunca falta en individuos de este tipo. De todos modos, el autor del mensaje en pergamino debía de estar en un primer momento de acuerdo con el instigador y al corriente del robo. De ahí su implicación que la expresión dantesca deja traslucir mediante su dramático testimonio.

Fossa, ya conquistado, se encogió de hombros:

—Bueno..., sin duda es una hipótesis fascinante, pero...

—Demasiado bonita para ser cierta —se le adelantó Lucio—. Pudiera ser. Pero olvidas que tenemos la posibilidad de intentar una comprobación...

—¿La excavación? —se le adelantó Marras meneando la cabeza—. Me parece que, en cualquier caso, tenemos escasas posibilidades de éxito. Quien hizo esconder el autógrafo de ese modo debió de volver para recuperarlo, a menos que imaginemos que hizo todo esto solo por una especie de macabro ritual mágico cuyo significado se nos escapa.

—La excavación —repitió Fossa—. La excavación..., Dios mío, ¿te la imaginas? ¿El autógrafo de Dante? No, tiene razón Stefano, es imposible, no quiero ni pensarlo. Pero..., diablos, si tuviéramos la potra..., titulares a nueve columnas en la primera página de todos los periódicos del mundo. Reportajes de televisión en todas las cadenas del planeta, difusión en internet, recepción en el Quirinal, quizá incluso el premio Nobel de cultura, admitiendo que exista.

—No, no existe —le paró los pies Marras—. Existe el de literatura, pero nosotros no hemos escrito nada tan importante. Y en cualquier caso hemos de dar con el sitio en el que está el enterramiento. Lucio, tú eres el topógrafo. Y ya puestos, apúntate un tanto localizándolo.

Fossa pareció volver a la realidad en aquel momento. Abrió su carpeta y dijo:

—Quizá sí pueda apuntarme un tanto. Ayer por la tarde me pasé por el laboratorio de análisis para recoger los informes médicos de los huesos del esqueleto encontrado en el pecio y todavía no he tenido tiempo de echarles un vistazo.

Barrese se volvió hacia Lucio:

—¿Te refieres a esa calavera que me pusiste sobre la mesa la otra noche?

—Por supuesto. Si mi hipótesis es exacta: él es nuestro

hombre, es decir, el que dejó escrito el texto que hemos escuchado hace unos momentos. Valor, Alberto, abre el sobre.

Fossa así lo hizo y el ruido del papel al desgarrarse resonó casi ensordecedor en aquel silencio de la mañana, en el recinto cerrado de la habitación llena de humo. Luego se puso a leer y una expresión de estupor y de satisfacción al mismo tiempo asomó en su rostro. Mostró a su alrededor el informe médico donde aparecía bien visible, junto con los resultados de los demás análisis, la frase: «Restos de arsénico en el tejido óseo».

—¡Bingo! —exclamó Lucio—. ¿Qué os decía? ¡Y espero que ahora no volváis a hablarme más de coincidencias!

Todos se miraron a la cara impresionados por aquella ulterior, inesperada revelación. Estaban todos pálidos y con ojeras, muertos de cansancio por la noche en blanco y por las emociones vividas, pero saltaba a la vista que ninguno de ellos hubiera querido irse a dormir por nada del mundo.

—Llegados a este punto, solo queda la localización de esa sepultura —concluyó Marras.

Lucio echó una ojeada a sus apuntes y a sus dibujos:

—Yo he elaborado una hipótesis —dijo—. Evidentemente, el punto en que se encontraba la investigación hacía absolutamente prematuro un anuncio en el congreso.

—Evidentemente —asintieron todos los demás.

—Pero dadas las circunstancias tanto da cantar de plano. O todo o nada. Así, pues, a mi entender existe una posibilidad de que las líneas intersecantes que aparecen en la parte derecha del grafito, quiero decir a la derecha para quien lo observa hacia la proa, son la prolongación del perfil de la pared sur del antiguo monasterio de San Marco y del perfil norte del muro del claustro que sigue en un sentido oblicuo respecto al plano del edificio principal. Aquí está —dijo indicando una sección del dibujo que había reproducido en una hoja de papel—. Como podéis ver, estos son los levantamientos topográficos de los dos muros a los que me he referido antes y se nota perfectamente que el ángulo de incidencia corresponde al que vemos en el grafito. Puede ser una coincidencia casual, pero no hay que desestimarla. Ahora observemos esta figura en forma de rombo que aparece dentro de la intersección. Quien grabó la madera quiso indicar el punto de encuentro de las dos perpendiculares trazadas desde el centro de las dos líneas resultantes de la prolongación de la pared del claustro o de la pared del convento. Este símbolo, seguido de una cifra, indica una unidad de medida de la época, la pértica veneciana, cuyo valor se conoce exactamente. De la intersección de las dos perpendiculares parte otra línea cuya prolongación dividiría exactamente en dos el ángulo interior del rombo, pero que lleva otra indicación en pérticas en dirección al muro de levante del monasterio. Allí, podría estar la sepultura del apestado que tiene en la panza el autógrafo de la *Divina Comedia* de Dante Alighieri.

Marras observó en silencio la reconstrucción de Lucio y luego se la pasó a Fossa:

—¿Qué te parece? —le preguntó.

—Podría ser, ¿por qué no? En el fondo, tiene su lógica. El trazado de los muros resulta aún legible y fue levantado tal como se acostumbra hacer. En efecto, su prolongación corresponde exactamente a este ángulo. Así pues, si las premisas son ciertas, podrían serlo también las consecuencias. Solo quisiera hacer notar una cosa.

—¿De qué se trata? —preguntó Lucio.

—Esta hoja: es una fotocopia.

—¿Qué?

—Mira tú mismo.

Lucio examinó la hoja y asintió:

—Tienes razón, diablos.

—¿Y dónde está el original?

Lucio sacudió la cabeza:

—Que me parta un rayo si lo sé.

—Parece una especie de recurrencia histórica —observó Barrese—. Estamos hablando de copias y de originales y he aquí que tu documento resulta ser una fotocopia. Curioso, ¿no?

—Más que curioso, sospechoso —replicó Lucio—. Si alguien ha hecho la fotocopia, la hizo a escondidas. Se trata de un estudio no publicado y por tanto no destinado a la circulación. En cualquier caso, es un hecho ilegal.

—¿Quién puede haber sido? —se preguntó Marras.

—No debería ser difícil establecerlo —observó Fossa—. Puedes reconstruir tus movimientos en estos dos días y tratar de recordar cuándo dejaste de vigilar tu bolsa cerca de la fotocopiadora.

—Trae, déjanos ver —dijo Marras de improviso lleno de curiosidad.

Lucio le pasó la hoja y la dejó bajo la lámpara de mesa de Barrese mientras la examinaba con atención, luego cogió un abrecartas y señaló un punto en medio de la hoja.

—¿Veis aquí? Hay esta señal transversal. Puede ser un rasguño en el cristal, por ejemplo. En cualquier caso, las posibilidades se reducen. De fotocopiadoras disponibles durante tus últimos desplazamientos solo hay dos: la primera está en nuestra oficina de la cooperativa de excavación. La segunda en la Fundación Cini donde diste la charla ayer.

Lucio trató de recordar:

—Ahora que me haces pensar en ello, me pasé también por la copistería al volver de la obra para hacer unos pocos calcos de los dibujos de la excavación. Pudiera ser que el dependiente, por error, fotocopiara todas las hojas contenidas en la carpeta. Y si las cosas sucedieron así, el original estará aún en la copistería.

—Pero supongamos que, por el contrario, hubiera sido fotocopiado en la Fundación Cini, por ejemplo. Allí estaban tanto Liddel-Scott como sir Basil Foster. ¿Te parece que dejaste la bolsa sin vigilar?

—Bueno, sí. ¿Cómo se va uno a imaginar que en un congreso de estudiosos, en una reunión de hombres de pro, hay que estar vigilando las propias cosas por si a uno se las roban…?

—Bien —prosiguió Marras—. A esta hora está todo cerrado y no podemos realizar ninguna comprobación, pero supongamos entretanto que Liddel-Scott tiene el original de esta hoja. ¿Podrían estas anotaciones al pie permitirles sacar conclusiones?

Lucio miró el apunte escrito a pluma a pie de página en el gráfico, «sitio para un posible sondeo», y se quedó largo rato en silencio.

Barrese se puso en pie:

—Chicos, es la hora del desayuno. En vista de que llegados a este punto no podemos resolver nada, yo propondría una doble opción: o los cruasanes calientes del horno de la esquina de aquí abajo o una buena ración de huevos fritos y panceta en mi casa. Tengo el colesterol a doscientos ochenta pero me importa un comino.

—Yo normalmente tomo un capuchino, descafeinado —dijo Fossa como si estuviera ya en el bar.

—Yo me inclino por los cruasanes —propuso Marras como si su amigo no hubiera hablado—. Así tomamos también una bocanada de aire. La necesitamos.

Se levantaron uno tras otro y siguieron a Barrese escalera abajo. Apenas salieron a la calle percibieron muy fuerte el efluvio a cruasanes calientes que llenaba el *campo* y pudieron casi seguir el rastro con el olfato. El horno era el único local iluminado en la oscuridad del soportal y difundía una sensación de calor en aquella mañana más bien fría, casi un anuncio del otoño.

—¡Bepi! —pidió Barrese—, media docena para empezar, y dile a Teresa que ponga la cafetera grande que vamos a tomar todos café.

El interpelado se puso enseguida manos a la obra, mientras Lucio parecía cada vez más absorto en sus pensamientos.

Marras se le acercó y le puso una mano en un hombro:

—Déjalo correr, probablemente no es nada. A lo mejor estoy en un error. Y no se puede decir que tu hipótesis no sea una reconstrucción de coincidencias. Tan atractiva que nos ha fascinado a todos, pero no necesariamente verdadera.

El aroma del café recién hecho se mezcló con el de los cruasanes calientes creando una especie de densa atmósfera epicúrea.

—¿Y los restos de veneno en los huesos de aquel hombre?

—El arsénico se acumula también por razones naturales, ¿no lo sabías? El parte médico habla de restos, no de cantidades específicas. Los huesos pueden haberlo absorbido del agua. ¿Tienes idea de cuántos venenos han sido vertidos en estos parajes en los últimos cuarenta años? Estamos enfrente de Marghera, ¿sabes? Probablemente si hicieras analizar otros huesos se encontraría la misma cantidad de arsénico y probablemente plomo, mercurio, y quién sabe cuántas otras porquerías...

—Agostino... —dijo de improviso Lucio.

—¿Qué pasa con Agostino?

—Debería tener aún las llaves de la hospedería de la Fundación Cini. La fotocopiadora está allí.

—Admitamos que así sea. ¿Y luego qué?

—Pues luego, si tengo elementos suficientes para considerar que han sido ellos, yo...

—¿Qué? —repitió Marras con la boca llena.

—No sé..., pero estoy sobre ascuas. En resumidas cuentas, podrían llegar, quiero decir, sacar las mismas conclusiones que he sacado yo. No son unos estúpidos.

—En absoluto, no lo son. Sin embargo, la tuya sigue siendo una hipótesis muy improbable. Olvídate de poder volver al hospital: a esta hora no nos dejarían entrar ni en el vestíbulo.

—Podríamos entrar por la puerta de urgencias, yo finjo haberme dislocado un hombro, que sé yo... y tú vas a ver a Agostino.

—Ni lo pienses. Oye, te propongo hacer la única investigación posible a estas horas de la mañana. Intentemos llamar a Savelli: podría andar aún por ahí.

Marras cogió del bolsillo el móvil y marcó un número.

—¿A quién telefoneas a esta hora? —le preguntó Fossa después de haber engullido el último bocado.

—A Savelli. Si anda aún por ahí podría responderme. Ahí está, en efecto... Hola, teniente, soy Stefano Marras.

—¡Stefano! Eres madrugador. ¿Qué haces levantado a estas horas de la madrugada?

—He de preparar la jornada de excavación y ayer no tuve

tiempo de hacerlo, con el asunto del pobre Agostino. Escúchame un momento, ¿me equivoco o has estado por la zona de Torcello, digamos en el hotel Cipriani?

—¿Y tú cómo lo sabes?

—Me lo ha dicho un pajarito. Digamos que tu lancha andaba por el pequeño canal a eso de las dos de esta madrugada.

—Estás bien informado.

—Bastante.

—¿Buscabas a Foster, por casualidad?

—Esto a ti no te incumbe, creo yo.

—Hasta cierto punto. Agostino es amigo mío. Dime solo si le encontraste y si por casualidad estaba también Liddle-Scott.

—El recepcionista dijo que sí, que estaban los dos en sus habitaciones.

—Pero ¿tú te aseguraste de ello?

—Por supuesto. Mentía o, en cualquier caso, no estaba bien informado.

—¿Y cómo puedes asegurarlo, si me permites la pregunta?

—Porque están regresando en este mismo momento. Me despido. Hablamos más tarde.

—Foster y Liddel-Scott están regresando al hotel Cipriani justo ahora. Me lo acaba de decir Savelli, que no les deja ni a sol ni a sombra —dijo Marras a los amigos.

—Me gustaría saber dónde han estado hasta ahora —comentó Lucio—. Y si he de decir la verdad, la cosa me preocupa. Liddel-Scott es alguien que está perfectamente capacitado para efectuar un sondeo y no sería la primera vez que sustrae restos arqueológicos de importancia fundamental de una excavación.

—Vamos —dijo Marras—, de noche…

—Quien lo ha intentado una vez puede volver a intentarlo una segunda. Y además, si estoy en lo cierto, la apuesta es de peso y llegados a este punto no existe ya mucha diferencia. Yo propondría que lo intentáramos.

—¿Intentar qué? —preguntó Fossa, que había terciado en la conversación.

—Hacer un sondeo en el sitio que he propuesto en mi gráfico.

—Se puede hacer. Aunque mañana.

—Yo digo ya.

—¿En el sentido de «ahora»?

—Exactamente. ¿Cuándo si no?

—Pero son las cinco menos cuarto.

—La mejor hora. Si llamamos a un taxi, estamos en el lugar de trabajo dentro de veinte minutos. La marea es favorable y podemos bajarnos en el pontón. El teodolito está ya en la caja cerrada con llave. Acotamos el terreno, yo localizo el punto y cuando haya terminado vosotros estáis listos para el sondeo. Una pequeña excavación, de sesenta por un metro y medio, de setenta por ochenta centímetros de profundidad, lodo blando, ¿qué nos jugamos? Para la hora del desayuno, quiero decir, para la hora canónica del desayuno, hemos terminado.

Lucio se volvió hacia Marras:

—¿Tú qué dices?

—Yo propongo ir. No está escrito en ninguna parte que dos funcionarios solícitos no puedan decidir hacer unas horas extras por anticipado sobre el horario de trabajo, más que en las horas siguientes.

—Entonces, vamos para allá —asintió Lucio devolviendo sus papeles a la cartera de mano y poniéndose en pie.

—Eh, ¿adónde vais vosotros? —dijo Barrese, que no se había perdido ripio—. Me habéis sacado de la cama a las dos de la madrugada ¿y pensáis que vais a largaros sin mí?

—Tú eres sedentario, Barrese. Te dará un infarto —respondió Lucio.

—Eso es asunto mío. Esto, de ser cierto, es demasiado importante y no quiero perdérmelo.

El taxi, llamado por teléfono, llegó en unos diez minutos y los cuatro tomaron rumbo aguas adentro hacia la laguna, en dirección a la obra. De camino Lucio hacía una y otra vez sus cálculos, trazaba dibujos, rumiaba sus razonamientos. La excitación estaba por todo lo alto, y sin embargo nadie conseguía decir palabra.

El taxi atracó diez minutos después en el pontón de las bombas de agua y los cuatro bajaron de uno en uno. Barrese, el último, fue prácticamente izado en peso por Marras y Fossa que le sujetaron por prudencia con un par de cuerdas. Inmediatamente después Fossa fue a poner en marcha las bombas y a secar ese poco de agua que había caído del cielo y la filtrada de la laguna en el interior de la obra, pero apenas se acercó al grupo electrógeno se volvió para atrás donde estaban sus compañeros con una expresión alarmada:

—¡Muchachos, este motor está caliente!

—¿Qué? —preguntó Lucio todavía más alarmado.

—Ven tú mismo a comprobarlo.

Lucio se acercó y apoyó la mano en la parte superior del generador aún tibia:

—¡Dios! Esta máquina ha funcionado hasta hace una hora, quizá incluso menos.

Todos se miraron consternados.

—¿Qué significa esto exactamente? —preguntó Barrese desde el fondo de su abismal ignorancia tecnológica.

—Que alguien ha estado en este lugar trabajando o robando, si lo prefieres, hasta hace poco, mientras nosotros nos tomábamos unos cruasanes calientes. Alguien que tenía las llaves del generador.

—Liddel-Scott —concluyó Fossa.

—Yo diría que sí, en vista de que Agostino descansa en una cama de hospital profundamente sedado. Aunque en teoría tienen llaves también los destajistas y los operarios de mantenimiento.

—Perdonad mi ignorancia en la materia —intervino Barrese—, pero si alguien ha andado removiendo tierra en este lugar hasta hace poco, ¿no se verían las huellas de la intervención?

—En teoría sí —respondió Marras—, pero si hubieran

querido borrarlas, nada más fácil: con utilizar un chorro de agua, echar lodo líquido en el agujero, y sumergirlo a continuación con agua, todo arreglado, como si no hubiera pasado un alma.

—Interesante —respondió Barrese sin saber qué más decir.

—¿Queréis saber lo que pienso? —dijo Lucio.

—No —respondió Marras—. Nos lo imaginamos. En este momento es mejor que nos pongamos manos a la obra, al menos sabremos si todo el follón que estamos armando tenía alguna razón de ser.

Sacó el teodolito de la caja de las herramientas y comenzó a acotar el terreno siguiendo las instrucciones de Lucio. Luego, una vez fijado el punto para el sondeo, bajaron los tres al fondo de la laguna, y comenzaron a excavar. Barrese les miraba desde arriba fascinado. En pocos minutos se habían ensuciado de lodo de la cabeza a los pies y continuaban excavando a ritmo sostenido. Bajaban rápido escarbando el terreno con el canto de las palas, luego en un momento dado Marras se arrodilló y dijo:

—Quietos ahí, me parece que ya estamos.

—¿Qué ves? —preguntó Barrese desde su punto de observación.

—Los restos de una inhumación, tablas de madera, quizá extraídas de la tablazón de una barca..., removidas y apoyadas de lado.

—¿Quiere ello decir que ya ha pasado alguien?

—No puede excluirse —respondió Lucio—. Pero la posición era perfecta, demonios.

—¡Y aquí está el esqueleto! —exclamó Fossa.

—¡Dios mío, dejadme bajar, también yo quiero verlo! —gritó Barrese fuera de sí por la curiosidad y la excitación.

Siguieron algunos interminables instantes de silencio. Luego Lucio se puso en pie secándose el sudor con el reverso de la manga:

—Puedes ahorrarte el esfuerzo, no hay más que huesos.

—¿Estás seguro? ¿Habéis mirado bien? —insistió Barrese.

—¿Bromeas? Es nuestro oficio, ¿no?

—Entonces, ¿es cierto que ha pasado alguien antes?

—Sí, sin duda. Eso se diría. Pero no podemos estar totalmente seguros. Como he dicho antes, el lodo mezclado con agua se asienta y se vuelve a compactar perfectamente incluso en pocas horas. Puede haber sido hace setecientos años, cuando nuestro misterioso ladrón decidió finalmente recuperar el botín, o puede haber sido hace unas pocas horas. Es difícil decirlo. Lo único seguro es que nosotros no hemos sido los primeros en intentarlo.

Lucio y Stefano Marras volvieron a subir, abatidos, uno tras otro, hasta el pontón y comenzaron a quitarse los trajes de faena de hombres rana, mientras que Fossa permanecía todavía en el fondo ordenando las herramientas. Estaban todos tan deprimidos que no se dieron cuenta siquiera de que otra barca estaba atracando y cuando se volvieron para bajar se toparon de frente con Basil Foster y Liddel-Scott.

—No he podido irme sin antes echar un vistazo a esta magnífica obra —dijo Foster—. Y veo que estáis ya trabajando a estas horas de la mañana: ¡formidable! No cabe duda de que el dinero de la fundación se emplea aquí del mejor modo.

Lucio no mostró siquiera sorpresa:

—Gracias, sir Basil —se limitó a responder respetuosamente.

—¿Sabe una cosa? —dijo de nuevo Foster—. Cuando miro la tablazón de ese pecio me vienen a la memoria aquellos versos de Dante:

Quale ne l'arzanà de' Viniziani
bolle l'inverno la tenace pece...

—También a mí —respondió Lucio—, también a mí. Es una referencia que le viene a uno de forma espontánea, ¿no le parece?

Foster se fue para tomar su avión y poco después sonó de nuevo el móvil de Marras. Era el teniente Savelli:

—Se han vuelto a ir. Me parece que van hacia la obra.

—Lo sabemos —respondió Marras—, lo sabemos.

—Ah. ¿Están ya allí?

—No, se han ido ya.

—Pero qué rapidez... Agostino está bien: le dan de alta mañana.

—Mejor así.

—Dadas las circunstancias y a falta de ulteriores elementos contra los encartados, por el momento no se puede hacer nada más que sobreseer el caso en espera de cómo evolucionen las cosas. Nos vemos, Stefano.

—Nos vemos, teniente —respondió Marras cerrando la comunicación y metiéndose el móvil en el bolsillo.

—¡Eh, muchachos! —resonó de improviso la voz de Fossa, y en aquel silencio pareció una trompeta del Juicio final.

—¿Qué pasa ahora? —preguntó Lucio.

—Según vosotros, ¿qué es esto?

Fossa volvió a subir de prisa al pontón y depositó sobre la caja de herramientas un minúsculo fragmento sucio de lodo.

Lucio vertió encima agua hasta lavarlo por completo y fue evidente que se trataba de un trocito de pergamino no más grande que un centímetro cuadrado en el que parecía que podían reconocerse unas letras.

Barrese se acercó y miró aquel minúsculo resto arqueológico en religioso silencio durante un interminable minuto y luego alzó los ojos empañados de emoción:

—¿Podría ser todo lo que nos queda? —preguntó—. ¿La última reliquia de la obra de Dante?

Lucio asintió con aire grave y también sus otros compañeros, todos igualmente silenciosos y emocionados.

—Podría —respondió por fin Lucio—, y apenas estemos en condiciones de leer estas letras, tu podrás decir si tenemos en nuestra mano un fragmento de paraíso, o un pedazo de infierno.

ÍNDICE

Impreso en Talleres Gráficos
LIBERDÚPLEX, S. L.
Constitución, 19
08014 Barcelona